KB261131

꿈의 궁전

LE PALAIS DES RÊVES
by Ismaïl Kadaré

Copyright © Librairie Arthème Fayard, 1990
Korean Translation Copyright © Munhakdongne Publishing Corp., 2004

This Korean edition was published by arrangement with The Wylie Agency, UK.
All rights reserved.

이 책의 한국어판 저작권은 와일리 에이전시와 독점 계약한 (주)문학동네에 있습니다.
저작권법에 의해 한국 내에서 보호를 받는 저작물이므로
무단 전재와 무단 복제를 금합니다.

이 도서의 국립중앙도서관 출판예정도서목록(CIP)은
서지정보유통지원시스템 홈페이지(http://seoji.nl.go.kr)와
국가자료공동목록시스템(http://www.nl.go.kr/kolisnet)에서 이용하실 수 있습니다.
(CIP제어번호: CIP2004001754)

꿈의 궁전

이스마일 카다레 장편소설 ― 장석훈 옮김

문학동네

Le palais des rêves

| 차례 |

1장_ 아침

커튼에 여명이 드리워졌다. 언제나처럼 그는 조금만 더 잤으면 하는 바람으로 이불을 끌어당겼다. 하지만 이내 그럴 수 없음을 깨달았다. 오늘 아침은 여느 때와는 다르다는 생각에 늦잠을 자고 싶은 마음이 사라져버렸다.

잠시 후, 그는 침대 발치에 놓아둔 슬리퍼를 찾다가 아직 부기가 빠지지 않은 얼굴이 냉소로 살짝 일그러지는 것을 느꼈다. 그는 타비르 사라일에 일을 하러 가기 위해 졸음을 떨치고 일어났다. 타비르 사라일은 수면과 꿈을 관장하는 명망 높은 정부 부처였다. 수면과 꿈을 관장한다니, 세상 사람들이 실소를 금치 못할 일이었지만 가볍게 웃어넘기기엔 그의 마음은 너무도 불안했다.

아래층에서 아로마향의 향긋한 차 냄새와 토스트 냄새가 올라왔다. 어머니와 늙은 유모가 정성껏 아침을 차리고 그를 기다리고 있는 것이다. 그는 그들에게 가능한 한 다정하게 인사를 건넸다.

"안녕히 주무셨어요, 어머니? 로케도 잘 잤어요?"

"그래. 너도 잘 잤니, 마르크 알렘?"

그의 새로운 일자리 때문인지 그들의 눈가에도 살짝 상기된 표정이 어려 있었다. 아마 그들도 조금 전 마르크 알렘이 그랬던 것처럼 지난밤이 그가 아무 근심 없이 단잠을 잘 수 있는 마지막 밤이었다고 생각했을 것이다. 오늘부터 그의 삶의 한 부분이 변하리라는 데는 의심의 여지가 없었다.

아침을 먹는 내내 그는 아무 생각도 할 수 없었고, 그저 불안감만 커져갈 뿐이었다. 그는 옷을 갈아입으러 2층으로 올라갔지만, 자기 방으로 가지 않고 넓은 거실로 들어갔다. 옅은 파란색이 감도는 양탄자를 보자 그는 마음의 안정을 잃고 말았다. 그는 서가로 다가가 전날 약방 진열장 앞에서 그런 것처럼 서가에 꽂힌 책들의 제목을 뚫어져라 바라보았다. 그러고 나서 오른손을 뻗쳐 검정색에 가까운 짙은 밤색 가죽으로 장정한 두꺼운 2절판 책을 꺼내들었다. 집안의 역사가 담긴 이 책을 마르크 알렘은 수년간 펼쳐보지 않았다. 책표지에는 누군가의 자필로 '쿠프릴리 가(家) 연대기'라는 제목이 적혀 있었다.

책장을 넘겨보았지만 자꾸 바뀌는 필체 때문에 집중하여 읽기가 어려웠다. 대부분이 노인의 필체임을 쉽게 알 수 있었다. 인생의 황혼기를 맞이했거나 커다란 불행의 문턱에 선 사람들이 후대에 자신의 자취를 남기고 싶은 마음에서 쓴 글들이었다.

유서 깊은 우리 가문의 조상 가운데 제국에서 가장 높은 벼슬에 오르셨던 분은 바로 메트 쿠프릴리 어른이시다. 그분은 지금으로부터 약 3백여 년 전에 알바니아 중부의 작은 도시에서 태어나셨다.

마르크 알렘은 깊은 한숨을 내쉬었다. 손은 계속 책장을 넘기고 있었으나 눈은 와지르*니 장군이니 하는 직명에만 머물렀다. 세상에, 죄다 쿠프릴리 가문 사람들이군! 이런 사실을 알게 되자 그는 문득 관청 직원으로 발령받았다고 좋아하던 자신이 바보처럼 느껴졌다. 세상에 이런 천치가 따로 없을 거라는 생각까지 들었다.

'꿈의 궁전'이란 단어가 눈에 띄자, 그는 자신이 그 말이 나오기를 바라는 동시에 나오지 말기를 바랐음을 깨달았다. 하지만 다음장으로 건너뛰기엔 너무 늦어버렸다.

---

* 회교국의 재상이나 대신들을 일컫는 긴 직명.

우리 가문과 꿈의 궁전의 관계는 언제나 복잡 미묘한 것이었노라. 점성술에만 관여하던 초기의 일디스 사라일 시절만 해도 모든 것이 명료하였으나, 일디스 사라일에서 타비르 사라일로 바뀌면서 모든 것이 악화 일로에 이르게 됐노라.

온갖 이름과 직명 탓에 방금 전까지만 해도 잊고 있었던 불안감이 다시금 그의 목을 옥죄었다.

그는 다시 연대기를 넘기기 시작했다. 하지만 이번에는 아무렇게나 재빨리 넘기는 모양새가 마치 손가락 끝에서 바람이라도 뿜어져나오는 듯했다.

우리의 성씨는 알바니아어의 '우라(키프리야 혹은 쿠르피야)'라는 말을 번역한 것으로, 중앙 알바니아 지역에 있는 세 개의 아치로 세운 다리를 가리키는 말이다. 그 다리는 알바니아인들이 아직 기독교 신앙을 갖고 있을 때 세운 것이며, 다리 초석에 한 사람이 매장되기도 했다. 다리가 완공되자 다리를 건설한 우리의 증조부뻘 되는 지욘이라는 분은 그 다리와 관련된 범죄행위까지 포함한 모든 것이 담겨 있는 우라라는 이름을 갖게 되셨다.

마르크 알렘은 탁 소리 나게 책을 덮고는 서둘러 거실을 나왔다. 잠시 후 그는 거리에 나와 있었다.

축축한 아침이었다. 진눈깨비가 내리고 있었다. 육중한 현관문과 닫힌 창문을 통해 혼잡한 거리를 내려다보는 듯한 커다란 건물들 때문에 그날 아침은 더욱 칙칙했다.

마르크 알렘은 외투 단추를 목까지 채웠다. 철제 가로등 주위로 싸락눈이 흩날리는 것을 보면서 그는 등줄기를 타고 내려가는 한기를 느꼈다.

그 시각, 거리는 여느 때처럼 제시간에 사무실에 도착하기 위해 걸음을 재촉하는 사람들로 붐볐다. 보도 한가운데서 그는 삯마차를 타고 갈지 어쩔지 몇 번이나 망설였다. 타비르 사라일까지는 생각보다 멀어 보인데다 엷게 쌓인 눈이 반쯤 녹아 보도가 미끄러웠던 것이다.

이제 그는 중앙은행 앞을 지나고 있었다. 조금 떨어진 곳에 있는 웅장한 건물 앞으로 서리 방지용 포장을 씌운 마차들이 줄지어 서 있었다. 그는 그곳이 무슨 청사인지 알 수 없었다.

그의 앞에 가던 한 행인이 보도 위에 엉덩방아를 찧었다. 비틀거리며 일어서던 그는 또다시 주저앉았다가 일어서면서 더럽혀진 외투와 미끄러운 바닥에 욕설을 내뱉고는 호되게 당한 사람처럼 조심조심 걸어갔다. 마르크 알렘은 그 모습을 하나도 빼놓지 않고 지켜봤다. 앞을 잘 보고 걸어야겠군! 속으로 중얼거렸지만,

정작 그 말이 그 행인을 향한 것인지 아니면 자신을 향한 것인지 스스로도 알 수 없었다.

사실 그는 걱정할 필요가 전혀 없었다. 출근시간을 정확히 못박은 사람도 없었고, 오전중으로 와야 한다는 이야기도 들은 바가 없었기 때문이다. 순간, 그는 타비르 사라일의 근무시간에 대해서도 전혀 아는 바가 없음을 깨달았다.

안개 저편 그의 왼쪽 방향으로 놋쇠로 만든 시계 종이 자신의 존재를 알리려는 듯 울려퍼졌다. 그는 발걸음을 재촉했다. 이미 외투깃을 여몄는데도 습관적으로 다시 여몄다. 사실인즉 추위가 느껴지는 곳은 목 부위가 아니라 가슴 어느 한켠이었다. 그는 상의 안주머니에 손을 집어넣어 추천서가 잘 있는지 확인했다.

어느새 거리에는 행인들의 수가 부쩍 줄어 있었다. 출근할 사람들은 다 출근했다는 생각이 들자, 그는 초조해졌다. 하지만 이내 마음을 가라앉혔다. 그의 처지는 그들과 전혀 달랐기 때문이다. 그는 아직 공무원이 아니었다.

저쪽으로 타비르 사라일의 날개처럼 보이는 것이 눈에 들어왔다. 가까이 다가가보니 그의 예상이 옳았다. 한때 파란색이었던 것 같은, 아니 적어도 파란색 계통의 색깔이었을 것 같은 빛 바랜 지붕 하며, 정말 크고 화려한 청사였다. 하지만 진눈깨비가 내리기 시작하여 더이상 그 모습을 제대로 볼 수 없었다. 어쨌든 그것은 건물의 날개였다. 건물 정면은 인접한 길을 향하고 있었다.

그는 거의 인적이 끊긴 조그만 광장을 지났는데, 그곳엔 기이한 모양의 뾰족한 첨탑이 달린 회교사원이 있었다. 청사 안으로 들어가는 입구가 보였다. 청사의 양쪽 날개는 진눈깨비에 가려져 있었고, 가운데 몸체는 어떤 위협을 피하기라도 하려는 듯 안쪽으로 조금 들어가 있었다. 마르크 알렘의 불안은 점점 커지기 시작했다. 그게 그것 같은 문들이 죽 늘어서 있었다. 가까이 가보니 양쪽으로 밀어 열게 되어 있는 커다란 문들은 축축하게 젖은 채 모두 잠겨 있었다. 그것들은 오래 전부터 굳게 닫혀 있는 것 같았다.

그는 곁눈질로 문 하나하나를 살피면서 굳게 닫힌 문을 따라 걸었다. 그때 어디서 나타났는지 두건을 쓴 한 남자가 바로 그의 곁에 서 있었다.

"입구가 어디죠?"

마르크 알렘이 물었다. 남자는 팔을 들어 오른쪽을 가리켜 보였다. 하지만 순례자의 복장인 듯한 옷의 소매가 너무도 헐렁하여 방향을 가리키는 데 방해가 되었다. 세상에, 정말 우스꽝스러운 옷이군. 마르크 알렘은 커다란 소매 속에서 허우적대는 남자의 작은 손이 가리킨 방향으로 걸어가면서 생각했다. 조금 가다보니 가까이 다가오는 발소리가 들렸다. 두건을 쓴 아까 그 남자였다.

"이리로 들어가시오. 이쪽이 직원 출입구요."

그가 말했다. 직원 대접을 받았다는 사실에 마르크 알렘은 우쭐해졌다. 문은 매우 육중해 보였다. 모두 네 개였으며, 다른 것 없이 똑같았고 문마다 묵직한 청동 손잡이가 달려 있었다. 그는 그중 하나를 밀어젖혔다. 생각했던 것과 달리 문은 이상하리만큼 가벼웠다. 그가 들어선 곳은 냉기가 도는 회랑이었다. 천장이 아주 높아서 마치 심연 밑바닥에 서 있는 것 같은 기분이 들었다. 회랑 양쪽으로는 문들이 길게 늘어서 있었다. 문 손잡이를 하나씩 돌려보던 그는 마침내 열려 있는 문을 찾아내어 다른 회랑으로 들어설 수 있었다. 그 회랑은 훨씬 덜 추웠다. 유리창 뒤편으로 드디어 사람들이 보였다. 그들은 둘러앉아 이야기를 나누고 있었다. 하나같이 청사 지붕 색깔과 비슷한 푸르스름한 제복을 입고 있는 것으로 보아, 수위나 접수 업무를 맡은 직원들인 듯했다. 잠시 그는 그들의 제복에 새겨진 얼룩무늬가 그가 먼발치에서 본 청사 지붕의 무늬와 비슷하다는 생각을 했다. 지붕의 얼룩이 진 눈깨비 때문에 그렇게 보인 것인지도 몰랐다. 하지만 그는 더이상 그렇게 비교하고 관찰할 여유가 없었다. 그들이 잡담을 멈추고 그에게 의문의 눈초리를 보내고 있었기 때문이다. 그는 인사를 하려 했으나, 대화를 방해받은 그들의 표정이 너무도 불쾌해 보여서 인사를 건네는 대신 만나기로 약속한 관리의 이름만 겨우 댔다.

"음, 일자리 때문인가보군." 그들 중 한 사람이 말했다. "이층

오른쪽, 십일호로 가보시오."

큰 관공서에 처음 가본 사람이면 누구나 그렇듯 그는 주눅이 들어 뭐가 뭔지 알 수 없었고, 일을 보기 전에 아무하고나 몇 마디 말을 나누고 싶었다. 하지만 그는 잡담을 다시 하고 싶어 안달이 난 그들에 의해 떠밀리듯 안쪽 복도로 들어서게 되었다.

그의 뒤에서 누군가 말했다. "거기요. 거기서 오른쪽으로." 그는 뒤도 돌아보지 않고 목소리가 일러준 방향으로 걸어갔다. 온몸을 휘감고 도는 불안감과 한기 때문에 화도 낼 수 없었다.

복도는 길고 어두웠다. 그곳엔 커다란 문이 십여 개 있었는데, 문에 번호가 매겨져 있지는 않았다. 그는 하나씩 세면서 가다가 열한번째 문 앞에서 멈춰 섰다. 노크를 하기 전에 그곳이 자신이 찾는 관리가 일하는 사무실인지 확인하고 싶었다. 하지만 복도엔 아무도 없었다. 그는 심호흡을 크게 한 뒤 손을 뻗어 조심스럽게 노크했다. 안에선 아무런 소리도 들리지 않았다. 그는 복도 오른쪽과 왼쪽을 번갈아 본 뒤에 다시 한번 노크했다. 이번에는 좀 세게 두드렸다. 여전히 묵묵부답이었다. 세번째 시도에도 역시 반응이 없자, 그는 문을 한번 밀어보았다. 문은 쉽게 열렸다. 깜짝 놀란 그는 삐걱거리며 열리는 문을 다시 닫기 위해 손을 뻗치다가 방에 아무도 없음을 알아차렸다. 그는 잠시 주춤했다. 들어가도 될까? 이런 상황에서 제대로 처신할 수 있는 규칙이라든가 예절 같은 것은 생각나지 않았다. 문에선 더이상 삐걱거리는 소리가 나지 않았다. 그는 그 자리에 서서 눈을 크게 뜬 채 아무도 없는 사무실 안쪽 벽에 놓여 있는 긴 의자들을 바라보았다. 그는 입구에 잠시 서서 추천서에 손을 가져갔다. 추천서가 제대로 있는 것을 확인하니 다시금 용기가 났다. 그는 안쪽으로 들어갔다. 빌어먹을! 그가 중얼거렸다. 술탄 가(街)에 위치한 자신의 저택과 저녁 식사 뒤 높다란 벽난로가 있는 커다란 방에 모이곤 했던 세도가 친척들이 떠올랐다. 그는 좀더 자연스러운 행동거지를 취하고는 많은 의자 가운데 하나를 골라 앉았다. 집과 친척들에 대한 생각은 이내 사라져버리고, 그는 처음의 불안한 마음으로 돌아왔다. 어디서 들리는지 알 수 없지만 마치 속삭임과 같은 나지막한 소리가 들려왔다. 사무실을 둘러보던 그의 시선이 옆으로 나 있는 다른 문에 가서 멈추었다. 소리는 그 문 뒤편에서 들리는 듯했다. 가만히 귀를 기울였으나 웅얼거리는 소리라 무슨 말인지 알아들을 수는 없었다. 이제 그는 모든 주의를 문에 집중하였다. 이유는 알 수 없었지만 문 뒤쪽은 따뜻하리라는 생각이 들었다.

무릎 위에 손을 모으고 있던 그는 한참을 그런 자세로 앉아 있었다. 어쨌거나 그는 아무나 들어올 수 없는 건물 안에 이렇게 별 어려움 없이 들어와 앉아 있는 것이었다. 대신들도 이곳에 들어오려면 특별 출입증을 발급받아야 한다고 들었다. 그는 목소리가 들리는 문 쪽을 향해 두어 번 고개를 돌렸다. 저 문을 밀고 들어가지 않으면 이런 식으로 꼬박 몇 시간이고, 아니 며칠이고 앉아 있어야 할 것 같았다. 설사 그렇다 할지라도 그는 이 대기실에 들어와 앉아 있을 수 있는 자신의 행운에 감사하며 의자에 앉아 있을 터였다. 모든 일이 이렇게 쉽게 진행되리라곤 상상도 못 했다. 사실 모든 게 그리 간단했던 것만은 아니었다. 하지만 그는 이내 자신을 힐책하며, 그렇다고 복잡하지도 않았다고 생각을 고쳐먹었다. 안개 속을 헤치고 여기까지 걸어온 일, 문들이 닫혀 있어서 낭패를 본 일, 청색 제복을 입은 수위들이 불친절하게 대한 일, 그리고 아무도 없는 이 대기실에서 기다리고 있는 일 등은 따지고 보면 그리 복잡한 일들은 아니었다.

그럼에도 그에게서는 이유를 알 수 없는 한숨이 새어나왔다.

바로 그때 문이 열렸고, 그는 의자에서 일어났다. 누군가 고개를 내밀더니 그를 보고는 문을 열어둔 채 다시 방 안으로 사라져버렸다. 안쪽에서 말소리가 들렸다.

"대기실에 누가 와 있는데요."

얼마나 오래 기다렸는지 알 수 없었다. 문은 계속 열린 채였는데 이제는 더이상 사람 목소리는 들리지 않고 이상하게 삐걱거리는 소리만 들려왔다. 마침내 키가 작은 한 남자가 모습을 드러냈다. 손에 문서철을 들고 있는 그는 마르크 알렘이 자신을 주목하고 있다는 것을 제대로 알고 있는 것 같았다. 휴, 다행이군. 마르크 알렘은 속으로 생각했다. 그럼에도 마르크 알렘을 쳐다보는 남자의 시선은 뭔가를 탐색하는 듯했다. 마르크 일렘은 따뜻한

방에서 나오도록 만들어 미안하다는 의미에서 그에게 사과하려 했으나, 그 키 작은 남자의 시선에 짓눌려 아무 말도 할 수 없었다. 마르크 알렘은 가까스로 손만 움직여 주머니에서 추천서를 꺼내 그에게 내보였다. 상대는 손을 뻗어 추천서를 받으려 하다가 불에 데기라도 할 것 같은지 이내 손을 뒤로 뺐다. 그는 고개를 앞으로 뺀 채 추천서를 눈으로만 훑어보더니 그런 자세로 이삼 초간 있다가 고개를 바로 했다. 마르크 알렘은 그의 눈에 이는 조롱의 빛을 본 것 같았다.

"날 따라오시오."

상대는 복도로 통하는 문으로 향하면서 말했다. 그가 앞장서서 나갔고 마르크 알렘은 그 뒤를 따랐다. 처음에는 나중에 되돌아 나올 때를 대비해 길을 머릿속에 새겨두려 했으나 이내 별 소용이 없음을 알고 그만두었다.

복도는 아까 한눈에 본 모습과는 달리 훨씬 길었다. 복도 옆으로 희미한 빛이 새어나오는 다른 통로가 여럿 나 있었다. 그들은 그 가운데 한 통로로 꺾어 들어갔다. 잠시 후 그 남자는 어느 문 앞에서 걸음을 멈추더니 방문객도 따라 들어오라는 듯 문을 열어둔 채 안으로 들어갔다. 잠시 주저하고 있는 마르크 알렘에게 남자가 따라 들어오라고 손짓하자 그도 안으로 들어갔다.

방에 들어서자 온기보다는 방 한가운데 놓여 있는 커다란 청동 난로에서 붉게 타오르는 뜨거운 석탄 냄새가 먼저 느껴졌다. 각진 얼굴을 한 무뚝뚝한 표정의 한 남자가 나무책상 앞에 앉아 있었다. 마르크 알렘은 그 남자가 그들이 나타나기도 전부터 그들을 기다리며 뚫어져라 문을 보고 있었던 것은 아닐까 생각했다.

마르크 알렘이 이제 자신을 냉랭하게 대하지 않는다고 생각한 키 작은 남자는 앉아 있는 자에게 다가가더니 귓속말로 뭔가 얘기를 했다. 앉아 있는 자의 시선은 누군가 연이어 노크라도 한 것처럼 계속 문을 향하고 있었다. 그는 직원의 귓속말을 잠시 듣더니 거의 무표정한 얼굴로 무슨 말인가를 웅얼거렸다. 마르크 알렘은 이상하게도 문에만 집착하고 있는 그자의 눈을 보건대 이곳에서 일할 수 있는 기회가 수포로 돌아가고 있으며, 추천서를 비롯하여 그가 꿈의 궁전에서 일하기 위한 모든 노력이 무산되고 있다는 생각이 들었다.

앉아 있던 남자가 갑자기 마르크 알렘에게 뭐라고 말을 했다. 그는 서둘러 외투 안주머니를 뒤져 추천서를 꺼내들었다. 그런데 자신의 이런 행동이 분위기를 더욱 악화시켰다는 생각이 들었다. 그는 말을 잘못 알아 들었구나 하는 생각에 추천서를 다시 주머니에 집어넣으려 했다. 그런데 바로 그때 키 작은 남자가 추천서를 향해 손을 내밀었다. 마르크 알렘은 다행이다 싶어 추천서를 그에게 건넸다. 그러나 마음을 놓기엔 아직 일렀는지, 상대는 처음 추천서를 보았을 때처럼 그것에 손을 대지는 않았다. 대신 이 추천서가 소기의 목적을 달성하기 위해 거쳐야 할 경로를 그에게 알려주기라도 하려는 듯 허공에 대고 손가락으로 그림을 그렸다. 다소 어안이 벙벙했지만, 마르크 알렘은 그가 추천서를 다른 관리에게 넘기려 한다는 사실을 깨달았다. 여기서 다른 관리란 그를 이곳까지 안내한 관리보다 훨씬 더 지위가 높은 관리를 말하는 것이리라.

놀랍게도 상급 관리는 추천서를 집어들더니 영원히 문에서 떼지 않을 것 같았던 시선을 거두고는(마르크 알렘은 그가 문에서 시선을 떼리라는 희망을 포기하고 있었다) 추천서를 펼쳐 읽기 시작했다. 관리가 한참 추천서를 읽어내려가는 동안 마르크 알렘은 어떤 실마리라도 읽을 수 있지 않을까 하는 기대로 그의 얼굴에서 눈을 뗄 수 없었다. 마르크 알렘의 마음속에서는 두려움이 일고 있었다. 그것은 말로 형용할 수 없는 공포감으로, 지진이 일어날 때 촉발되는 그런 것이었다. 침울한 표정으로 계속 추천서를 읽어내려가던 관리가 천천히 자리에서 일어났다. 일어나는 그의 동작이 너무 느리고 절도 있어서, 마르크 알렘은 오히려 불안했다. 관리의 움직임이 영원히 끝나지 않을 것이며, 자신의 운명을 쥐고 있는 두렵기 그지없는 그 관리가 눈앞에서 괴물로 변하리라는 생각이 들었기 때문이다. 됐습니다. 여기서 일하고 싶지 않습니다. 그러니 추천서를 돌려주세요. 그런 식으로 자리에서 일어나는 당신을 보고 있느니 차라리 다 관두는 게 낫겠습니다. 이런 말이 목구멍까지 치밀어올랐다. 관리는 어느새 자리에서 완전히 일어나 있었다.

당황한 와중에도 마르크 알렘은 관리의 키가 보통 정도밖에 되지 않는다는 것에 놀랐다. 그는 숨을 길게 내쉬었으나 아직 안도하기에는 일렀다. 일어선 관리는 책상 밖으로 나와 방 한가운데로 걸어갔다. 마르크 알렘을 안내한 관리는 그가 그렇게 움직일 것을 알고 있었다는 듯 상관이 지나갈 수 있도록 옆으로 비켜섰다. 그제야 마르크 알렘은 비로소 안도했다. 관리의 행동은 지나치게 오래 앉아 있었던 나머지 굳어진 몸을 풀기 위한 것이거나 혹은 치질이나 통풍 때문에 몸이 불편해서 취한 아주 단순한 동작이었던 것이다. 나도 힘들어 죽을 지경입니다! 그래요, 나도 요즘 신경쇠약으로 힘들단 말입니다! 그는 속으로 외쳤다.

이날 아침 처음으로 평소의 자신감을 되찾은 그는 상대의 눈을 똑바로 쳐다볼 수 있었다. 관리는 여전히 추천서를 들고 있었다. 잘 알겠네. 여기서 일하도록 하게. 마르크 알렘은 그가 이렇게 말해주기를 기대했다. 아니면 적어도 다음주 혹은 돌아오는 계절에 보자는 다소 희망적인 언질을 듣게 되기를 바랐다. 그의 사촌들은 이런 면담을 한 번 성사시키는 데만 두 달 이상 고생한 터였다. 그리고 왠지 모를 위압감이 느껴지는 이 상급 관리는 마르크 알렘이 자신에게 잘 보이는 것보다는 세도가인 마르크 알렘의 집안과 좋은 관계를 유지하는 것에 더 많은 관심을 두고 있는지도 몰랐다. 관리의 표정을 살피던 마르크 알렘은 이제 마음의 평정을 찾

을 수 있었다. 순간 관리의 얼굴에 옅은 미소가 스치는 것을 본 듯
도 했다. 전혀 예상하지 못한 곤란한 일로 관리의 마음에 변화가
일어나지 않는 한 모든 일이 척척 진행되리라. 마르크 알렘과 마
주 선 관리는 조심스럽게 추천서를 접더니, 뭔가 좋은 말이 나오
기를 기대하며 서 있는 그의 앞에서 그것을 찢어버렸다. 무언가
를 물으려는지 아니면 그저 가쁜 숨을 쉬려는지, 관리는 입술을
실룩거렸다. 그러고는 그것으로도 성에 차지 않았던지 난로 쪽으
로 가더니 찢은 추천서를 그 안에 집어넣었다. 잿더미에 묻혀 잦
아들던 회색빛 숯에서 갑자기 일어난 불꽃은 종이 쪼가리를 삼키
고는 다시 잦아들었다.

"타비르 사라일에선 이런 추천서를 용납하지 않네."

관리의 목소리는 어둠 저편에서 울리는 시계 종소리를 연상시
켰다.

그는 뻣뻣이 굳어버렸다. 무슨 행동을 취해야 할지 알 수 없었
다. 그냥 서 있을까 아니면 줄행랑을 칠까, 따질까 아니면 그냥 사
과할까. 그를 안내한 사내는 그런 그의 생각을 읽었는지 마르크
알렘과 상급 관리만 남겨놓고 조용히 방에서 나갔다. 둘은 난로
를 사이에 두고 마주했다. 하지만 그런 상태가 오래 가지는 않았
다. 관리는 마르크 알렘이 보기에 영원히 끝나지 않을 것 같은 예
의 그 느릿느릿한 움직임으로 자신의 책상으로 돌아갔다. 그러나
자리에 앉지는 않았다. 그는 일장 연설이라도 할 것처럼 목소리

를 가다듬고 나서 문과 마르크 알렘을 번갈아 바라보더니 마침내 입을 떼었다.

"타비르 사라일에선 추천서를 받지 않는다네. 이 기관의 설립 정신에 정면으로 위배되기 때문이지."

마르크 알렘은 그의 말을 이해할 수 없었다.

"타비르 사라일의 설립 취지는 외부의 영향을 받지 않는, 그것을 완전히 차단하는 데 있다네. 개방이 아닌 고립이지. 따라서 추천이 아닌 다른 방식을 취한다네. 하지만 어쨌거나 오늘부터 자네는 이곳의 직원일세."

어떻게 된 거지? 마르크 알렘은 생각했다. 다시 한번 확인이라도 하려는 듯 그는 잦아든 잉걸불 위에 잿더미가 되어 있는 추천서를 바라보았다.

"맞네. 바로 지금부터 자네는 이곳의 직원일세."

마르크 알렘의 어리둥절한 표정을 본 관리는 거듭 말했다. 그는 심호흡을 하더니 책상 위에(그제야 마르크 알렘은 책상 위에 문서 더미가 수북이 쌓여 있는 것을 보았다) 손을 짚고서 말을 하기 시작했다.

"오늘날 꿈의 궁전이라고 부르는 타비르 사라일은 위대한 우리 제국의 최고 중추 기관 가운데 하나로서……"

그는 이 신출내기가 자신의 말을 제대로 이해하고 있는지를 확인하기 위해 잠시 말을 멈추고 마르크 알렘을 바라보았다. 그러고는 다시 말을 이어나갔다.

"예로부터 세계는 국가와 그 통치자의 운명을 예측하는 도구로서 꿈을 아주 중요하게 인지하고 있다네. 자네는 고대 그리스에서 행해졌던 델포이의 신탁과 로마, 아시리아, 페르시아, 몽골 등 세계 곳곳의 유명한 예언가들에 대한 이야기를 들어보았겠지. 고대 문헌을 보면 불행을 예견함으로써 얻은 이로움과 그것을 믿지 않거나 너무 늦게 받아들임으로써 치른 대가에 대해 잘 알 수 있지. 요컨대, 거기엔 예견된 사건들이 낱낱이 기록돼 있으며 그러한 예견을 통해 사건의 추이가 어떻게 변했는지 혹은 변하지 않았는지 알 수 있다네. 이런 유구한 전통은 나름의 중요성을 갖고 있지만, 우리 타비르 사라일과 비교하자면 새 발의 피지. 우리 제국은 인류 역사에서 꿈 해석을 고도로 제도화한 최초의 나라라네."

마르크 알렘은 뭐가 뭔지 모르는 상태에서 관리의 말을 듣고 있었다. 아직 아침의 기분에서 벗어나지 못한 상태이건만 샘에서 길어올리듯 끊임없이 흘러나오는 이 난해하기 그지없는 말들의 잔치는 또 무엇인가!

"통치자 술탄께서 몸소 설립하신 우리 꿈의 궁전은 한때 신께서 내려주신 표식을 읽고 예언을 독점하던 사람들처럼 각 개인이 꾼 개별적인 꿈들을 분류하고 분석하는 일에 관여한다네. 그뿐아니라 모든 국민의 꿈을 빠짐없이 모은 통합 타비르를 분석하는 일도 하지. 델포이의 신탁이나 특권을 가진 예언자와 고대 주술사들은 이에 비하면 하찮기 그지없다 할 정도로 위대한 사업이라네. 우리의 술탄께서 통합 타비르를 설립하실 생각을 하신 것은, 알라 신께서 번개를 내리시고 무지개를 만드시고 우리가 알 수 없는 신비의 심연으로부터 혜성을 끄집어내어 갑자기 우리 눈앞에 펼쳐놓으시는 것처럼 이 지상에 예지몽을 뿌리신다는 사실에 근간을 둔 것이네. 결국 그분께서는 지상 아무 곳에나 표식을 내리시게 되지. 왜냐하면 그분께서는 너무 멀리 떨어져 계셔서 세세한 것에는 신경을 쓰실 수가 없기 때문이야. 그래서, 마치 사막에 떨어진 진주 한 알을 찾는 일과도 같지만, 수없이 많은 꿈 가운데 그 꿈이 누구의 꿈으로 자리했는가를 알아내야 한다네. 잠든 수백만 명 가운데 한 사람의 머릿속에 숨겨진 꿈을 찾아 설명함으로써 제국과 통치자께 다가올 불행한 일을 미리 막을 수 있고 전쟁이나 페스트와 같은 역병을 피할 수 있으며 새로운 이념을 잉태하는 데 도움을 줄 수도 있기 때문이지. 따라서 꿈의 궁전은 허깨비 같은 기관이 아니라 제국의 중요한 대들보 가운데 하나일세. 이곳에서 우리는 다른 어떤 연구 혹은 파샤* 령(領)의 행정관, 경찰관, 조사관들이 내는 보고서나 조서를 보는 것보다 훨씬 더 정확하게 제국의 실상을 파악할 수 있다네. 잠이라는 어둠의 왕국에

---

* 오스만 제국의 고위 관직.

는 인간성의 밝음과 어둠, 즉 인간성의 꿀 같은 측면과 독 같은 측면 혹은 인간성의 위대함과 비천함이 공존하기 때문이지. 인간의 꿈속에는 현재 힘들고 불행한 일들뿐 아니라 몇 년 혹은 몇백 년 안에 그렇게 될 일들까지 미리 나타나게 돼 있어. 사악한 열망과 이념, 재앙과 범죄, 폭동과 혼란 같은 것들은 그것들이 우리 눈앞에 실제로 모습을 드러내기 훨씬 전부터 이미 그 그림자를 길게 드리우게 돼 있다는 말일세. 그렇기 때문에 파디샤*께서는 가장 보잘것없는 시대에 가장 외진 국경 지역에서 꾼 꿈이라 할지라도, 그리고 알라 신의 은총을 가장 덜 받는 미물의 꿈일지라도 타비르 사라일이 모조리 감시할 수 있도록 만들어놓으셨다네. 그리고 좀더 근본적인 차원에서 제국이 원하는 것은 매일, 매주, 매달 그 꿈들을 수집하고 분류하고 분석하여 만든 도표가 그 무엇으로도 왜곡할 수 없을 만큼 정확해야 한다는 것일세. 그렇게 하려면 꿈이라는 재료를 처리하기 위해 엄청난 노력을 기울이고 타비르 사라일이 외부의 모든 영향으로부터 자유로워지는 것이 가장 중요하다고 볼 수 있네. 왜냐하면 타비르 사라일 바깥에 존재하는 이해 세력들이 여러 이유로 자신들의 계획이나 생각이나 판단을 마치 알라 신께서 잠자고 있는 인간의 머릿속에 뿌려놓는 신의 표식이라도 되는 양 이곳에 어떤 영향을 미칠 요소들로서 심어놓으

---

*오스만 제국의 술탄.

려 한다는 것을 우리가 잘 알고 있기 때문이지. 그렇기 때문에 타비르 사라일에서는 추천서를 용납하지 않는다네."

이 대목에서는 그렇게 해야 한다는 듯 마르크 알렘의 시선이 재가 되어 불의 요정처럼 난로 속에서 파닥거리는 종이를 향했다.

"자네는 선별부에서 일하게 될 걸세." 관리는 변화 없는 어조로 말을 이어나갔다. "새로 들어오는 직원들이 다 그러듯 자네도 처음에는 별로 중요하지 않은 부서에서부터 일을 시작해야 하지만, 우리가 필요로 하는 사람이기 때문에 선별부에서부터 시작하는 거라네."

마르크 알렘은 새카매졌는데도 아직 타고 있는 종이를 슬쩍 쳐다보았는데, 그 모습이 마치 "너 아직도 거기에 있냐?"라고 말하는 듯했다. 관리가 계속했다.

"한 가지 명심해야 할 것은, 절대 비밀을 누설해서는 안 된다는 것이네. 타비르 사라일은 외부세계와 완전히 차단된 기구라는 것을 잊지 말게."

그는 한 손을 책상 위에 얹고 경고의 표시로 다른 손의 검지를 세웠다.

"이곳에 몰래 침투하려는 개인과 과격 단체들이 많다네. 하지만 타비르 사라일은 결코 호락호락하지 않아. 외부와 격리된 이곳은 권력을 향한 파벌 다툼이 끊이지 않는 소란스러운 바깥과 거리를 두고 있다네. 한마디로 모든 것으로부터 거리를 두고 있으며, 특정 존재와 관련을 맺거나 하는 일이 없어. 지금까지 내가 한 말을 다 잊어도 상관없네. 하지만, 이보게 자네, 거듭 말하지만 비밀 유지만큼은 절대 명심하도록 하게나. 이것은 단순한 조언이 아닐세. 타비르 사라일의 지상 명령이라고 할 수 있네. 자, 이제 일을 하러 가게. 복도로 나가서 선별부로 가는 길을 물어보게나. 자네가 그곳에 가기에 앞서 자네를 맞이할 사람이 숙지 사항들을 일러줄 걸세. 그럼 행운을 비네!"

복도로 나온 마르크 알렘은 어리둥절했다. 선별부로 가는 길을 물어볼 사람이 없었던 것이다. 그는 무작정 걷기 시작했다. 아직도 귓가에는 고위 관리가 들려준 말의 편린들이 남아 윙윙거리고 있었다. 머릿속에서는 도대체 이게 무슨 일인가 하는 의문이 떠올랐다. 그는 관리의 말을 지워버리려는 듯 머리를 흔들었다. 하지만 텅 빈 복도에 서자, 자네는 선별부에서 일하게 될 걸세, 자넨 우리가 필요로 하는 사람이네 같은 말들이 복도의 벽에 부딪혀 더욱 을씨년스럽게 울려퍼지는 것 같았다.

도대체 무슨 이유인지는 모르겠지만 마르크 알렘의 걸음이 빨라졌다. 선.별.부. 그는 머릿속에서 이 단어를 되뇌었다. 혼자 동그마니 남게 되니 그 말이 기이한 음조를 띤 것처럼 느껴졌다. 복도 안쪽에 사람의 형상이 보였다. 그러나 그것이 다가오는 것인지 멀어지는 것인지는 알 수 없었다. 소리쳐 부르거나 신호를 보내려 했으나, 그러기엔 사람으로 보이는 그 형상은 너무 멀리 떨

어져 있었다. 그는 걸음을 빨리하다가 결국 그 형상이 이 절망적
인 복도에서 그를 구원해줄 유일한 사람이라도 되는 양 어떻게든
그 사람을 잡으려고 다가가기 시작했다. 거의 뛰다시피 하던 그
는 왼쪽에서 나는 묵직한 발소리를 들었다. 그는 걸음을 늦추고
귀를 쫑긋 세웠다. 발소리들은 옆으로 난 작은 복도에서 나고 있
었다. 소리의 울림이 규칙적이고 압도적이었다. 소리가 나는 쪽
으로 고개를 돌린 그는 남자 여럿이 손에 한 뭉텅이의 문서를 들
고 말없이 걸어오는 것을 보았다. 문서의 겉표지는 하나같이 녹
색에 가까운 파란색이었는데, 꿈의 궁전의 지붕과 수위들의 제복
과 같은 색이었다.
　그들이 그를 지나치려 할 때 마르크 알렘이 숫기 없는 목소리로
물었다.
　"저, 실례합니다만 선별부로 가려면 어떻게 가야 하죠?"
　"오던 길을 되돌아가시오. 여기가 처음이신가보군." 쉰 목소리
의 한 남자가 대답했다.
　이 말을 한 사람은 한참 동안 발작적으로 기침을 했다. 이윽고
기침이 잦아들자, 그는 가다가 오른쪽 네번째 복도를 끼고 돌면 3
층으로 올라가는 계단이 있을 것이고 3층으로 올라가면 다시 사
람들에게 물어보라고 설명했다.
　"고맙습니다, 선생님."
　마르크 알렘이 말했다.

“천만의 말씀이오.”

이름 모를 상대가 대답했다. 마르크 알렘은 다시 멀어져가는 그 사람이 숨가쁜 목소리로 “아무래도 감기에 걸렸나봐” 하고 내뱉는 소리를 들을 수 있었다.

마르크 알렘이 선별부를 찾는 데는 십오 분도 더 걸렸다. 그를 기다리고 있는 사람이 있었다.

“당신이 마르크 알렘이군요?”

그를 맞이한 직원은 그가 입을 열기도 전에 말했다.

그는 고개를 끄덕이며 맞다고 했다.

“저를 따라오세요. 부장님께서 기다리고 계세요.”

상대가 말했다. 마르크 알렘은 고분고분하게 그를 따라갔다. 그들은 주욱 늘어선 방들을 지나갔다. 방마다 기다란 책상들이 놓여 있고 그 책상 앞에 수십 명의 직원이 앉아 펼쳐진 문서 앞에 고개를 박고 있었다. 그들 가운데 어느 누구도 그에게 호기심을 보이지 않았다. 마룻바닥 위에서 뚜벅거리는, 마르크 알렘을 안내하는 직원의 발소리에도 전혀 아랑곳하지 않았다.

다른 모든 사람처럼 부장도 책상 앞에 앉아 두 개의 문서를 들여다보고 있었다. 마르크 알렘을 안내한 사람이 상관에게 다가가더니 귓속말로 뭔가를 얘기했다. 하지만 마르크 알렘이 보기에 부장이라는 사람은 전혀 귀를 기울이지 않는 것 같았다. 계속해서 문서의 한 페이지를 뚫어져라 보고 있을 뿐이었다. 순간 마르크 알렘은 먼 곳에 진앙지가 있는 어떤 무시무시한 것의 흔적이 사그라든 파도처럼 그의 눈가에 머물러 있다는 인상을 받았다.

마르크 알렘은 자신을 안내한 사람이 다시 한번 부장의 귀에 대고 같은 말을 해주기를 바랐다. 하지만 그 사람은 더이상 그럴 의향이 없어 보였다. 그저 상관이 보고 있는 문서에서 눈을 들어 자신을 봐줄 때까지 잠자코 그 옆에 서서 기다릴 뿐이었다.

기다림은 계속됐다. 마르크 알렘은 부장이 결코 고개를 들지 않을 것이며, 몇 시간 동안 혹은 근무시간이 끝날 때까지, 아니 근무시간을 넘겨서까지 그들을 세워둘지도 모른다는 생각이 들었다. 다시금 깊은 침묵이 내려앉았다. 들리는 소리라곤 부장이 넘기는 종이의 가벼운 바스락거림 정도였다. 어느 순간 마르크 알렘은 부장의 시선이 더이상 서류를 읽어내려가지 않고 멈추어 있음을 알아챘다. 겉으로 보기엔 방금 읽은 내용을 되새기는 듯했다. 그런 상태로 문서를 읽은 시간만큼의 시간이 흐른 듯했다. 마침내 그는 눈에 씌워진 마지막 장막을 걷어내려는 듯 눈을 비비고는 마르크 알렘을 쳐다봤다. 조금 전부터 누그러지기 시작한 두려움의 기운은 이제 완전히 가셨다.

"새로 들어온 친구가 자넨가?"

마르크 알렘은 고개를 끄덕여 그렇다고 대답했다. 부장은 아무 말 없이 자리에서 일어서더니 길게 놓인 책상들 사이를 걸어 밖으로 나갔다. 두 사람은 그의 뒤를 따라갔다. 그는 몇 개의 방을 지났는데, 마르크 알렘이 보기에 이미 지나온 방들 같기도 하고 그렇지 않은 것 같기도 했다.

저 멀리 빈자리와 개봉되지 않은 문서가 놓여 있는 책상이 눈에 들어오자 마르크 알렘은 그곳이 자신의 자리임을 직감했다. 부장은 예상했던 그곳에 멈춰 서더니 손가락으로 책상과 빈 의자 사이를 가리켰다.

"이곳이 자네가 일할 자리네."

부장이 말했다. 마르크 알렘은 개봉되지 않은 옅은 푸른색 표지의 문서를 바라보았다.

"우리 선별부는 이런 방 몇 개를 사무실로 사용하고 있지." 부장은 오른팔을 크게 저으며 말했다. "타비르 사라일에서 가장 중요한 부서 가운데 하나일세. 타비르에서 가장 중요한 부서는 해석부라고 생각하는 사람들도 있지만 알고 보면 그들은 아무것도 아니지. 해석관들은 자기들이 귀족이나 되는 양 뻐기는 경향이 있어. 그들은 우리 같은 선별관들을 경멸의 시선으로 바라보지. 하지만 그들의 그런 태도가 별 볼일 없다는 것을 알게 될 걸세. 최소한의 양식을 가진 사람이라면 선별부가 없는 해석부는 곡식 없는 방앗간이나 마찬가지라는 것을 인정하게 될 테니까. 바로 우리가 그들이 일할 수 있도록 모든 재료를 제공해주기 때문이지. 우리는 그들의 존재 기반인 거야. 그들의 성패는 우리에게 달려 있어."

그는 손짓을 하며 말했다.

"뭐, 어쨌든 자네가 여기서 일하다보면 내 말이 맞다는 것을 피부로 느끼게 될 걸세. 나는 자네가 이곳에서 일하는 데 필요한 중요 지시사항을 이미 전해 들었을 것이라고 생각하네. 자네가 할 일을 오늘 모두 이야기하지는 않겠네. 첫날부터 자넬 주눅들게 할 생각은 없으니까. 지금은 자네가 당장 알아야 할 사실만 일러줌세. 나머지는 하다보면 조금씩 알게 될 거야. 이 방은 선별부의 첫번째 사무실이네."

부장은 다시 한번 손으로 반원을 그렸다.

"우리 사이에서는 이 방을 렌즈의 방이라고 부르네. 이곳에서 꿈을 제일 먼저 분류하기 때문이지. 한마디로 모든 것이 이 방에서 시작된다고 보면 되네." 그는 뒤에 이을 말을 생각하려는지 눈을 껌벅거렸다. "아무튼 조금 후에 지역 사무소에서 첫번째 분류작업을 어떻게 하는가를 좀더 자세히 일러주겠네. 이런 지역 사무소는 제국 전체에 천구백여 개에 이른다네. 각 사무소마다 하부조직이 있고, 그 조직들은 본부에 꿈들을 발송하기 전에 예비 분류작업을 하지. 하지만 그 분류작업만으로는 충분하지 않아. 진정한 의미의 분류작업은 바로 이곳에서 이루어진다네. 잘 익은 알곡과 쭉정이를 가려내듯, 이곳에서는 겉으론 아무것도 드러내지 않는 것처럼 보이는 이해관계를 품은 꿈들을 분류하지. 이곳에서 하는 분류작업이란 바로 그런 것이라네. 이와 같은 정제의 과정이 우리 선별부의 핵심 업무라고 할 수 있지. 알아듣겠나?"

부장의 눈빛은 점점 생기를 띠기 시작했다. 처음에는 힘겹게 꺼내던 말들이 이제는 머릿속에서 생각을 정리하기도 전에 청산유수처럼 입술을 타고 흘러나왔다. 그는 그 탄력을 받으려는 듯 더욱 어조를 빨리했다.

"우리 업무의 핵심이라고 할 수 있는 것은," 그는 쉬지 않고 계속했다. "이해관계를 내포하지 않는 꿈들을 솎아내는 것이지. 우선, 제국과 일말의 관련도 없는 개인적 성격이 아주 강한 꿈이 있네. 그리고 포만감이나 배고픔, 추위 혹은 더위, 질병 등과 같은 것에서 비롯되는 꿈이 있지. 한마디로 육체와 관련된 꿈이라네. 끝으로 꿈을 가장한 꿈이 있네. 다시 말해서 진짜 꿈은 아니고 어떤 일이 성공하기를 바라는 마음에서 꾸게 되는 꿈 혹은 이야기를 날조하기 좋아하는 놈이나 선동가들이 만들어내는 꿈이지. 우리는 이와 같은 세 종류의 꿈을 문서에서 솎아내야 하네. 하지만 그것이 말처럼 간단하진 않네. 그것들을 솎아내는 일은 매우 힘들어. 겉으로는 배고픔이나 류머티즘처럼 아주 사적이고 사소한 것으로 보이지만, 실제로는 정부 관리가 이야기하는 것보다 제국의 시국 사안과 직접적으로 관련된 꿈들이 있어. 물론 이런 것들을 파악하기 위해서는 경험과 연륜이 필요하지. 사소한 판단 실수로 모든 일이 꼬일 수도 있다네, 알았나? 단적으로 말해서 사람들이 보는 것과 달리 우리가 하는 일은 고도의 기술이 요구되는 것이라네."

이제 그는 비꼬는 듯한 어조를 접고 마르크 알렘에게 해야 할 구체적인 업무 내용을 차분히 설명하기 시작했다. 하지만 그의 눈가에는 처음에 보았을 때 경직된 그 모습이 그대로 남아 있었다. 그가 말을 이어나갔다.

"이 방을 나서면, 자네도 아까 보았듯이 다른 방들이 있네. 자네가 할 일을 제대로 파악하기 위해서 우선 각 방을 하루나 이틀씩 할애하여 둘러보도록 하게. 그렇게 둘러보면서 선별부에 대한 전체적인 윤곽을 잡은 연후에 이곳 렌즈의 방에 돌아와 앉으면 할 일이 좀더 분명하게 들어올 걸세. 하지만 이번주까지는 그냥 여기서 일을 하고 다음주부터 그렇게 하도록 하게."

그는 책상 위로 몸을 기울이더니 문서 하나를 마르크 알렘에게 내보이며 푸른색 겉표지를 펼쳤다.

"자네가 검토할 첫 문서네. 10월 19일에 도착한 꿈들이 기록돼 있지. 꼼꼼히 읽되 서두르진 말게. 만약 어떤 꿈이 조각 맞추기가 덜 끝난 퍼즐과 같은 상태에 있다 하더라도 그냥 그 상태로 두고 성급하게 폐기하진 말게. 자네가 분류한 것을 다른 사람이 또 분류하게 돼 있으니까. 그 사람을 부르는 정식 명칭은 2차 통제관이네. 자네가 빠뜨린 것을 바로잡는 역할을 하는 사람이지. 그가 검토를 마치면 다른 통제관이 검토를 히고 계속 그런 식으로 이어진다네. 결국 이 방에 있는 사람들 모두가 그 일에 매달려 있는 거야. 자, 그럼 행운을 비네!"

그는 잠시 마르크 알렘을 바라보더니 뒤돌아서 가버렸다. 마르크 알렘은 한동안 제자리에 붙박인 듯 서 있었다. 그런 다음 소리 나지 않게 천천히 의자를 살짝 뒤로 밀고 미끄러지듯 책상과 의자 사이로 들어가 조심스럽게 자리에 앉았다.

이제 그의 앞에는 문서가 펼쳐져 있었다. 드디어 그와 그의 가족의 바람이 이루어진 것이다. 그는 타비르 사라일의 직원이 되었고 베일에 싸인 꿈의 궁전에 책상과 의자를 가진 진짜 관리가 된 것이다.

그는 문서의 글자를 읽을 수 있을 정도로 몸을 기울이고서 천천히 문서를 읽기 시작했다. 두꺼운 종이 위에는 문서번호와 날짜가 적혀 있었다. 밑에는 다음과 같은 추가 기록이 있었다. '수르쿠를라 담당, 63개의 꿈 첨부.'

그는 뻣뻣해진 손가락으로 다음장을 넘겼다. 첫 장과 달리 둘째 장부터는 내용이 빽빽하게 적혀 있었다. 첫 세 줄엔 녹색 잉크로 밑줄이 쳐져 있었고 그 다음으로 이어지는 줄 사이에 다소 간격이 있었다. 첫 세 줄의 내용은 다음과 같았다.

지난 9월 3일 새벽녘에 꾼, 쿠스텐딜 파샤령 내의 케르크 킬리 군(郡) 소재 알라제히사르 우체국에 근무하는 유수프의 꿈.

그는 밑줄이 쳐진 문장에서 시선을 들었다. 9월 3일이라, 그는 얼떨떨한 상태에서 생각에 잠겼다. 이 모든 것이 생시일까? 내가 정말 책상에 웅크리고 앉아 쿠스텐딜 파샤령 내의 케르크 킬리 군 소재 알라제히사르 우체국의 직원인 유수프라는 작자의 꿈을 읽고, 그의 운명을 좌우하고, 그의 꿈을 쓰레기통에 집어넣을지 타비르의 거대한 조직에서 심층 분석을 하도록 넘길지 결정하는 진정한 타비르 사라일의 관리가 된 것일까?

등줄기를 타고 기쁨의 전율이 흘러내렸다. 그는 다시 고개를 숙이고 글을 읽어나가기 시작했다.

흰 여우 세 마리가 군청 소재지 회교사원 첨탑 위에 앉아 있다.

갑자기 그는 소스라치게 놀랐다. 벨이 울린 것이다. 누가 어깨를 치기라도 한 듯 그는 고개를 번쩍 들었다. 좌우를 번갈아 둘러본 그는 자신의 눈을 의심했다. 조금 전까지만 해도 앞에 놓인 문서에 홀린 것처럼 의자와 한덩어리가 돼 있던 사람들이 일제히 마법에서 깨어나고 있었다. 벨소리가 길게 늘어선 방들을 하나하나 깨우는 동안 그들은 자리에서 일어나 떠들면서 요란하게 의자를 움직였다.

"무슨 일인가요? 왜들 이러는 거죠?"

마르크 알렘은 물었다.

"오전 휴식시간이오." 옆자리의 사람이 말했다. (그런데 이 사람은 여태 보이지 않았는데 어디서 불쑥 나타난 것일까?) "오전 휴식시간이오." 그 사람은 다시 한번 말했다. "물론 신입이니까 아직 근무 시간표를 모르는 건 당연하지요. 금방 알게 될 거요."

방을 가득 채우고 있던 사람들이 사방에서 일어나 기다란 책상들을 헤치며 출입구를 향해 움직였다. 마르크 알렘은 문서를 계속 읽고 싶었으나, 사람들이 그를 치고 지나가고 의자를 흔들어 대는 통에 차분히 문서를 읽을 분위기가 아니었다. 그럼에도 그는 꿋꿋이 다시 문서에 머리를 묻었다. 그 문서엔 왠지 애인처럼 그를 끌어당기는 것이 있었다. "흰 여우 세 마리……" 그때 누군가 그의 귀에 바싹 대고 말했다.

"아래층에 가면 커피와 살렙*이 있어요. 자, 일어나요. 가보면 마음에 들 겁니다."

마르크 알렘은 미처 그 사람의 얼굴을 확인할 틈조차 없었다. 하지만 그는 자리에서 일어나기로 했다. 그는 문서철을 덮고 다른 사람들처럼 출입구 쪽으로 나갔다.

복도에 나서니 어느 방향으로 가야 할지 물어볼 필요도 없었다. 모든 사람이 한 방향으로 움직이고 있었다. 옆으로 난 작은 통

---

* 터키 중부 산악지대에 서식하는 난초과 식물의 뿌리로 만든 차.

로에서 빠져나오는 사람들까지 더해져 통로 안의 사람들은 거대한 인파를 이루었다. 그는 인파에 휩쓸렸다. 사람들은 서로 어깨를 부딪치며 앞으로 나아갔다. 그는 타비르 사라일에 이렇게 많은 사람들이 근무한다는 사실을 알고 놀랐다. 그 수는 수백 아니 수천에 이를 듯했다.

계단에서 발소리는 더욱 요란해졌다. 한 층을 내려가니 길게 뻗은 복도가 있었고 사람들은 그 복도 끝에서 다시 계단을 내려갔다. 층계참에 이를 때마다 창문이 점점 작아졌다. 그것으로 보아 이제 지하로 내려가고 있다는 것을 느낄 수 있었다. 사람들은 거의 한덩어리가 되어 붐볐다. 휴게실에 들어가기도 전에 커피와 살렙의 서로 다른 향기가 풍겨왔다. 그 냄새를 맡자, 대저택인 그의 집에서 아침을 먹던 생각이 났다. 그는 갑자기 희열을 느꼈다. 안쪽으로 기다란 카운터가 있었고 카운터 뒤에서는 십여 명의 급사들이 김이 모락모락 나는 커피와 살렙 잔을 건네고 있었다. 그는 인파를 헤치며 카운터 쪽으로 다가갔다. 시끌벅적한 가운데서도 커피나 차를 홀짝거리는 소리와 가벼운 기침 소리, 그리고 동전이 짤랑거리는 소리가 들렸다. 곳곳에서 기침 소리가 들리는 것을 보니 이곳에 있는 상당수의 사람들이 감기에 걸린 것 같았다. 아니면 오랜 시간 아무 말도 안 하다가 갑자기 말을 하려니 목을 가다듬느라 그러는 것인지도 모를 일이었다.

줄에 밀린 그는 카운터 근처에서 앞으로 나가지도 뒤로 빠지지도 못한 채 갇히는 신세가 돼버렸다. 뒷사람들이 자신의 머리 너머로 찻잔을 건네받고 돈을 지불하는데도 마르크 알렘은 그냥 내버려뒀다. 뭘 먹거나 마시고 싶은 생각이 별로 없었기 때문이다. 사람들에 이리 밀리고 저리 밀리면서 그저 다른 사람들이 행동하는 대로 자신도 행동했으면 하고 바랄 뿐이었다.

"그렇게 가만히 서서 어떻게 차를 마시려고 합니까." 뒤에서 누군가 말했다. "그렇게 있을 거면 나라도 앞으로 나가게 해주시오!"

마르크 알렘은 바로 길을 터주었다. 그 사람은 그렇게 쉽게 양보를 해준 것이 의아하다는 듯 고개를 돌려 마르크 알렘을 쳐다봤다. 그의 얼굴은 길고 발그레했으며 어린아이처럼 뺨이 통통했다. 잠시 동안 그는 마르크 알렘을 응시했다.

"당신, 신입이군요?"

마르크 알렘은 고개를 끄덕였다.

"그렇게 보여요."

그는 카운터 쪽으로 몇 걸음 움직이더니 다시 마르크 알렘을 향해 고개를 돌렸다.

"뭐 마실래요? 커피 아니면 살렙?"

아뇨, 괜찮아요. 그는 이렇게 말하려고 했지만, 그랬다가는 괴짜 취급을 받을 것 같았다. 그렇지 않아도 사람들이 하는 대로 따라하면서 가급적 튀는 행동을 삼가려 하고 있지 않은가?

"커피요."

그는 들릴락 말락 우물거렸으나 입술을 우물거리는 모양만으로도 상대는 그가 원하는 것을 충분히 알 수 있었다.

그는 동전을 꺼내기 위해 호주머니에 손을 집어넣었다. 그러나 그 사이 안면을 튼 그 남자는 몸을 돌려 카운터를 향했다. 제자리에 서서 그를 기다리던 마르크 알렘은 본의 아니게 주변 사람들이 나누는 얘기들을 토막토막 듣게 되었다. 그것은 마치 커다란 맷돌에 갈려 나오는 파쇄물 같았다. 그러나 웅성거림 속에서도 몇몇 단어들이 귀에 분명히 들어왔고, 간혹 용케 맷돌에 갈리지 않고 온전한 형태로 빠져나온 몇몇 문장들은 귀에 들어오기도 했다. 하지만 맷돌은 다음 회전에서는 어김없이 모든 말을 갈아버릴 터였다. 마르크 알렘은 다소 놀랐다. 들리는 말 가운데 타비르 사라일에 관한 말은 없었다. 추운 바깥 날씨, 커피의 맛, 경마, 복권, 수도에 유행하고 있는 독감 등 시시콜콜한 얘기뿐이었다. 청사 안에서 벌어지고 있는 일에 대한 은밀한 속삭임 같은 것은 없었다. 그들은 등기소나 그 밖의 다른 정부 부처에서 일하는 사람들처럼 보였다. 제국 내에서 가장 은밀하다는, 그 유명한 꿈의 궁전의 직원들이라곤 도저히 보기 어려웠다.

새롭게 안면을 튼 사람이 양손에 커피 잔을 하나씩 조심스럽게 들고 여전히 북적이는 인파를 뚫고 나오는 모습이 마르크 알렘의 눈에 들어왔다.

"아, 이놈의 지겨운 줄서기!"

그는 이렇게 말하고는 커피 잔을 마르크 알렘에게 건네지도 않은 채 여전히 조심스러운 태도로 지하에 마련된 수십 아니, 수백 개의 테이블 가운데 비어 있는 테이블을 찾아 움직였다. 대부분 비어 있기는 한데 의자가 없는 테이블들이었다. 그 위에 팔꿈치를 기대고 마실 요량이거나 다 마신 찻잔을 올려두는 데 이용되는 테이블들이었다.

여전히 양손에 커피 잔을 들고 있는 그가 마침내 빈 테이블 하나를 발견하고 그 위에 커피 잔들을 올려놓았다. 마르크 알렘은 여태 손에 쥐고 있었던 동전을 그에게 슬쩍 내밀었다. 상대는 됐다는 듯 손을 저었다.

"뭘, 이런 걸 갖고."

"고맙습니다."

마르크 알렘은 커피 잔을 잡았다. 다른 한 손에는 여전히 동전이 들려 있었다.

"언제 일을 시작했습니까?"

그가 물었다.

"오늘입니다."

"그래요? 축하해요! 정말 용케……" 그는 말꼬리를 흐린 채 잔을 입에 갖다댔다. "어느 부서죠?" 곧이어 그가 물었다.

"선별부요."

"선별부라고요?" 상대는 놀라서 되물었다. 그의 얼굴이 환해 졌다. "정말 놀랍네요. 좋은 데서 시작하는데요? 보통 처음 들어 오면 수집부에서 시작하는데. 뭐, 어떤 때는 필경부라고 하는 그 보다 더 낮은 데서도 시작하지만."

순간 마르크 알렘은 타비르 사라일에 대해 좀더 많은 것을 알고 싶은 마음이 들었다. 조심스럽던 그의 마음이 열리기 시작했다.

"선별부가 중요한 부서인가보죠?"

그가 물었다. 상대는 그를 가만히 쳐다봤다.

"그럼요. 요직이죠. 특히 젊은 사람들에겐."

"무슨 말씀인지?"

"그러니까 갓 들어온 직원들한테 그렇다는 거지요. 무슨 말인 지 이해하겠어요?"

"그렇다면 일반적으로는요? 그러니까 젊은 사람이 아닌 일반 적인 경우에는 어떤가요?"

"당연히 일반적인 차원에서도 마찬가지예요. 왜냐하면 그곳은 무엇을 결정하는 위치에 있는 부서니까요. 아주 중요한 부서라고 할 수 있어요."

그 대목에서 마르크 알렘은 그를 가만히 응시했다.

"물론 그보다 더 중요한 부서가 있긴 하지만."

"가령, 해석부 같은 데 말인가요?"

상대는 놀란 듯 마시던 커피 잔을 내려놓았다.

"이런 이런, 당신은 겉보기와 달리 생초보가 아니군." 그는 미소를 지으며 말했다. "근무 첫날에 이미 적지 않은 것을 알고 있으니 말예요."

마르크 알렘은 그에게 미소를 지어 보이려 했으나 너무 되바라져 보이지 않을까 하는 생각이 들어 그만두었다. 새로운 경험으로 점철된 이날 오전 내내 그의 얼굴에 드리워졌던 얼음처럼 딱딱한 기운이 채 풀리지 않은 상태이기도 했다. 상대는 말했다.

"맞아요. 해석부는 타비르 사라일의 핵심이에요. 말하자면 뇌의 신경중추라 할 수 있어요. 거기서 여타 부서들의 모든 활동을 주관하지요. 준비작업 등을 포함한 모든 것을 말이에요."

듣고 있던 마르크 알렘은 어떤 열기에 휩싸인 듯했다.

"거기서 일하는 사람들을 타비르의 실세라고 부르나요?"

상대는 잠시 생각을 하는 듯 입술을 오므렸다.

"음, 비슷해요. 그런데 실세라기보다는 뭐 그 비슷한 거예요. 하지만……"

"하지만?"

"그들 위에 아무도 없는 건 아니죠."

"그게 누군데요?"

마르크 알렘은 대담한 질문에 자신도 놀라면서 물었다. 상대는 마르크 알렘을 잠시 뚫어지게 쳐다보더니 말했다.

"당신이 어떻게 생각하든 타비르 사라일은 그보다 훨씬 더 큰

조직이에요.”

마르크 알렘은 그 말이 무슨 의미냐고 묻고 싶었지만 너무 꼬치꼬치 캐묻는 것 같아 그만두었다. 상대가 다시 입을 열었다.

“우리가 알고 있는 공식 타비르 외에 비밀 타비르가 있어요. 그곳에서는 사람들이 자발적으로 보내온 꿈들이 아닌, 제국에서 나름의 방법과 수단을 동원하여 입수한 꿈들을 분석하는 일을 하죠. 해석부보다 더 중요한 부서가 있다는 말을 이해하겠죠?”

“물론입니다.” 마르크 알렘은 대답했다. “그런데……”

“말해보세요.”

“비밀 타비르가 취합한 것이든 아니면 자발적으로 보내온 것이든 결국 모든 꿈이 최종적으로 도달하는 곳은 해석부가 아닌가요?”

“사실 모든 부서는 이중성을 띠고 있어요. 다시 말해서 모든 부서는 공식 타비르를 위해 존재하는 동시에 비밀 타비르를 위해 존재한다는 거지요. 그렇다고 해서 해석부가 비밀 타비르와 비교해서 위계상 가장 높은 곳에 있다고 할 수는 없어요.”

“그렇다고 해석부가 비밀 타비르보다 낮은 것도 아니지 않습니까?”

“그건 그렇지요. 둘 사이에 어떤 경쟁관계 같은 것이 존재하는 게 사실이에요.”

“결국 그 두 부서기 티비르의 실세인 기로고요.”

상대는 미소를 지었다.

"당신이 그런 논리적 결론을 내린다면, 뭐 그렇다고 해두죠."

그는 이미 커피를 다 마셨음에도 빈 잔을 한 번 더 들이켜고는 다시 말을 이었다.

"아무튼 그들이 제일 위에 있다고 생각하진 말아요. 그들 위에 또다른 이들이 있으니까."

그의 말이 농담인지 진담인지 알 수 없었던 마르크 알렘은 진의를 알기 위해 그의 얼굴을 주시하며 물었다.

"그럼 그들은 어떤 사람들인가요?"

"핵심몽 담당관들이에요."

"그건 또 뭐죠?"

"핵심몽 담당관들이요. 핵심몽, 그러니까 가장 중요한 꿈을 다루는 부서가 있어요. 핵심몽이란 사람들이 오래 전부터 그렇게 부르고 있는 말이죠."

"그건 도대체 뭐죠?"

상대는 목소리를 낮췄다.

"이런 얘기를 공공연히 하면 안 돼요. 뭐 어쨌거나 당신도 이곳 타비르 사람이니 상관없지만. 그리고 따지고 보면 이런 것들은 모두 조직의 운영에 관련된 문제에 불과해요. 딱히 대외비라고 할 만한 것은 없다는 거죠."

"제가 생각하기에도 그런 것 같네요."

마르크 알렘은 동의했다. 그러나 그것에 대해 더 알고 싶은 마음을 어찌할 수 없었다.

"괜찮다면 그것에 대해 좀더 얘기해주실 수 없나요?" 그는 슬그머니 떠보았다. "제가 유서 있는 집안과 좀 관련이 있어서요. 외가가 쿠프릴리 가문이랍니다."

"쿠프릴리 가라고요?"

상대가 당황한 기색을 보였지만 마르크 알렘은 별로 놀라지 않았다. 그는 자신의 가문에 대해 알고 난 후에 보이는 사람들의 반응에 이미 익숙해 있었던 것이다.

"곧바로 선별부로 발령받았다는 얘기를 듣고서 당신이 제국과 긴밀한 관계에 있는 가문 출신일 거라고 생각은 했는데, 그렇게 명문가일 줄은 상상도 못 했네요."

"어머니께서 쿠프릴리 가문이고 저야 뭐 성도 다른 걸요."

마르크 알렘은 부연했다.

"무슨 상관이에요. 결국 그게 그건데."

마르크 알렘은 그의 표정을 살폈다.

"핵심몽에 대해 좀더 얘기해주세요."

상대는 숨을 한 번 크게 들이쉬었다. 그러나 들이쉰 공기의 양이 내뱉을 말의 양에 비해 너무 많다고 생각했는지 들이쉰 양의 일부에 해당하는 숨을 뱉고서 말을 시작했다.

"알다시피 매주 금요일이면 수백만 개의 꿈이 이곳으로 취합되고, 여기서는 일 주일 동안 그것을 분석하는 작업을 하지요. 그리고 그 꿈들 가운데 가장 중요하다고 여겨지는 꿈 한 개를 골라 술탄께서 주재하는, 성대하진 않지만 아주 오래 전부터 내려오는 어떤 의식에서 발표를 해요. 그때 발표되는 꿈이 핵심몽 혹은 가장 중요한 꿈이랍니다.”

“저도 그런 이야기를 들은 적이 있습니다. 하지만 막연하기 그지없어서 옛날이야기쯤으로 치부했는데.”

“옛날이야기가 아니라 실제로 일어나는 일이에요. 그 꿈엔 수백 명의 사람이 매달려 있는데, 그들이 바로 핵심몽 담당관들이지요.”

상대는 마르크 알렘을 한동안 바라보다 나지막이 입을 열었다.

“그런데 제아무리 중요한 예언을 담고 있다손 치더라도 그런 꿈이 술탄에게는 군대 전체보다도, 그리고 외교관들보다도 더 중요하다는 사실을 상상이나 할 수 있겠어요?”

마르크 알렘은 놀라운 마음으로 듣고 있었다.

“이제 핵심몽 담당관들이 우리 같은 사람들보다 더 높은 지위에 있는 이유를 아시겠죠?”

정말이지 대단한 조직이다. 그렇다, 타비르 사라일은 사람들의 상상을 초월하는 대단한 조직임이 틀림없다. 마르크 알렘은 속으로 그렇게 생각했다. 상대는 계속 말을 이었다.

“하지만 그들은 우리 눈에 띄질 않아요. 그들은 커피와 살렙을 마셔도 여기가 아닌 다른 장소에서 마시거든요."

"다른 장소라."

마르크 알렘은 상대가 한 말을 반복했다. 상대가 부연 설명을 위해 다시 입을 열려는 순간, 벨이 울렸다. 오전 휴식시간을 알릴 때처럼 이번에도 주변의 모든 것이 일제히 멈췄다.

마르크 알렘은 이게 무슨 벨소리인지 물어볼 필요가 없었다. 그 소리가 의미하는 바는 이내 자명하게 드러났다. 벨소리의 울림이 채 시리지기도 진에 사람들이 일제히 출입구 쪽을 향하기 시작한 것이다. 아직 다 마시지 못한 사람들은 단숨에 잔을 비웠고, 카운터에서 막 잔을 받아 든 사람이나 커피가 너무 뜨거워 단숨에 들이켤 수 없는 사람들은 그대로 잔을 테이블에 두고 다시 인파 속으로 섞여들었다. 마르크 알렘과 애기를 나누던 사람도 갑자기 말을 멈추더니 목례를 하고는 등을 돌려 가버렸다. 마르크 알렘은 그에게 마지막으로 한 가지를 더 물으려고 뒤쫓아갔으나 사람들에게 이리 밀리고 저리 밀리는 통에 시야에서 그를 놓치고 말았다.

인파의 흐름에 몸을 맡긴 채 밖으로 나오던 마르크 알렘은 그의 이름을 물어보는 것을 깜빡했음을 알았다. 그가 일하는 사무실이라도 알아둘 걸 그랬다는 생각이 들었다. 그러나 내일 오전 휴식시간에 그를 다시 만나 애기할 수 있을 거라는 생각으로 자위했다.

인파가 서서히 줄어들고 있는 가운데 그는 이미 낯을 익힌 선별부 사람이라도 있나 하고 찾아보았으나 헛수고였다. 두세 번 길을 물은 뒤에야 자신의 사무실을 찾아 돌아갈 수 있었다. 그는 사람들의 눈에 띄지 않게 발소리를 죽인 채 사무실로 들어섰다. 의자를 움직이는 소리를 끝으로 사위는 조용히 잦아들었다. 기다란 책상 앞에는 이미 거의 모든 직원이 앉아 있었다. 그는 고양이 걸음으로 자신의 자리로 돌아와 의자를 빼서 앉았다. 한동안 그렇게 가만히 앉아 있던 그는 문서로 시선을 옮겨 읽어나가기 시작했다.

흰 여우 세 마리가 군청 소재지 회교사원 첨탑 위에 앉아 있다.

그러다 그는 갑자기 고개를 들었다. 어디서인지는 모르지만 누군가 멀리서 구조신호나 흐느낌과 같은 절박하고 애처로운 신호를 그에게 보내는 듯한 느낌을 받은 것이다. 도대체 무슨 소릴까? 호기심이 그의 온몸을 사로잡았다. 왜 그랬는지는 모르지만 마르크 알렘은 커다란 창문으로 시선을 돌렸다. 일부러 창문을 쳐다보기는 처음이었다. 창문 밖에는 좀전까지만 해도 익숙한 것이었으나 어느 순간 아련한 존재가 되어버린 진눈깨비가 내리고 있었다. 역시나 아련한 느낌을 안겨주는 이 아침에 눈송이는 어지럽게 소용돌이쳤다. 마치 저 세상에 속해 있는 눈송이가 그에게 뭔가 절박한 신호를 보내는 듯했다.

　이유를 알 수 없는 죄의식을 느끼며 그는 시선을 거두고 다시 문서에 고개를 떨구었다. 하지만, 그는 문서를 읽어나가기 전에 깊은 탄식을 내뱉었다. 오, 신이시여!

2장_ 선벌부

화요일 오후였다. 한 시간 후면 업무가 끝날 것이다. 마르크 알렘은 문서에서 고개를 들고 눈을 비볐다. 일을 시작한 지도 어느덧 일 주일이 지났지만 아직도 줄곧 읽기만 하는 이 일에 익숙해지지 못했다. 그의 오른편에 있는 동료는 의자에 앉아 몸을 비틀면서도 읽기를 멈추는 법이 없었다. 기다란 책상 위에서 들리는 소리라곤 규칙적으로 종이를 넘기는 바스락거림뿐이었다. 모든 직원이 자신들이 읽는 문서에서 눈을 뗄 줄 몰랐다.

11월이었다. 날이 갈수록 문서는 두터워져만 가고 있었다. 보통 일 년 중 이맘때면 꿈의 양이 많아진다고 했다. 이는 마르크 알렘이 일 주일 동안 일하면서 확인한 중요한 사실 가운데 하나였다. 사람들이 계속 꿈을 꾸고 그 꿈들이 전송되는 일은 한동안 계속될 터였다. 물론 환절기에는 꿈의 양이 들쑥날쑥하게 마련이다. 하지만 이 무렵은 계속 증가하는 시기에 해당했다. 제국 곳곳에서 수집되는 꿈의 양이 수만 개를 헤아리고, 그런 추세는 연말까지 지속될 것이다. 날씨가 점점 매서워지는 것에 비례해서 문서의 양도 꾸준히 불어난다. 그러다 새해를 넘기면 봄까지는 양이 줄어들게 된다.

마르크 알렘은 오른쪽과 왼쪽의 동료를 번갈아 흘끔거렸다. 그들은 정말 읽고 있는 걸까, 아니면 읽는 척하는 걸까? 그는 오른손을 관자놀이에 대고 앞에 놓여 있는 문서를 내려다보았다. 하지만 눈에 들어오는 것은 글자가 아닌 아무렇게나 뿌려놓은 검은 점들이었다. 그로선 계속해서 읽는 것이 불가능했다. 흔들림 없이 문서에 머리를 묻고 있다 해도 모두 문서를 열심히 읽는 것은 아닐 것이다. 많은 이들이 읽는 체하고 있는 것이다. 정말이지 하기 싫은 일이었다.

이마에 손을 얹은 채 그는 그 주에 선별부 선배들이 한 이야기들을 되새겨보았다. 그들은 꿈의 양이 늘어나는 때와 줄어드는 때에 대한 이야기와 계절, 강우, 기온, 기압, 공기중의 습도에 따라 꿈의 양이 달라진다는 이야기 등을 했다. 선별부 고참들은 이 모든 것을 잘 알고 있었다. 그들은 눈, 바람, 천둥이 꿈의 양에 미치는 영향에 대해서도 훤했으며 지진, 월식, 혜성의 출현 등이 꿈의 양에 미치는 영향에 대해서는 말할 것도 없었다. 해석부 내에는 꿈 분석의 전문가와 학자들이 포진하고 있었다. 그들은 보통 사람들의 눈에는 전혀 일관성이 없어 보이는 꿈에서 은폐된 모종의 의미를 파악할 줄 알았다. 하지만 꿈의 많음과 적음을 예측하는 데는 타비르 사라일에서 선별부의 노장들만큼 노련한 고참들이 없었다. 그들은 노인들이 신경통으로 날씨가 궂으리라는 걸 미리 아는 것만큼이나 쉽게 꿈의 양을 예측했다.

갑자기 마르크 알렘은 근무 첫날 알게 된 남자의 소식이 궁금했다. 어디서 그를 볼 수 있을까? 벌써 며칠째 오전 휴식시간마다 인파 속에서 그를 찾았으나 보이지 않았다. 어디가 아픈 것은 아닐까? 그런 생각까지 들었다. 멀리 지방으로 출장을 갔을지도 몰라. 그는 단순한 전령의 신분임에도 타비르의 감독관이라는 명목으로 제국의 방방곡곡을 누비며 화려한 전성기를 만끽하고 있을지도 모를 일이었다.

마르크 알렘은 드넓은 제국 내에 퍼져 있는 수많은 타비르 사라일 분소들을 상상해보았다. 다 쓰러져가는 가건물에서 두세 명의 직원이 근무하는 모습이 떠올랐다. 그들은 직급이 매우 낮고 가난하고 보수도 얼마 받지 못했다. 그들은 타비르에서 가장 직급이 낮은 수집관이 수집된 꿈을 가지러 오기만 해도 그가 중앙에서 파견된 사람이라는 이유만으로 어찌할 줄 모르며 바닥까지 허리를 굽실거렸다. 일부 외진 지역에서는 관할 지역 주민들이 비가 내리는 새벽에 자신이 꾼 꿈을 보고하기 위해 음침한 분소를 향해 진흙탕 길을 나섰다. 사람들은 문을 두드리지 않고 밖에서 이렇게 불렀다. "하지, 사무실 문 열었나?"

그들 가운데 많은 사람이 읽고 쓸 줄 몰랐기 때문에 그들은 자신들이 꾼 꿈을 잊지 않고 보고하기 위해 근처 선술집에서 한잔하는 것도 마다하고 이른 아침에 그곳에 왔다. 그들이 자신의 꿈을 구술하면 아직 잠에서 덜 깬 눈을 하고 있는 필경관은 그들과 그들의 꿈에 대해 저주를 퍼부으면서도 빠짐없이 받아적는다. 그렇게 꿈이 다 기록되면, "아, 신이시여, 이번에는 꼭 행운이 깃들길!" 하고 말하는 사람들이 있었다. 예로부터 전해 내려오는 어떤 이야기에 따르면, 지금은 이름이 잊혀진 어느 관할구의 어떤 가난한 사람이 꾼 꿈 덕분에 끔찍한 재앙으로부터 제국을 구한 일이 있었다. 그에 대한 포상으로 술탄은 그를 수도의 궁전으로 초대하여 자신이 가진 보물 중에 원하는 것을 가지라 하였고, 자신의 조카와 결혼까지 시켰다는 것이다. 그리하여 사람들은 꿈을 보고한 뒤 선술집으로 가기 위해 진흙탕 길을 나서기 전에 "아, 신이시여"라는 말을 습관처럼 되뇌게 되었고, 필경관은 그런 그들을 어이없는 눈초리로 바라보다가 그들이 채 시야에서 사라지기도 전에 꿈을 받아쓴 보고서 위에 '별 내용 없음'이라고 적어놓았다.

보고된 꿈에 대해 어떠한 편견이나 사적인 판단을 접어야 한다는 엄격한 규칙이 있음에도 불구하고, 필경관들은 1차 분류작업을 그런 식으로 처리했다. 그들은 관할 구역 내의 주민들을 속속들이 알고 있었으며, 새로 이사온 자가 있다 하더라도 사무실 문턱을 넘기도 전에 그가 난봉꾼인지, 주정뱅이인지, 별 볼일 없는 사람인지, 심지어 위궤양으로 고생하고 있는지도 척척 알아맞힐 정도였다. 그러나 이런 식으로 일 처리를 해서 문제가 발생하는 경우가 종종 있었으며, 결국 몇 년 전에는 지역 분소에서 하던 1차 분류작업을 더는 못 하게 한 적이 있었다. 하지만 그 때문에 선별부로 직접 전송되는 꿈의 양이 어마어마하게 늘어나자 그 조치는 번복되었고, 분소에서 행하는 1차 분류에 문제점이 있다 하더라도 별수 없이 분소에 권한을 다시 부여할 수밖에 없게 되었다.

꿈을 꾼 당사자들은 당연히 이와 같은 내막을 몰랐다. 그들은 번번이 사무실을 찾아와서 이렇게 물었다.

"그런데 하지, 내 꿈에 대해 뭐 별다른 소식 없나?"

"아니, 아직 없는데. 압둘 카데르, 좀 기다려보게나. 생각해보게. 제국이 얼마나 큰가. 중앙 부처에서 밤낮으로 일한다 해도 거기로 꿈들이 모이는 속도만큼 빠르게 그것들을 처리하지는 못할 걸세."

"하긴, 자네 말이 옳으이." 꿈을 꾼 당사자는 그렇게 말하며 제 딴에는 중앙 부처가 있으리라고 생각하는 방향의 지평선으로 시선을 가져갔다. "어떻게 우리가 제국에서 하는 일을 헤아릴 수 있겠나?" 그렇게 말하고 그는 나막신을 끌고서 동네 선술집으로 향했다.

　마르크 알렘은 그 전날 오전 휴식시간에 같이 차를 마신 타비르의 한 감독관으로부터 이 모든 이야기를 들은 터였다. 그 감독관은 매우 외진 아시아 쪽 관할 지역에서 막 돌아왔고, 다시 제국의 유럽 쪽 관할 지역으로 떠날 참이었다. 위와 같은 이야기를 듣고 마르크 알렘은 놀랐다. 모든 것이 이처럼 허술하게 진행될 수 있는 것일까? 그러나 그의 실망감을 눈치챈 감독관은 모든 곳이 다 이렇지는 않다고 서둘러 덧붙였다. 아시아와 유럽의 주요 도시에 있는 타비르 사라일 분소들은 번듯한 건물에 자리하고 있으며, 그곳에 꿈을 보고하러 오는 사람들은 가난한 시골뜨기가 아니라 아는 것이 많고 센스도 있으며 야심도 만만치 않은, 대학물 먹고 사회적 지위도 있는 지체 높은 신분의 사람들이라고 했다. 감독관은 이 점에 대해 좀더 장황하게 얘기했으며, 마르크 알렘은 타비르 사라일이 과거에 누렸던 중요한 위치를 다시금 서서히 회복하고 있는 중이라고 생각하게 되었다. 감독관이 자신이 여행중에 겪은 다른 일화를 얘기하려는 순간 벨이 울리는 바람에 마르크 알렘은 그 뒷이야기를 나름대로 상상할 수밖에 없었다. 그는 제국의 서부 지역에 사는 사람들과 동부 지역에 사는 사람들, 꿈을 많이 꾸는 사람들과 적게 꾸는 사람들, 그리고 자신이 꾼 꿈을 기꺼이 말하는 사람들과 알바니아인들처럼 말하기를 꺼리는 사람들 (자신이 알바니아 출신이라는 생각에 깊이 빠져 있는 마르크 알렘은 알바니아와 관련된 모든 것을 기록해두는 습관이 있었다)을 머릿속에 떠올려보았다. 그리고 반란의 움직임을 보이고 있는 사람들의 꿈과 잔혹한 대학살에서 살아남은 사람들의 꿈, 그리고 불면의 시기를 보내고 있는 사람들의 꿈에 대해서도 생각해보았다. 제국에서는 그 가운데 세번째 꿈을 예의 주시하는데, 그런 꿈은 일정한 잠복기가 지나면 본모습을 드러내기 때문이었다. 그럴 경우 제국에서는 문제를 막기 위해 비상 조치를 취했다. 자신에게 이야기를 들려주던 사람이 사람들의 집단적인 불면증을 언급할 때 마르크 알렘은 그를 놀란 눈으로 쳐다보았다.

"이 이야기가 당신에게 이상하게 들릴 수도 있다는 점은 이해합니다." 상대는 마르크 알렘에게 말했다. "하지만 상대적인 관점에서 바라볼 필요가 있어요. 총 수면량이 보통의 경우보다 눈에 띄게 줄어들었다면 불면증에 시달리고 있다고 할 수 있어요. 그렇다면 어느 누가 타비르 사라일보다 이 관계를 더 잘 밝힐 수 있겠습니까?"

"뭐, 맞는 말씀이긴 하지요."

마르크 알렘은 인정했다. 그러나 속으로는 집단적 불면증과 개인의 불면증은 다른 것이라고 생각하면서 자신이 하얗게 지새운 지난밤들을 떠올렸다.

그는 다시 한번 자신의 오른쪽과 왼쪽을 번갈아 흘끔거렸다. 모두 문서를 읽는 데 열중하고 있었으나, 어쩐지 글자가 적힌 종이를 읽고 있는 것이 아니라 사람의 마음을 뒤흔들어놓는, 석탄이 이글거리는 작은 화로에 넋이 나가 있는 것같이 보였다. 나도 마법에 걸린 것처럼 저렇게 서서히 넋이 나갈지 몰라. 그리고 언젠가는 세상과 인간사를 잊게 되겠지. 이런 생각을 하는 그의 기분은 우울했다.

그 주 내내 그는 상관의 지시에 따라 선별부 내의 각 사무실에서 고참 직원 한 명과 함께 반나절씩 지내면서 전반적인 업무를 배우고 익혔다. 그리고 이틀 전에야 다양한 업무에 대한 견학을 끝으로 업무 숙지를 마치고 부임한 첫날 안내된 책상으로 돌아왔다.

이 사무실 저 사무실을 돌아다니며 마르크 알렘은 커다란 사슬처럼 돌아가는 선별부의 업무 흐름을 파악했다. 렌즈의 방에서 분석한 뒤에 가치가 없는 것으로 판단된 꿈들은 한데 묶여 문헌보관소로 보내졌으며, 가치 있다고 가려진 것들은 사안에 따라 분류되었다. 분류 기준은 제국과 술탄의 안위에 관한 것(음모, 반역 행위, 반란), 내정에 관한 것(특히 제국의 통일), 외교에 관한 것(동맹, 전쟁), 민생에 관한 것(수탈, 권력남용, 부패), 핵심몽의 징후를 보이는 것, 그리고 기타 등등이었다.

꿈들을 분류하고 그것을 다시 작은 범주로 분류하는 일은 결코 쉬운 일이 아니었다. 그리고 이 일이 선별부의 업무인지 아니면 본질적으로 해석부의 업무인지를 두고 길고 긴 설왕설래가 있었다. 사실 일의 양이 과중하지 않은 한 그 업무는 해석부의 소관이 되어야 마땅했다. 결국 이 문제에 대한 해결은 다음과 같이 이루어졌다. 즉 꿈의 분류작업을 선별부가 맡되 그들의 업무를 참고의 성격을 지니는 예비 작업에 준하기로 한 것이다. 따라서 꿈의 내용을 수록하는 모든 문서의 첫머리에 '○○의 문제에 관한 꿈'이라고 적지 않고 '○○의 문제와 관련된 것으로 추정되는 꿈'이라고 적게 되었다. 더 나아가 선별부는 검토할 가치가 있는 꿈인지 아닌지를 분류하는 일에 책임을 지지만 그것을 세부적으로 분류히는 일은 책임을 지지 않았다. 그러므로 선별부의 주된 업무는 기본적인 분류작업에 한정되었다. 해석부가 타비르 사라일의 근간이듯 분류는 선별부의 근간이 되었다.

"모든 꿈이 거쳐가는 입구를 통제하는 이들이 바로 우리라는 것을 비로소 자네도 이해했으리라 믿네."

마르크 알렘이 본격적인 업무 수행을 위해 출근한 첫날 부장은 그렇게 말했다.

"처음에 자넨 선별부의 업무가 분류작업이며 그 일을 갓 부임한 자네가 맡았다는 것 때문에 분류작업을 별 볼일 없는 일이라고 생각했을 것이네. 하지만 이제 자넨 그것이 모든 업무의 기반이며 그 일을 결코 초임자에게는 맡기지 않는다는 사실을 깨달았으리라 믿네. 자네를 예외로 한 것은 자네가 우리에게 필요한 사람이기 때문이라네."

자네는 우리에게 필요한 사람이라네. 이 말은 마르크 알렘이 속으로 수십 번도 더 되뇐 말이었다. 마치 그렇게 하면 그 말의 의미를 알 수 있기라도 한 것처럼. 하지만 제아무리 넘어보려고 발버둥쳐봐도 미끄러워 넘을 수 없는 벽으로 둘러쳐진 곳에 갇혀 있기라도 한 듯 그 말의 의미를 알 수 없었다.

그는 다시 한번 눈을 비비고 계속 문서를 읽어나가려 했으나 그럴 수가 없었다. 불이 난 것처럼 혹은 피가 번진 것처럼 글자들이 빨갛게 보였다.

그는 흥미로울 것이 없다고 판단한 40여 개의 꿈들을 옆으로 제쳐두었다. 대부분 일상의 근심에서 비롯된 것이었고, 잡동사니를 한데 엮어 만든 것처럼 보이는 것도 일부 있었다. 하지만 확실히 장담할 수 있는 것은 아니어서 다시 읽는 게 좋겠다고 생각했다. 그는 이미 각각의 꿈을 두세 번 반복해서 읽은 뒤였다. 그럼에도 그는 판단에 자신이 없었다. 부장은 그에게 미심쩍은 꿈은 의문부호를 달아서 다음 선별관에게 넘기라고 지시한 터였다. 그러나 그가 그런 식으로 넘긴 꿈이 이미 상당량에 이르렀으며 그렇게 넘긴 꿈 가운데 내용 없음으로 평가된 꿈은 거의 없었다. 지금 따로 제쳐둔 40여 개의 꿈마저 그런 평가를 받게 된다면 부장은 그가 위험을 무릅쓰기 싫어서 다른 선별관에게 책임을 전가한다고 생각할 것이다. 그런데 그는 분류작업을 하기 위해 임명된 사람이었다. 그러므로 그가 해야 할 일은 분류작업이지 다른 사람에게 책임을 전가하는 일이 아니었다. 만약 다른 모든 선별관들이

면피하기 위해 거의 모든 꿈을 해석부에 고스란히 떠넘긴다면 어떻게 될 것인가? 해석부는 그렇게 넘어오는 꿈들을 거부하고 사찰부에 문제 제기를 할 것이다. 그러면 사찰부에서는 업무가 삐걱거리게 된 최초의 원인을 찾아나설 것이다. 그렇게 되면 내 입장이 정말 곤란해질 거야. 마르크 알렘은 한숨을 쉬었다. 뭐 어떻게 되겠지. 하늘에 맡길 수밖에. 왠지 화가 치민 그는 마음이 바뀔까 저어하는 사람처럼 서둘러 네댓 개의 문서 머리에 '별 내용 없음'이라고 써넣고는 자신의 서명을 첨부했다. 계속 이어지는 다른 문서에도 같은 평가 내용을 적어넣으면서 그는 생전 본 적도 없는 그 어리석은 인간들을 골탕 먹인다는 생각에 괜히 기분이 좋아졌다. 그들이 직접 꾸지도 않고 어디서 들은 이야기를 꿈이랍시고 보고한 덕분에 마르크 알렘은 꼬박 이틀 동안 소화불량과 치질에 시달려야만 했던 것이다. 바보, 천치, 사기꾼 같은 놈들! 그는 평가를 적으면서 혼자 투덜거렸다. 그런데 그의 손의 움직임이 차츰 느려지더니 이내 문서 위에서 멈췄다. 잠깐만. 그는 생각했다. 내가 무엇 때문에 이렇게 화를 내는 거지? 일 분도 채 되지 않아 그의 분노는 의혹으로 바뀌었다.

어쨌든 이 일은 그리 만만한 것이 아니었고, 생전 본 적도 없는 어리석은 사람들 때문에 골치가 아플 수도 있었다. 모든 부서의 직원들이 두려워 전전긍긍하는 부서가 있다면 그것은 바로 사찰부였다. 마르크 알렘은 어떤 꿈 보고자에 대한 이야기를 들은 적이 있었다. 그 꿈 보고자는 어떤 사건 소식을 접하고는 타비르 사라일에 자신이 그것을 예견하는 꿈을 꿨다고 주장하는 내용의 투서를 보냈다. 이렇게 되면 타비르 사라일에서는 그 꿈을 다시 찾게 되는데, 수집부에서 기입한 등록번호가 있기 때문에 문헌보관소에서 그것을 어렵지 않게 찾을 수 있다. 투서의 내용이 사실로 드러나면 꿈의 내용을 제대로 파악하지 못한 담당 직원들을 색출하게 된다. 과실을 범한 것은 해석관들이지만 그 꿈을 내용 없음으로 판단한 선별관들도 책임을 면하기 어렵다. 위 사건의 경우 선별관들의 과실이 해석관들의 그것보다 더 컸다. 왜냐하면 예언적 징후를 정확히 해석하지 못한 해석관의 과실이 그것을 처음부터 가려내지 못한 선별관의 과실보다 정상 참작의 여지가 더 있었기 때문이다.

빌어먹을 일 같으니라구. 자기 안에 반항심이 울컥 치솟아 마르크 알렘은 스스로 놀랐다. 그래서 어쨌다는 거야. 될 대로 되라지. 그는 한 문서에 '별 내용 없음'이라고 기입했다. 하지만 그 다음 문서에서는 다시 주저하게 되었다. 그는 자신의 손에 쥐어진 문서를 가지고 해야 할 것은 단 한 가지밖에 없다는 듯 문서의 내용을 기계적으로 읽어나가기 시작했다.

교각 아래 버려진 땅이 보였다. 사람들이 쓰레기를 버리는 공터이다. 오물과 먼지 그리고 반짝거리는 깨진 세면대 조각 사이로 기괴한 형상의 고물 악기가 외진 곳에서 혼자 연주하고 있었다. 그리고 이 악기 소리에 성이 난 듯한 황소 한 마리가 교각 아래서 씩씩대고 있었다.

　예술가의 꿈이군. 실직해서 신경이 날카로워질 대로 날카로워진 음악가의 꿈이야. 마르크 알렘은 그렇게 결론지었다. 그는 '별 내용 없음'이라고 적으려 했다. 그런데 평가내용을 막 적어 넣는데 그가 건너뛴, 꿈을 꾼 사람의 이름과 직업과 꿈을 꾼 날짜가 적힌 앞부분이 눈에 들어왔다. 어이없게도 그 꿈을 꾼 사람은 음악가가 아니라 수도에서 청과물 장사를 하는 상인이었다. 젠장! 문서에서 눈을 떼지 못한 채 마르크 알렘은 속으로 외쳤다. 빌어먹을 청과물 상인이 자신의 오두막에서 기어나와 나를 곤경에 빠뜨리다니. 게다가 그는 수도에 살고 있으니 언제든 쉽게 탄원할 수 있는 처지였다. 마르크 알렘은 문서 위에 막 적은 글자를 조심스럽게 지우고는 그 꿈을 '내용 있음'이라고 분류하였다. 멍청이! 그는 자신이 과분한 호의를 베푼 사람을 쳐다보듯 문서를 다시 흘끗 쳐다보면서 중얼거렸다. 그러고 나서 다른 몇몇 문서들은 읽어보지도 않고 펜을 잉크에 찍은 뒤 '별 내용 없음'이라고 적었다. 어느덧 화가 가라앉고 그는 차분함을 되찾았다. 그가 읽어야 할 꿈이 아직도 여덟 개나 남아 있었는데 얼핏 별 내용이 없어 보였다. 그는 그것들을 하나씩 차근차근 읽어나갔다. '내용 있음'이라고 분류한 한 문서를 제외하고 나머지 것들은 원래대로 '별 내용 없음'으로 분류하였다. 그 꿈들은 전문가가 아니더라도 가족간의 갈등, 변비, 강요된 정절 등에서 비롯됐다는 것을 쉽게 알 수 있었다.

근무시간은 영원히 끝나지 않을 모양이었다. 눈이 따끔거리는데도 그는 아직 검토하지 않은 문서들을 꺼내서 책상 위에 올려놓았다. 실제로 읽는 것보다 읽는 척하기가 더 힘들다는 생각이 들었다. 그는 그 가운데 내용이 가장 적은 문서를 골라잡았다. 꿈을 꾼 사람의 이름도 보지 않고 그는 내용을 읽어나갔다.

검은 고양이가 입에 달을 물고 달려가는데 상처 입은 달에서 피가 흐르고 있다. 사람 한 무리가 그 뒤를 쫓고 있다.

그래, 이런 꿈이라면 좀더 눈여겨볼 필요가 있지. '내용 있음'으로 분류하기 전에 마르크 알렘은 다시 한번 읽어보았다. 의미심장해 보이는 그 꿈은 한번 분석해보고 싶은 마음이 들 정도로 구미가 당겼다. 해석부 업무가 힘들고 신경이 많이 쓰이는 일이라는 것을 알고 있었지만, 이런 흥미로운 꿈이 일감으로 주어진다면 그 재미도 만만치 않겠다는 생각이 들었다. 피곤해서 만사가 귀찮던 그도 정신이 번쩍 들면서 그 꿈을 해석하고 싶은 마음이 생겼다. 그리고 그리 까다로워 보이지도 않았다. 그가 보기에 달이 제국과 종교를 상징하는 것이라면 검은 고양이는 분명 제국과 종교에 해를 가할 수 있는 위험한 세력을 가리키는 것이었다. 이런 꿈이라면 핵심몽이 될 가능성을 두루 갖췄다는 생각이 들었다. 그는 꿈을 꾼 사람의 주소를 보았다. 제국의 유럽 쪽 변방 지역에 위치한 한 도시였다. 그곳은 아름다운 꿈들이 많이 보고되는 지역이었다. 세번째로 그 문서를 읽으면서 보니 꿈이 의미하는 바가 더욱 풍부하고 흥미로워 보였다. 무엇보다 그의 관심을 사로잡은 것은 검은 고양이를 붙잡은 뒤 고양이 이빨에서 달을 꺼낸 사람들의 무리였다. 그래, 이런 꿈이라면 핵심몽이 되기에 충분해. 또 한번 그런 생각이 들었다. 옛날이야기 속에서 장차 공주가 될 운명을 타고난 어린 소녀를 은근히 바라보던 사람처럼 그는 꿈이 나열된 종이 나부랭이를 바라보면서 흐뭇한 미소를 지었다.

　이유는 알 수 없지만 마르크 알렘은 안도감을 느꼈다. 두세 건의 자료를 더 읽어야지 하는 생각이 들었지만 그렇게 하지 않았다. 이 이상한 꿈이 불러일으킨 만족감을 망치고 싶지 않았던 것이다. 그는 커다란 창문을 향해 고개를 돌렸다. 창문 너머로 땅거미가 지고 있었다. 그날은 더이상 다른 꿈을 읽지 않기로 했다. 그는 일손을 놓고 하루 일을 마치는 종소리가 나기만을 기다렸다. 날은 점점 어두워지는데 직원들은 여전히 문서에 머리를 박고 있었다. 이 사무실에 밤, 아니 영원한 어둠이 찾아온다 한들 저렇게 숙인 머리들은 종이 울리기 전까지는 꼼짝도 하지 않을 것이다.

마침내 종이 울렸다. 마르크 알렘은 서둘러 문서들을 추렸다. 문서들을 집어넣기 위해 서랍을 여는 소리가 났다. 서랍을 잠근 뒤 사무실을 빠져나가는 대열 앞쪽에 섰는데도 밖으로 나오는 데 십오 분은 족히 걸렸다.

거리는 추웠다. 무리를 지어 문을 나선 직원들은 사방으로 흩어졌다. 건너편 보도 위에는 꿈의 궁전 직원들이 퇴근하는 모습을 지켜보기 위해 매일 저녁 나타나 어김없이 같은 자리를 지키는 구경꾼들이 있었다. 셰이크 알 이슬람* 궁과 대(大) 와지르의 관저와 같은 제국의 으리으리한 기관들 가운데 타비르 사라일만이 유일하게 대중들의 호기심을 자극하였다. 그래서 거의 하루도 빠짐없이 수백 명의 인파가 몰려와 직원들이 퇴근하는 모습을 꼼짝 않고 지켜보는 것이었다. 추위에 외투 깃을 세운 그들은 제국에서 가장 수수께끼 같은 업무를 맡고 있는 이 베일에 싸인 관리들을 조용히 지켜보았다. 그리고 그들은 뭔가에 홀린 듯 관리들을 주목했는데, 그 모습은 마치 관리들의 표정에서 그들이 해석하고 있는 꿈에 대한 흔적을 찾아보려는 것 같았다. 그렇게 모여든 구경꾼들은 으리으리한 청사의 육중한 문이 끼익 소리를 내면서 닫힐 때에야 자리를 떴다.

---

* 예로부터 이슬람 국가에서 쓰이던 경칭. 오스만제국 시대에는 이 명칭이 사법과 종교를 아우르는 기관의 우두머리를 가리켰다.

마르크 알렘은 걸음을 재촉했다. 가로등에는 아직 불이 들어와 있지 않았지만 집이 있는 길 어귀에 들어설 즈음에는 켜져 있을 것이다. 타비르에 출근하게 된 후로 그는 어둠을 두려워하게 되었다.

길에는 행인들이 제법 있었다. 이따금 창에 커튼을 친 마차들이 빠른 속도로 지나가기도 했다. 마르크 알렘은 저 마차들에 아름다운 화류계 여인들이 타고 밀회 장소로 가는구나 하고 생각했다. 그에게서 한숨이 흘러나왔다.

그가 길 어귀에 들어서자, 아니나 다를까 가로등은 켜져 있었다. 주거지를 지나는 그 길은 인적이 뜸했다. 그곳에 있는 저택들 가운데 반 이상이 담에 육중한 쇠창살을 두르고 있었다. 밤장수들이 장사를 파하고 있었다. 이미 밤이며 봉투며 석탄 등을 다 꾸린 사람도 있었고, 양철로 만든 석쇠를 올려놓는 화로가 식기를 기다리는 사람도 있었다. 그 지역에 배속된 경관이 그를 보자 정중하게 경례를 올렸다. 이웃에 사는 예비역 장교인 베이* 베치가 친구 둘과 함께 얼근하게 취한 모습으로 사거리에 있는 카페에서 나오고 있었다. 마르크 알렘을 본 베이 베치는 자신의 친구들에게 뭐라고 속닥거렸다. 그들은 앞에 지나가는 마르크 알렘을 호기심과 두려움이 가득한 시선으로 뚫어져라 쳐다봤다. 마르크 알

____

*과거 이슬람 국가의 관리를 일컫는 호칭.

렘은 걸음을 빨리했다. 1층과 2층에 불을 밝혀놓은 자신의 집이 눈에 들어왔다. 손님이 왔나보군. 그는 생각했다. 왠지 떨리는 마음을 누를 길이 없었다. 가까이 다가가자 대문 앞에 마차 한 대가 세워진 것이 보였다. 마차의 양쪽 문에는 쿠프릴리 가의 문장인 Q자가 새겨져 있었다. 하지만 그 문장을 보자 안도가 되기는커녕 오히려 더욱 불안해졌다.

늙은 하녀 로케가 문을 열어주었다.

"무슨 일이에요?"

그는 불켜진 2층 창문을 가리키며 물었다.

"외삼촌들께서 도련님을 보러 오셨어요."

"다른 일이 있는 건 아니고요?"

"아뇨, 그렇지 않아요. 그냥 들르신 거랍니다."

마르크 알렘은 안도의 한숨을 쉬었다. 그런데 내가 왜 이런담? 그는 마당을 가로질러 현관문을 향해 가면서 생각했다. 늦게 귀가할 때 집에 불이란 불이 다 켜져 있으면 왠지 불안하긴 하지만, 이날 저녁만큼 불안한 적은 없었다. 아마도 내가 하는 일 때문일 거야.

"오늘 오후에 도련님 친구 두 분이 도련님께 부탁할 게 있다면서 왔다갔어요." 로케가 마르크 알렘을 뒤따라오면서 말했다. "내일이나 모레쯤 클랍인지 클롭인지, 에구 어떻게 발음해야 하는 건지 원. 아무튼 거기로 찾아와달라고 했어요."

"클럽이에요."

"아, 맞아요. 클럽."

"혹시 그들이 다시 찾아오면 제가 바빠서 갈 수 없다고 전해주
세요."

"그러죠."

하녀가 대답했다. 현관에서부터 맛있는 음식 냄새가 났다. 거
실문을 열고 들어가기 전에 마르크 알렘은 잠시 멈칫했다. 왜 그
랬는지는 알 수 없었다. 잠시 그러다가 문을 열고 안으로 들어갔
다. 바닥에 양탄자가 깔린 커다란 거실 안에는 장작 타는 정겨운
냄새가 감돌고 있었다. 첫째 외삼촌과 외숙모 그리고 막내 외삼
촌이 와 있었다. 그리고 차관인 두 외사촌도 있었다. 그는 그들과
돌아가며 인사를 나누었다.

"피곤해 보이는구나."

첫째 외삼촌이 말했다. 마르크 알렘은 '어쩔 수 없죠. 일이란
게 다 그렇죠 뭐'라고 말하는 듯 어깨를 으쓱해 보였다. 순간 그는
사람들이 자신의 부임에 대한 이야기를 들었구나 하고 생각했다.
그는 커다란 청동화로 곁에서 다리를 한쪽으로 모으고 앉아 있는
어머니를 바라봤다. 어머니는 그에게 살짝 미소를 지어 보였다.
그제야 그는 비로소 불안한 마음을 거둘 수 있었다. 그는 이제 사
람들이 다른 얘기를 하기를 바라며 장의자 한구석에 앉았다. 조
금 있으려니 사람들은 그에 대한 관심을 거두었다.

큰외삼촌이 마르크 알렘이 들어오면서 끊긴 것으로 보이는 이야기를 다시 이어나갔다. 큰외삼촌은 제국에서 가장 외진 지역 중 한 곳을 다스리는 지방총독이었다. 그는 업무차 수도에 들를 때면 험하다고밖에 말할 수 없는 그곳의 이야기들을 들려주었다. 그런데 마르크 알렘에게 그것은 예전에 들은 이야기와 별반 다를 것이 없었다. 병약해 보이는 외숙모는 침울한 표정으로 옆에서 듣고 있다가 이따금 '한번 와서 보셔야 된다니까요'라고 말하는 듯한 시선을 보내며 남편의 말을 거들었다. 외숙모는 그곳의 기후와 남편의 고된 일에 대한 불평을 입에 달고 다녔다. 외숙모의 이런 말 속에는 삼형제 중 둘째인 큰 시동생에 대한 사그라들지 않는 무언의 원망이 담겨 있었다. 사람들이 와지르라고 부르는 둘째 외삼촌은 외무부 장관으로서 쿠프릴리 가에서 가장 출세한 사람이었다. 그래서 큰외숙모는 둘째 외삼촌이 자신의 형을 수도로 불러오는 데 발벗고 나서지 않는 것을 은근히 나무라곤 했다.

막내 외삼촌은 큰형의 말을 들으면서 실실거렸다. 큰외삼촌은 시골 특유의 단순함과 억지로 녹이 슨 청동상 같아졌기 때문에 마르크 알렘은 시간이 지날수록 막내 외삼촌이 더 마음에 들었다. 금발에 밝은 색 눈동자를 가졌으며, 붉은 빛이 감도는 수염을 기른 막내 외삼촌의 이름은 게르만 식 알바니아 이름인 쿠르트였다. 쿠르트라는 이름은 그 옛날 쿠프릴리 씨족이 쓰던 말로 야생 장미를 뜻했다. 다른 형제들과 달리 그는 요직을 차지하고 있지 않았고 언제나 엉뚱한 일들에 빠져서 헤어나올 줄 몰랐다. 한번은 해양학에 심취한 적도 있었고, 또 한번은 건축에 온 정신을 빼앗긴 적도 있었다. 최근에는 음악에 빠져 있었다. 그는 철저한 독신주의자로서 오스트리아 영사의 아들과 함께 승마를 즐기고 정체 모를 여인들과 염문을 뿌리고 다닌다는 소문이 돌았다. 한마디로 그는 다른 형제들과 달리 방탕한 삶을 살고 있었다. 마르크 알렘도 그처럼 살아보고 싶다는 꿈을 꿨지만 그렇게 할 수 없음은 본인이 더 잘 알고 있었다. 이제 불안한 마음이 완전히 가신 그는 두 외삼촌이 나누는 이야기를 경청하면서 그들을 여기까지 태우고 온, 집 앞에 세워져 있는 마차를 머릿속에 떠올렸다. 마차를 볼 때마다 불안한 마음과 기쁜 마음이 교차했다. 마차가 등장할 때마다 좋은 소식뿐 아니라 나쁜 소식도 함께 왔기 때문이다. 집안 사람들 사이에서 궁전이라고 불릴 정도로 쿠프릴리 가 저택 중 가장 웅장한 본가 대저택은 마차를 여러 대 소유하고 있었다. 그런데 그 마차들이 하나같이 생김새가 비슷해서 마르크 알렘의 눈에는 모두 한 대의 마차로 보였다. 결국 그가 보기에 나무문에 Q자가 새겨진 그 마차는 본가와 무슨 일인가 일어난 같은 집안의 다른 저택들을 오가기 때문에 어떤 때는 길조를 또 어떤 때는 흉조를 나타내는 상징이 된 것이다. 오스만 제국의 공식 절차법에 따르면 쿠프릴리는 케프륄뤼가 되어야 하므로 Q를 K로 바꿔야 한다는 의견이 나왔지만, 집안에서는 그 의견을 듣지 않고 Q를 고수했으며 성(姓)의 다른 철자도 알바니아 철자법에 따랐다.

"그래, 타비르 사라일에 들어갔다고?" 마침내 자기 이야기를 끝낸 큰외삼촌이 마르크 알렘에게 말을 건넸다. "결국 그러기로 결심을 한 게냐?"

"우리 모두 함께 결정한 일이에요."

어머니가 말했다.

"잘한 일이야." 큰외삼촌이 말했다. "명망 있는 자리인데다 중요한 직책이기도 하지. 잘해나가기를 바란다."

"인샬라,* 고마워요."

어머니가 말했다. 두 외사촌이 대화에 끼어들었다. 그들이 하는 말을 들으면서 마르크 알렘은 타비르에 가기로 결정하기 전에 장래 직업을 두고 나눈 끝없는 대화들을 떠올렸다. 누군가 밖에서 그들의 대화를 들었다면 기가 막혔을 것이다. 쿠프릴리 가 사람들이 그토록 진지하게 자식들의 구직 문제를 얘기하는 것이 도대체 가당키나 한 일인가? 이 유서 깊은 가문은 총리만 다섯을 배출했고 그 외에도 헤아릴 수 없이 많은 장관과 군 장성들을 배출했다. 쿠프릴리 가 출신의 장성들 가운데 두 명은 헝가리 원정을, 한 명은 폴란드 원정을 지휘했다. 그리고 또 한 명의 쿠프릴리 가 출신의 장성은 오스트리아 공격을 총지휘하기도 했다. 예전 같진

---

* '신의 뜻대로' 라는 뜻의 아랍어.

않지만 이 가문은 아직도 제국의 든든한 지주 역할을 하는 가문으로 남아 있었다. 쿠프릴리 가는 오스만 합중국이라는 이름 아래 대제국을 건설하기 위한 구상안을 낸 최초의 가문이며, 제국 왕조와 함께 프랑스의 라루스 사전에 등재된 유일한 가문이었다. K 항목에 등재돼 있는데, 그 부분을 그대로 옮기면 다음과 같다.

케프륄뤼 알바니아계 명문가로 1666년부터 1710년 사이에 오스만 제국의 대(大) 와지르를 다섯이나 배출했다.

그런데 이런 집안이 승진을 하거나 후원·알선을 받고자 제국 내 고위 관리의 눈치를 보면서 청탁하는 신세가 된 것이다.

밖에서 이런 모습을 보면 처음엔 놀랍고 믿기 어려울 것이다. 하지만 쿠프릴리 가의 내막을 아는 사람들이라면 그렇지 않다. 영광의 상징이었던 이 명문가는 이미 4백 년 전부터 잇따른 불운에 휩싸여 있었다. 영욕이 교차하는 가문 연대기를 보면 고위 관리, 장관, 총독, 총리 등을 많이 배출한 만큼 투옥된 사람, 사형 선고를 받고 참수형을 당하거나 실종된 사람도 많았다.

"우리 쿠프릴리 가 사람들은 베수비오 산 기슭에서 밭을 일구고 사는 사람들과 어떤 면에서 비슷한 데가 좀 있어요."

막내 외삼촌 쿠르트가 반 농담조로 말했다.

"화산이 터지면 화산 그늘에서 지내는 사람들이 화산재를 뒤집어써서 숯덩이가 되는 것처럼, 술탄의 그늘에서 삶을 영위하는 우리도 주기적으로 술탄의 날벼락을 맞잖아요. 그렇게 주기적으로 화산이 덮치는 불행한 조건에도 불구하고 화산활동이 잦아들면 그들이 위험한 만큼 비옥한 삶의 터전으로 돌아가길 주저하지 않는 것처럼, 우리 역시 술탄에게 그렇게 탄압을 받는데도 여전히 그 그늘에 남기를 고수하며 충성을 바치고 있구요."

마르크 알렘은 어린 시절의 기억을 떠올렸다. 동트기 전 집안의 하인들이 대저택을 분주히 오가던 모습, 복도에서 귀엣말을 주고받는 모습, 외숙모들이 겁에 질려 대문을 두드리던 모습, 불길한 소식과 기다림과 불안이 계속되다가 마침내 감방에 갇힌 죄수를 보며 안도의 눈물을 짓고 난 뒤 새로 올 전성기를 고대하거나 새로운 불행을 기다리는 일상으로 돌아가곤 하던 모습이 눈앞을 스쳐갔다. 한마디로 쿠프릴리 가는 고위 관직에 오르거나 술탄의 총애를 잃었다. 모 아니면 도, 중간 정도에서 그치는 일은 없었다.

네가 쿠프릴리라는 성을 갖고 있지 않은 게 그나마 다행이다. 스스로 위안을 삼고자 한 말인지는 모르지만, 어머니는 마르크 알렘에게 종종 그렇게 말했다. 마르크 알렘은 외동아들이었다. 아버지가 세상을 떠난 뒤 어머니가 온 신경을 곤두세우는 유일한 일은 쿠프릴리 가의 불길한 운명으로부터 아들을 보호하는 것이었다. 그런데 그렇게 노심초사하는 것이 어머니를 더욱 현명하고 권위 있게 만들었으며 심지어 더욱 아름답게 만들기까지 했다. 이미 오래 전 그녀는 자식을 관료와는 거리가 먼 사람으로 키우고자 마음먹었다. 하지만 그가 장성하여 학업을 다 마친 그날부터 그녀의 결심은 조금씩 흔들리기 시작했다. 좋든 싫든 아들은 직업을 가져야 했다. 그래서 되도록 출세할 가능성은 크되 감옥에 들어갈 가능성은 작은 직업을 찾아보기로 했다. 길고 긴 가족회의가 시작됐다. 외교부, 군대, 법조계, 금융계, 행정부가 고려 대상에 올랐다. 각 직업의 장난섬과 승진 혹은 퇴출 가능성을 요모조모 따져보았다. 첫번째로 고려 대상이 된 것은 그에게 그다지 적합하지도 않고 위험의 소지가 있어서 제외되었다. 두번째로 고려 대상이 된 것도 같은 이유로 제외되었다. 세번째로 고려 대상이 된 것은 일견 앞의 두 직업과는 달라 보였지만 심사숙고한 결과 앞의 것들보다 더 위험하다는 결론이 나왔다. 결국 논의는 다시 원점으로 돌아갔고, 큰 상관은 없지만 그 직업만은 안 된다는 말이 계속 오갔다. 그렇게 계속 이야기가 제자리에서 맴돌자 확실하게 의견을 개진하는 사람이 없는 데 화가 난 어머니가 참다못해 말했다. 이 아이가 하고 싶어하는 일로 하는 게 좋겠어요. 어차피 다 운명에 달린 일이니까요.

그렇게 가족들이 마르크 알렘의 판단에 맡기기로 결정했을 때, 여태까지 잠자코 듣고만 있던 와지르인 둘째 외삼촌이 마침내 자신의 생각을 이야기했다. 그런데 그의 제안은 너무나 의외라 가족들의 실소를 자아냈다. 그러나 시간이 조금 흐른 뒤엔 모인 가족들의 얼굴에 웃음기가 사라지고 뒤통수를 얻어맞은 듯한 표정만 남았다. 꿈의 궁전이라고요? 그래서 어떻게 하겠다는 건데요? 하필이면 왜 꿈의 궁전이죠? 그런데 그 제안을 곱씹을수록 처음 들었을 때처럼 그것이 엉뚱하다는 생각이 사라지는 것이었다. 그래, 타비르 사라일이 어때서? 거기서 일해서 뭐 안 좋은 것이라도 있었나? 불이익도 전혀 없는데다 여기저기 위험 요소가 많은 다른 직장에 비하면 오히려 더할 나위 없이 좋은 직장이지. 그런데 그 일에 위험 요소는 없나요? 아주 없기야 하겠어. 하지만 꿈의 세계에선 위험한 것도 꿈일 뿐이지. 무슨 말인지 알 거야. 예로부터 사람들은 힘든 일을 겪을 때면 "오, 신이시여, 이것이 제발 꿈이기를"이라고 말하면서 꿈속으로 도망치려고 하잖아.

대략 이와 같은 전후 과정이 있었으며, 어머니의 마음속에는 차츰 와지르의 의견이 깊게 뿌리를 내리기 시작했다. 왜 진작에 그 생각을 못 했을까? 어머니가 보기에도 타비르는 아들의 안녕을 보장해줄 유일한 일터였다. 출세의 기회가 얼마든지 있다는 점 외에도 그녀가 찾아낸 가장 큰 이점은 그곳이 이중적이며 베일에 싸여 있다는 점이었다. 그 안에는 두 개의 세상이 존재했고, 그곳이 베일에 싸여 있기 때문에 폭풍우가 칠 때 현실이 아닌 세계로 숨거나 또는 그 베일에 몸을 숨기기에 좋다고 본 것이다.

다른 사람들도 그의 생각에 동조했다. 사람들은 와지르의 생각이라면 절대 허튼 것이 아니라고 보았다. 근래 들어 타비르 사라일은 제국 운영에서 중요한 역할을 맡기 시작했다. 오래되고 전통 있는 기관을 선호하는 쿠프릴리 가는 꿈의 궁전을 하찮게 보는 경향이 있었다. 몇 해 전에는 쿠프릴리 가가 나서서 꿈의 궁전을 폐쇄하려다 그렇게 하지는 못하고 그 권력을 대폭 축소시키는 데 그쳤다는 소문도 들렸다. 하지만 현재는 술탄이 꿈의 궁전에 예전의 힘을 되찾아준 상태였다.

마르크 알렘은 자신에게 가장 알맞은 직업을 두고 친척들과 긴 논쟁을 벌이는 과정에서 이 모든 사실을 알게 되었다. 당연한 일이었지만 쿠프릴리 가가 타비르 사라일을 하찮게 본 이유는 그곳에 쿠프릴리 가 사람이 아무도 없다는 것뿐이었다. 또한 그들이 타비르 사라일의 존재를 전면적으로 부정할 만큼 경박한 태도를 취한 것은 그 기관이 이미 오래 전에 존재 근거를 상실했다고 보았기 때문이다. 외견상 제국의 다른 기관에 흡수된 것처럼 보이는데다, 저희끼리 우스개 삼아 '허울뿐인 기관'이라고 부르는 그곳은 이미 무력해졌다고 철석같이 믿었기에, 쿠프릴리 가 사람들은 타비르 사라일에 대한 경계를 게을리 했다. 그러던 그들이 이제 자신들의 태도를 번복하고 있었다. 물론 지인 십여 명을 그곳에 심어두긴 했지만, 가문의 피를 이어받지 않은 그들을 완전히 신뢰할 수는 없는 노릇이었다. 와지르는 이런 요지로 자신의 누이에게 이야기했다. 그는 유난히 예민한 반응을 보였으며, 그의 누이는 동생이 생각보다 이 문제를 훨씬 더 심각하게 생각한다고 느꼈다. 분명 그의 마음속에는 누이에게 얘기한 내용보다 더 중요한 무엇인가가 있었다.

이런 대화들이 오간 것은 마르크 알렘이 타비르 사라일에 추천서를 들고 나타나기 이틀 전이었다. 그 동안 마르크 알렘이라는 이름과 타비르 사라일이라는 이름은 떼려야 뗄 수 없는 관계가 되었다. 지금처럼 이렇게 친척들이 그 둘을 연결시켜 말할 때마다 마르크 알렘은 짜증이 났다. 가족들이 식탁으로 자리를 옮기고 화제도 바뀌길 바랄 뿐이었다. 다행히 가족들은 그전에 화제를 바꿨다. 물론 타비르 사라일에 대한 얘기는 계속되었지만, 더이상 그와 연관된 말은 아니었다. 그는 그냥 옆에서 그들의 대화를 듣기만 하면 됐다.

"어쨌든 타비르 사라일은 과거의 권력을 완전히 되찾았다고 말할 수 있을 거야."

큰외삼촌이 말했다.

"제 생각을 말씀드리지요. 저도 쿠프릴리 가 사람입니다만, 타비르의 권력이 그렇게 쉽게 흔들릴 수 있다고 생각한 적은 단 한 번도 없었습니다." 쿠르트가 말했다. "제가 볼 때, 그곳은 구태의연한 제국의 다른 기관과는 많이 다를 뿐만 아니라, 매력적으로 들리는 명칭과는 달리 가장 무시무시한 권력기관 가운데 하나라는 것이죠."

"그곳만 그런 것은 아닐 겁니다. 그런 기관들이야 많지요."

외사촌 한 명이 반박했다. 쿠르트는 미소를 지었다.

"맞아. 하지만 다른 기관들이 자아내는 공포감은 노골적이야. 그들이 불러일으키는 두려움이란 것은 피어오르는 검은 연기처럼 멀리서도 잘 보이지. 하지만 타비르 사라일은 달라. 그와 정반대로 돌아가거든."

"그런데 어째서 넌 꿈의 궁전이 그렇게 무서운 기관이라고 하는 거니?"

마르크 알렘의 어머니가 끼어들었다.

"꿈의 궁전은 네가 이해할 수 있는 방식으로 돌아가지 않는단다." 쿠르트는 조카를 바라보며 말했다. "나는 아주 다른 부분을 주목하고 있어. 제국의 모든 기관 가운데 꿈의 궁전만큼 인간의 자연적 의지에 반하는 기관은 없다는 것이 내 생각이야. 무슨 이야기인지 알겠니? 그곳은 가장 비인격적일 뿐만 아니라 가장 맹목적이고 위험한 기관이야. 따라서 가장 국가 중심적인 기관이라고도 할 수 있지."

"아무리 그런 기관이라도 어떤 방식으로든 통제를 받는다고 생각하는데요."

다른 조카가 말했다. 그는 대머리였는데, 매우 특이하게도 눈을 통해 자신의 지력을 드러냈다. 가령 그가 눈을 반쯤 뜰 때면, 자신의 지력 일부를 거기에 보태는 바람에 그렇게 눈을 뜨는 것처럼 보였다. 쿠르트가 말을 받았다.

"내 생각은 이래. 타비르는 제국의 기관들 가운데 백성들의 잠재된 의식의 일부가 제국과 직접적으로 만날 수 있는 유일한 기관이라는 거지."

그는 자신이 한 말의 반향을 살피기라도 하듯 그 자리에 있는 사람들을 차례로 둘러보았다. 그러곤 다시 말을 이었다.

"물론 일반 백성들이 나라를 다스리진 않아. 하지만 그들에게는 제국의 흥망을 좌우하고 대역죄와 결부된 모든 사건에 영향을 미칠 수 있는 기관이 존재하지. 그 기관이 바로 타비르 사라일이야."

"그러니까 백성들이 일어나고 있는 모든 일에 총체적 책임 같은 것을 지니며 따라서 죄책감도 가질 수 있다는 말씀인가요?"

외사촌이 물었다.

"그래." 쿠르트가 대답했다. 그리고 다시 단호한 어조로 덧붙였다. "어떤 면에선 그렇지."

다른 외사촌이 미소를 지어 보였다. 그의 눈은 반쯤 감겨 있어서 그 미소는 문 밑으로 새어나오는 빛처럼 온전하지 못했다.

"어쨌든 제가 볼 때, 그곳은 제국을 통틀어 가장 말이 안 되는 기관이에요."

아까 말한 외사촌이 말했다.

"상식적인 세상에서 본다면 말도 안 되는 기관이라고 할 수 있겠지." 쿠르트가 말했다. "그러나 그와는 정반대인 우리가 사는 이 세상에서 본다면 하나도 이상할 게 없지 않나?"

외사촌은 폭소를 터뜨렸다. 그러나 총독의 얼굴이 어두워지자 웃음소리는 잦아들었다.

"하지만 여기저기서 들리는 이야기에 따르면 문제는 그리 간단해 보이지 않던데요." 다른 외사촌이 말을 꺼냈다. "이렇다 단정할 수 있는 게 없다는 거예요. 가령 오늘날 어느 누가 델포이의 신탁 같은 것을 가려낼 수 있겠어요? 그와 관련된 문서들은 유실되었어요. 더 정확히 말하자면 누군가 그것을 없애버렸다고 해야겠죠. 그리고 마르크 알렘이 그곳에 자리를 잡는 과정도 그리 간단하지만은 않았어요."

마르크 알렘의 어머니는 귀를 곤두세우며 오가는 얘기를 하나도 놓치지 않았다.

"다른 얘기를 하는 게 좋겠구나."

드디어 총독이 끼어들어 한마디 했다. 내가 임명된 과정이 그리 간단하지 않았다…… 마르크 알렘은 그 말을 곱씹어보았다. 그의 머릿속에는 세상에 홀로 버려진 것처럼 타비르에 첫발을 들여놓던 날 아침에 대한 기억의 편린들과 오늘 선별부에서의 지겨웠던 막바지 시간들이 뒤섞여 지나갔다. 외삼촌은 내가 그곳을 지배하기 위해서 타비르에 들어갔다고 생각하는 것 같아. 그는 속으로 씁쓸하게 웃었다.

"자, 그런 얘긴 이제 그만 하지!"

다시 한번 큰외삼촌이 말했다. 바로 그때 로케가 들어와 저녁 준비가 다 됐으니 식당으로 들라고 말했다.

식탁에 앉자마자 큰외숙모가 남편이 총독으로 있는 지역의 풍속과 습관에 대해 말하려 했고, 쿠르트는 무례하게 형수의 말허리를 잘랐다.

"알바니아의 음유시인들을 초대했어요."

"뭐라고?"

두세 사람이 이구동성으로 반문한 것 같다. '뭐라고?'라는 말은 누가 들어도 '무슨 생각으로 그런 짓을 했느냐' '너 정신 나갔나?'라는 다그침이었다. 쿠르트가 계속 말했다.

"엊그제 오스트리아 영사를 만났어요. 그가 제게 뭐랬는지 아세요? '당신네 쿠프릴리 가문은 오늘날 유럽, 아니 전 세계에서 무훈시를 헌정받을 만한 유일한 전통 명문가입니다'라고 하더군요."

"뭐, 그거야 당연한 얘기지."

큰외삼촌이 말했다.

"그는 우리 가문을 노래한 무훈시가 니벨룽겐의 노래에 견줄 만하다고 말하더군요. 그리고 '오늘날에도 여전히 읊어지는 프랑스나 독일에 전해 내려오는 서사시가 당신네 쿠프릴리 가의 서사시에 비해 조족지혈에 불과하다면, 당신들은 그 점을 대단한 영광으로 여겨야 할 텐데 어찌 된 게 별로 관심이 없어 보이는 듯하다' 는 요지의 이야기도 했어요."

"그건 잘 알겠는데, 이해할 수 없는 게 하나 있다. 넌 알바니아 음유시인에 대해 얘기하지 않았니? 우리 집안 사람이라면 누구나 잘 알고 있는 서사시에 대해 얘기하면서 왜 난데없이 알바니아 음유시인들을 초대한 게냐?"

큰외삼촌이 받아쳤다.

쿠르트 쿠프릴리는 큰형을 가만히 쳐다볼 뿐 아무 대답도 하지 않았다. 쿠프릴리 가에서 가문의 무훈시에 대한 이야기는 그 옛날 술탄이 하사한 뒤 대대손손 경건한 마음으로 이어받고 있는 가보인 식기(食器)만큼이나 오래된 것이었다. 마르크 알렘도 아주 어렸을 때부터 그 무훈시에 대해 들으면서 자랐다. 어린 시절 '서사시' 에 대한 얘기를 들을 때마다, 눈 덮인 산기슭에 사는 히드라와 뱀의 중간 형상을 한 괴물처럼 몸이 긴 그 무엇이 집안의 운명을 옥죄고 있는 건 아닐까 하고 상상했다. 하지만 자라면서 차츰 무훈시의 실체를 파악하게 되었다. 물론 그 과정에 우여곡절은 있었다. 그럼에도 마르크 알렘은 어떻게 제국 수도에서 최고 권력을 누리고 있는 쿠프릴리 가에 대한 무훈시가 저 멀리 낯선 발칸 지역 한가운데에 있는 보스니아 지방에서 회자되고 있는지 전혀 알 수 없었다. 그리고 서사시가 보존돼 있는 곳이 쿠프릴리 가의 본적인 알바니아가 아닌 보스니아라는 사실뿐 아니라, 서사시가 모국어인 알바니아어가 아닌 세르비아어로 기록되었다는 사실도 의아했다. 일 년에 한 차례, 라마단 한 달 동안 보스니아에서 온 음유시인들이 쿠프릴리 가를 방문했다. 그들은 며칠 동안 쿠프릴리 가에 머물면서 구슬픈 악기 반주에 맞춰 가문의 길고 긴 무훈시를 낭송했다. 그것은 수백 년 전부터 내려온 집안의 관습으로, 쿠프릴리 가의 신세대들도 감히 그것을 거역하거나 바꾸려 들지 않았다. 그들은 커다란 거실에 모여 슬라브 출신의 음유시인들이 단조로운 목소리로 낭송하는 서사시를 들었다. 쿠프릴리를 지칭하는 듯한 '추프릴리'라는 말 외에는 단 한 마디도 알아들을 수 없었다. 공연이 끝나면 늘 그렇듯 음유시인들은 사례를 받은 뒤 떠났다. 그리고 시인들이 떠나고 난 며칠 동안, 갑작스러운 날씨의 변덕으로 까닭 모를 한숨이 흘러나오듯 공허감과 함께 뭔가 풀리지 않는 수수께끼의 기운이 행사가 열린 집을 휘감았다.

그런데 술탄이 쿠프릴리 가의 무훈시를 시기한다는 소문이 돌았다. 제국의 계관시인들이 지은 술탄의 영광을 찬양한 노래와 시가 수십 편을 헤아리고 있는데도 그 어디에서도 자신을 흠숭하는, 쿠프릴리 가의 그것과 같은 서사시가 없다는 것이었다. 그리고 술탄의 이러한 시기심이 주기적으로 쿠프릴리 가에게 날벼락을 내리는 이유 가운데 하나라는 이야기도 들렸다. "왜 우리는 무훈시를 술탄에게 줘버리고 이 모든 재앙에서 영원히 벗어날 생각을 하지 않는 거죠?" 언젠가 어른들의 탄식을 옆에서 듣고 있던

어린 마르크 알렘이 이렇게 말했다. "쉿!" 그의 어머니가 그에게
말했다. "무훈시는 누구에게 선물로 줄 수 있는 게 아니란다. 이
해하겠니? 그것은 결혼반지나 가보 같은 것이라, 갖고 싶어하는
사람이 있다 하더라도 함부로 줄 수 있는 게 아니야."

"그분은 제게 그것이 '니벨룽겐의 무훈시에 비견된다'고 말했
어요." 쿠르트는 마치 꿈을 꾸고 있는 사람처럼 말했다. "최근 며
칠 동안 우리 집안 사람들이 자주 하는 질문을 곰곰이 생각해봤어
요. 슬라브인들은 우리 가문의 영광을 찬양하는 서사시를 지어
노래하는데, 정작 우리 고향인 알바니아에는 왜 우리 가문을 노
래하는 서사시가 없냐는 질문이죠."

"그거야 뭐 간단한 문제 아닐까요." 한 외사촌이 말했다. "그들
이 우리 가문을 찬양하는 서사시를 짓지 않는 것은 우리 가문으로
부터 뭔가를 기대했는데 아무것도 나오는 것이 없자 실망해서 그
런 것 아닌가요."

"너는 섭섭함 때문이라고 보는구나."

"그렇게 이해하셔도 될 것 같네요."

"제가 좀더 부연하자면," 다른 외사촌이 끼어들었다. "우리 가
문과 알바니아인들 사이의 해묵은 오해에 그 원인이 있다고 봐
요. 그들은 우리 가문이 제국에서 차지하는 의미를 제대로 이해
하지 못하고 있어요. 다시 말해서 그것이 얼마나 중요한지 모른
다는 것이지요. 그들은 쿠프릴리 가문이 제국의 통합을 위해 이

룬 업적과 현재 하고 있는 일에 전혀 관심이 없어요. 정작 알바니아는 제국의 극히 작은 일부분임에도 불구하고 말이죠. 그들은 오로지 우리가 그 작은 지역을 위해 해준 것만을 생각해요. 그들은 늘상 우리가 그들을 위해 뭔가 대단한 일을 해주기만을 바라고 있다구요.”

그는 마치 ‘진상은 이런 것이다’ 라고 강변하듯 팔을 펼쳐 보였다. 그는 계속했다.

“알바니아는 이제 끝났다고 말하는 사람들도 있고, 그와 반대로 알바니아가 행운을 타고났다고 말하는 사람들도 있어요. 그런데 저는 알바니아의 운명을 이 둘 가운데 어느 한쪽으로만 규정할 수는 없다고 봐요. 어떤 부분에서는 다분히 우리 집안과 비슷한 데가 있어요. 술탄으로부터 총애를 받는 동시에 총애를 잃었다는 점에서 말이죠.”

“그렇다면 총애와 실총 가운데 어느 쪽에 더 무게가 실렸다고 생각하니?”

쿠르트가 물었다.

“글쎄요.” 외사촌이 대답했다. “언젠가 한 유대인이 제게 말하길, ‘투르크인들이 창과 칼을 휘두르며 당신들을 공격할 때만 해도 당신네 알바니아인들은 그들이 당신들을 지배한다고만 생각했소. 그런데 지금 그들은 당신들에게 제국 전체를 안겨다주었소’ 라고 하더군요.”

"하하하!"

쿠르트가 웃음을 터뜨렸다. 눈을 감고 있던 사촌의 눈에서 섬광이 이는 듯했다.

"광인의 선물이라고나 할까요. 폭력과 유혈 속에 그런 선물이 주어졌으니 말이에요."

다른 외사촌의 말이었다.

"으하하하!"

그 말에 쿠르트는 더 크게 웃어댔디.

"뭐가 그렇게 우습지?" 총독인 그의 큰형이 물었다. "유대인의 말이 하나도 틀린 게 없구먼. 투르크인들은 우리에게 권력을 나눠주었어. 그건 네가 나보다 더 잘 알 거다."

"말할 것도 없죠." 쿠르트가 대답했다. "초대부터 5대까지의 재상이 모두 우리 집안에서 나온 것만 보더라도 잘 알 수 있는 이야기예요."

"그건 시작에 불과하다." 큰형이 말했다. "그분들 이후로 수백 명의 고관이 배출되지 않았니?"

"제가 웃은 건 그 때문이 아니에요."

"넌 정말이지 고약한 데가 있는 놈이다."

형이 화가 난 듯 쏘아붙였다. 순간 쿠르트의 눈이 번뜩였다. 한 외사촌이 가족들의 주의를 끌고자 다시 말을 시작했다.

"투르크인들은 우리 가문을 포함한 알바니아인들이 갖고 있지 못한 것을 가져다주었는데, 그것이 바로 넓은 영토 아닌가요."

"그와 함께 대혼란도 가져다주었지. 개인이 권력의 메커니즘에 얽히기 시작하면 그의 삶은 더없이 복잡해지게 마련이야. 결국 백성들의 삶 전체가 그러한 메커니즘의 톱니바퀴 속에서 비극적 운명을 맞이하는 거지."

쿠르트가 말했다.

"그게 무슨 말이냐?"

"형님은 투르크인들이 우리에게 권력을 나눠주었다고 하셨죠. 하지만 권력을 공유한다고 해서 그것이 그들의 어깨에 단 견장과 그들이 깔고 앉은 양탄자를 우리와 나눈다는 의미는 아니에요. 이 점에 대해서는 좀 있다 말씀드리기로 하죠. 여기서 권력을 공유한다는 말은 무엇보다 그들과 공범이 된다는 의미예요."

"쿠르트, 그렇게 함부로 말하지 마라."

"어쨌든 오늘날 우리가 누리고 있는 위상을 부여한 것은 투르크인들 아닌가요. 우리는 그것을 저주하고 있지만 말이에요."

외사촌이 다시 화제를 이었다.

"우리가 아니라 그들이래도!"

총독이 잘라 말했다.

"예, 죄송해요. 알바니아의 그들요."

긴장된 침묵이 흘렀다. 그때 로케가 케이크가 담긴 접시를 들고 들어왔다. 한 외사촌이 입을 열었다.

"언젠가 그들은 자신들만의 독립을 쟁취할 거예요. 하지만 그
럴 경우 더 큰 가능성들을 잃어버리겠지요. 바람처럼 휘젓고 다
닐 수 있는 거대한 영토를 잃게 될 것이고 자신들만의 좁은 지역
에 갇혀 움직일 때마다 서로 날개를 부딪치게 될 뿐 아니라 맘껏
비상해보지 못한 새들이 그러듯 이 산과 저 산 사이를 날갯짓하며
오가는 신세가 될 거라구요. 결국 그들은 시들시들해지다가 무기
력한 상태에 빠져 '우리가 독립해서 얻은 게 뭐지?' 라고 말하겠
지요.. 그런데 그들이 잃어버린 것을 찾기 위해 눈을 든다 한들 어
디서 그것을 찾을 수 있을까요?"

총독의 아내가 깊은 한숨을 내쉬었다. 케이크에 손을 대는 사
람은 아무도 없었다.

"어찌 됐든 아직까지 그들은 우리더러 뭐라 하진 않고 있지."

쿠르트가 반박하듯 덧붙였다.

"그들이 우리를 이해할 날이 올 거야."

큰형이 말했다.

"우리 역시 그들의 말에 귀를 기울여야 할 거예요."

"그런데 네 말마따나 그들이 아무 말도 하지 않는다면?"

"그럼 그들의 침묵의 소리를 들어야지요."

쿠르트가 대답했다. 총독은 큰 소리로 웃음을 터뜨렸다.

"넌 정말 별종이다." 총독은 웃으면서 말했다. "내가 말하지 않
았니. 수도에서 살다보니 네가 좀 이상해졌다고. 일 년 성도 멀리

떨어진 지방에서 일해보는 것도 네게 그리 나쁘진 않을 거야."

"신이시여, 우리 가족을 보살피소서!"

마르크 알렘의 어머니가 속삭였다. 총독이 웃는 바람에 식탁을 중심으로 팽팽했던 좀전의 긴장감은 사라져버렸다. 모두 케이크 접시를 향해 포크를 들었다.

"제가 알바니아 음유시인들을 초대한 것은 알바니아어로 된 무훈시를 듣고 싶어서예요." 쿠르트가 설명했다. "그 무훈시의 구절들을 이미 접한 적이 있는 오스트리아 영사가 제게 알바니아어로 된 무훈시가 보스니아어로 된 서사시보다 훨씬 더 아름답다고 했거든요."

"정말이냐?"

"예."

쿠르트가 대답했다. 그는 눈밭에 반사된 햇빛에 눈이 부신 듯 눈을 깜박거렸다.

"알바니아어로 된 무훈시에는 산을 넘는 추격, 놀라운 전투 장면, 여자와 어린 소녀들의 유괴, 위험이 가득한 식장을 향하는 결혼 행렬, 행진을 하다 잘못을 저지르는 바람에 돌이 되어 광장에 붙박여버린 크루슈크*, 포도주를 마시고 취한 말, 눈이 멀어 힘이 없는 기사가 역시나 눈먼 말을 타고 겨우 산을 넘는 이야기, 불행

---

*신부집에 신부를 데리러 가는 결혼식 행렬의 일행을 가리키는 말(원주).

을 예언하는 올빼미, 한밤에 괴기스런 집의 대문을 두드리는 소리, 무덤 주위에서 사냥개 이백 마리를 몰고 산 자가 죽은 자에게 거는 음산한 결투, 원수와 맞서기 위해 관을 열고 나오려 하지만 쉽지 않은 사자의 흐느낌, 이전투구의 양상을 보이기도 하고 서로 결혼하기도 하는 인간과 신 그리고 그들의 울부짖음과 싸움과 끔찍한 저주, 그리고 이 모든 것을 굽어보는, 빛은 비추되 온기는 없는 차가운 태양."

마르크 알렘은 홀린 듯 그 이야기를 듣고 있었다. 그가 한 번도 밟아본 적이 없는 아련한 겨울눈에 대한 정체 모를 혹은 낯선 향수와 같은 것이 온통 그를 사로잡았다.

"우리 쿠프릴리 가가 등장하지 않는 알바니아어로 된 무훈시는 이런 내용으로 돼 있어요."

쿠르트가 말했다.

"알바니아어로 된 무훈시가 정말 삼촌이 묘사하신 대로라면, 우리 가문이 언급될 부분은 없겠네요. 그건 비극적인 열병과 비슷해 보여요."

한 외사촌이 말했다.

"그러나 슬라브어로 된 서사시에는 우리 가문이 등장하지."

쿠르트가 주의를 환기시키며 말했다.

"그걸로 충분하지 않나요?" 흐릿한 눈의 외사촌이 말했다. "삼촌도 우리 가문이 유럽, 더 나아가 전 세계에서 백성들이 무훈시를 통해 찬양하는 유일한 가문이라고 말씀하셨잖아요? 그걸로 부족한가요? 삼촌은 우리 가문이 두 민족으로부터 칭송받길 바라시는 건가요?”

“네가 나에게 그걸로 충분하지 않냐고 질문한 거라면 내가 해줄 대답은 이렇다. 아니, 충분하지 않아!”

쿠르트가 말했다. 두 외사촌은 너그럽게도 고개를 끄덕여주었다. 큰외삼촌도 미소를 지으며 말했다.

“넌 여전하구나. 변한 게 없어.”

“음유시인들이 도착하면 모두 초대하겠어요. 그들은 우리 집안의 성이 유래한 ‘아치가 세 개 달린 다리’라는 제목의 오래된 발라드를 부를 거예요.”

마르크 알렘은 여전히 넋이 나간 사람처럼 듣고 있었다.

“이번에 그들은 이 유명한 발라드를 알바니아어로 부를 거예요. 이런 것들을 아직 와지르에게 얘기하진 못했지만, 그들을 초대하는 것을 반대하진 않겠죠. 그들은 악기를 들키지 않도록 신경 쓰면서 긴 여행을 해요. 하지만 그만한 보람이 있을 겁니다……”

쿠르트는 들뜬 어조로 말했다. 그는 이곳에 사는 그들 가문과 그곳에서 불리는 발칸 지역의 무훈시 사이에 존재하는 관계에 대해서 다시 한번 이야기했는데, 마치 행정과 예술, 무상한 것과 영원한 것, 그리고 육체와 정신의 관계를 말하는 듯했다.

"어떤 얘기든 간에 이 안에선 네 마음대로 해도 좋다. 하지만 다른 곳에선 그런 얘기를 하지 말아라."

표정이 어두워진 큰형이 쿠르트에게 충고를 했다.

식탁을 중심으로 들리는 소리라곤 접시에 포크가 딸그락거리는 소리밖에 없자 긴장감이 더욱 고조되는 듯했다.

분위기를 풀어보고자 총독이 쾌활한 어조로 마르크 알렘에게 말을 건넸다.

"조카야, 좀전부터 넌 대화에 전혀 끼지 않더구나. 보아하니 넌 온통 꿈의 세계에 빠져 있는 것 같던데 말이다."

마르크 알렘은 또 한번 얼굴이 빨개졌다. 다시 한번 모든 사람의 관심이 그에게 집중됐다.

"선별부에서 일한다지? 어제 와지르가 네 얘기를 해주더구나. 그리고 꿈의 궁전의 진짜 일은 해석부에서부터 시작된다는 얘기도 하더구나. 그곳이 유일하게 진정한 의미의 창의적 일을 하는 곳이며 개인의 역량을 드러낼 수 있는 곳이라고 하던데, 그래, 네 생각은 어떠냐?"

큰외삼촌이 물었다. 마르크 알렘은 직장을 선택한 사람은 자신이 아니라고 말하려는 듯 어깨를 으쓱했다. 그런데 큰외삼촌의 시선에서 뭔가 은밀한 빛이 느껴졌다.

총독은 이내 시선을 자신의 접시로 거뒀지만, 그의 누이는 오빠의 이상야릇한 눈빛을 놓치지 않았다. 누이는 자신의 아들만 빼고 거기에 모인 모든 사람이 타비르 사라일에 대해 얘기하는 것을 불안한 마음으로 지켜보고 있었다.

그랬다. 정작 타비르에서 일하는 마르크 알렘은 아무 얘기도 하지 않고 있었다. 마르크 알렘의 어머니는 열병에 걸린 사람처럼 머리가 아팠다. 아들이 괜찮은 일자리라고 해서 들어간 곳이 사람들이 말하고 있는 것처럼 사실은 맹목적이고 위험하고 가혹한 조직이라면, 어머니는 아들이 맹수 우리와 같은 그 안에 갇혀 있는 모습을 얼마나 지켜보아야 할 것인가?

어머니는 수척해진 아들의 얼굴을 곁눈으로 바라보았다. 아들은 꿈의 혼돈과 잠의 진눈깨비 그리고 죽음의 경계에 놓인 악몽 속에서 제대로 방향을 잡고 나갈 수 있을까? 그녀는 어찌하여 아들을 그런 지옥으로 내몬 것일까?

타비르 사라일에 관한 이야기는 총독을 중심으로 계속됐다. 하지만 그는 그 이야기를 듣기가 너무 귀찮아 듣는 둥 마는 둥 했다. 쿠르트와 한 외사촌이 꿈의 궁전의 권력 회복이 초(超)제국으로서의 오스만 제국이 위기에 봉착했음을 보여주는 것인가를 두고 한창 열을 올리고 있을 때, 총독은 "자, 그만, 그만. 다른 이야기를 하도록 하자"는 말만 되풀이하고 있었다.

이제 손님들은 식탁에서 일어나 커피를 마시러 거실로 자리를 옮겼다. 사람들은 자정이 돼서야 집으로 돌아갔다. 마르크 알렘은 무거운 발걸음을 옮겨 2층에 있는 자신의 방으로 올라갔다. 잠은 오지 않았지만 별로 개의치 않았다. 타비르 사라일에서 일을 시작한 첫 두 주 동안은 대부분 불면증에 시달리지만, 머지않아 다시 잠을 잘 자게 된다는 말을 들은 적이 있었다.

그는 침대에 누워 몸에서 긴장을 완전히 풀고 눈은 감지 않은 채 얼마간 그대로 있었다. 정신은 아주 또렷했다. 불면증은 불면증이되 힘든 것도 없고 맥박도 고르고 열도 없었다. 이러한 불면증이 그에게 새롭게 일어난 유일한 변화는 아니었다. 그의 삶 전체가 바뀌었다. 사거리의 커다란 시계가 두시를 알렸다. 그는 세 시경, 늦어도 세시 반경이면 잠이 들 거라고 생각했다. 그런데 잠이 들어 그날 밤 꿈을 꾸면 자신의 꿈을 어떤 문서로 분류하게 될까?

이런 생각을 끝으로 그는 깊은 잠에 빠져들었다.

3장 _ 해석부

마르크 알렘이 해석부로 발령을 받게 된 것은 그가 그 부서로 가고 싶다는 기대를 채 하기도 전이었으며, 봄이 다가온다는 사실을 채 알아차리기도 전이었다(사실 그는 적어도 이번 봄뿐 아니라 다가오는 여름까지도 선별부에서 근무하리라 생각하고 있었다).

어느 날, 오전 휴식시간을 알리는 종이 울릴 즈음 꿈의 궁전의 국장으로부터 호출이 왔다. 무슨 일이지요? 마르크 알렘은 소식을 전하러 온 사람에게 물었다. 하지만 그의 꼭 다문 입술에 난처한 빛이 떠오르는 것을 본 순간 그런 질문을 한 것을 후회했다. 이유야 어떻든 타비르 사라일에서는 결코 그런 질문을 해서는 안 되었다.

복도를 걸으면서 그의 머릿속은 온갖 의혹과 추측으로 어지러
웠다. 일 처리에 무슨 문제가 생긴 걸까? 제국 변방에 사는 누군
가가 사무실과 와지르들을 들쑤시고 다니며 자신의 꿈이 부당하
게 쓰레기통에 처박혔다며 항의한 걸까? 그는 최근에 그가 주저
없이 제외시킨 꿈들 가운데 뭔가 의심이 갈 만한 꿈이 있었는가
생각해보았지만 딱히 떠오르는 것이 없었다. 그런 문제가 아닐지
도 몰라. 다른 일로 나를 호출하는 것일 수도 있어. 게다가 과거의
행태를 보건대 타비르 사라일에서는 늘 예상치도 못했던 일로 호
출을 하곤 했다. 기밀이 누설되기라도 한 걸까? 하지만 그는 타비
르 사라일에 임용된 이후 친구들과는 일절 연락을 끊고 살아왔
다. 그렇게 이런저런 생각을 하면서 타비르의 복도를 걷고 있는
데, 지금 걷고 있는 이 복도가 왠지 낯설지 않게 느껴지는 것이었
다. 그는 이곳의 모든 통로가 다 비슷해 보여서 그런 것이려니 생
각했다. 마침내 마르크 알렘이 국장실을 찾아 들어가보니, 사무
실 한가운데에 난로가 놓여 있고 기름한 얼굴을 한 남자가 시선을
문에 고정시킨 채 나무책상 앞에 앉아 있었다. 그제야 마르크 알
렘은 자신이 맨 처음 타비르 사라일에 온 날 찾아간 사무실이 바
로 국장실이라는 것을 알게 되었다. 그 동안 일에 파묻혀 지내다
보니 그때 면담한 사람의 존재는 까맣게 잊고 있었다. 심지어 다
시 그를 대면한 순간에도 마르크 알렘은 그 사람이 꿈의 궁전에서
어떤 위치에 있는 사람인지 전혀 모르고 있었다. 수많은 중간 관

리 가운데 한 사람인지, 아니면 국장인지.

마르크 알렘은 긴장된 마음으로 그 앞에 서서 그가 입을 열기를 기다렸다. 그러나 이 높은 양반은 문 손잡이 높이만큼 눈을 든 채 문에서 시선을 뗄 줄 몰랐다. 그 모습은 이미 낯선 것이 아니었지만, 왠지 그는 마르크 알렘을 부른 이유를 얘기하기에 앞서 누군가를 기다리는 듯했다. 그러다가 마침내 관리는 문에서 눈을 떼었다.

"마르크 알렘 군."

아주 낮은 목소리로 그가 입을 열었다. 마르크 알렘은 식은땀이 났다. 어떻게 해야 자연스럽게 처신하는 것인지 알 수 없었다. '네, 말씀하십시오' 라고 말할까, 인사치레를 할까, 아니면 어떤 청천벽력 같은 얘길 꺼낼지 모르니 그냥 잠자코 있을까? 순간 그는 자신이 나쁜 일로 호출된 것은 아니라는 생각이 들었다.

"마르크 알렘 군," 국장은 다시 그의 이름을 불렀다. "자네가 이곳에 처음 온 날 내가 이미 말한 바 있지만 자네는 우리가 꼭 필요로 하는 인물일세."

맙소사! 마르크 알렘은 속으로 생각했다. 낯설기 그지없는 저 말을 다시는 못 들을 줄 알았는데, 또 한번 듣게 된 것이다.

"자네는 우리가 꼭 필요로 하는 인물일세. 그래서 오늘부로 자네를 해석부로 발령 내리기로 했네."

고위 관리가 말했다. 마르크 알렘은 귀 안이 웅웅거리는 것 같았다. 그의 시선이 저절로 방 한가운데에 있는 화로를 향했다. 재가 반쯤 덮인 채 타오르는 잉걸불은 눈을 반쯤 감고 빈정거리는 사람처럼 보였다. 그 불은 그가 잊으려야 잊을 수 없는, 타비르 사라일에 첫발을 디딘 날 그의 추천서를 삼켜버린 바로 그 불이었다. 그런데 오늘 그 불은 왠지 세상을 등진 사람처럼 무심해 보였다.

"별로 기뻐하지 않는 것 같군."

관리가 말했다. 그럼 나더러 어쩌란 말인가. 마르크 알렘은 속으로 생각했다.

사실 조금도 기쁘지 않았으나 고마움을 표해야 한다는 생각은 들었다. 게다가 조금 전까지만 해도 그는 불안해하지 않았던가. 그가 뭔가를 말하려는 순간 관리가 그의 말을 가로막았다.

"자넬 이해하네. 기쁜 내색을 하지 않는 건 새로운 일에 부여된 책임감 때문이겠지. 해석부는 명실상부 타비르의 요체라고 할 수 있네. 보수가 좋지만 그만큼 일도 고되다네. 연장 근무도 심심찮게 하게 될 걸세. 그런데 그런 것보다 더 힘든 것은 바로 책임감이지. 그럼에도 불구하고 자네는 신망을 받은 것이고 그 점에 대해 고마운 마음을 가져야 할 걸세. 그리고 해석부는 타비르 사라일에서 출세를 위한 관문이라는 것을 명심하게나."

처음으로 그의 시선이 마르크 알렘을 향했다. 하지만 그 시선이 응시하고 있는 것은 마르크 알렘의 얼굴이 아니라 복부 쪽이었다. 문을 바라볼 때 그가 문 손잡이가 있는 곳에 시선을 고정시켰던 것처럼.

해석부는 타비르 사라일에서 출세를 위한 관문이다. 마르크 알렘은 방금 들은 말을 속으로 되뇌었다. 그는 자신이 해몽 같은 정교한 일을 할 능력이 없다고 말하려 했다. 그런데 상대는 그런 그의 마음을 읽었는지 말을 이어나갔다.

"타비르 사라일의 해몽이 만만치 않은 일이긴 하네. 일반인들의 진부한 해몽과는 전혀 다른 것이지. 가령 일반인들은 뱀은 흉조고 왕관은 길조라는 식의 해석을 하지. 그렇긴 해도 세속의 모든 해몽서 가운데 서로 일치하는 것은 없다네. 하지만 타비르의 해석부는 이 모든 것을 초월하여 다른 차원으로 해석한다네. 전혀 다른 논리를 바탕으로, 전혀 다른 상징과 그 상징들의 조합에 주목하지."

그렇다면 저는 더더욱 부적격자로군요. 마르크 알렘은 그렇게 말하고 싶었다. 전통적인 상징을 다루는 일조차 이미 곤혹스러운 지경인데, 새로운 상징을 다뤄야 한다니 이보다 더 끔찍한 일은 없으리라는 생각이 들었다. 그는 뭔가를 얘기하려 했으나 상대는 틈을 주지 않고 계속 말했다.

"자넨 지금 어떻게 하면 해몽의 요령을 터득할 수 있을까 생각하는 것 같군. 걱정 말게나. 자네라면 아주 빨리 익히리라 보네. 지금 해석부에서 한가락 한다는 친구들도 처음 일을 시작했을 땐 지금 자네처럼 자신이 없어서 주저했지. 자네가 일을 익히는데는 이 주, 길어야 삼 주면 충분하리라 보네. 그리고 (그는 마르크 알렘에게 가까이 오라고 손짓했다. 마르크 알렘은 책상 쪽으로 몇 걸음 다가섰다) 그 이상은 필요하지도 않아. 그 이상을 알면 기계적인 해석관이 될 위험이 있기 때문에 오히려 자네에게 좋을 게 없을 거야. 해석이라는 것은 무엇보다 창의적인 작업이라네. 이미지와 상징에 대한 연구에 지나치게 매몰돼서는 안 되지. 대수학 분야처럼 자체의 원칙을 만드는 것이 중요하네. 하지만 그러한 원칙들을 너무 고지식하게 적용해서도 안 되지. 그럴 경우 자칫 해몽의 의의를 간과할 우려가 있어. 뛰어난 해석이란 모든 해석이 끝난 바로 그 자리에서 시작되는 거야. 무엇보다 자네가 주의를 기울여야 하는 것은 상징들의 조합일세. 끝으로 한 가지 더 충고하자면, 타비르에서 행해지는 모든 일은 비밀에 부쳐지고 있는데 그중에서도 해석부의 업무는 절대 비밀에 속한다는 것이네. 그 점을 명심하기 바라네. 자, 그럼 이제 새로운 업무를 시작하도록 하게. 이미 자네의 발령을 그곳에 통보해놓았네. 그럼 행운을 빌겠네!"

마르크 알렘이 어리둥절한 기분으로 문을 열고 사무실을 나설 때, 고위관리의 시선은 이미 문을 향하고 있었다. 복도에 나온 그는 한동안 멍한 상태에서 헤맸다. 그러다 자신이 해석부를 찾아가던 중이라는 사실을 문득 깨달았다. 복도는 아무도 없어 조용

했다. 오전 휴식시간 내내 면담을 한 모양이었다. 그렇지 않고서
야 이 적막을 달리 설명할 길이 없었다. 이 적막이 휴식시간 뒤에
찾아오는 그 고요함이라는 것을 느낄 수 있었다. 그는 길을 물을
수 있는 누군가를 만나길 기대하며 한참을 걸었다. 그러나 눈에
띄는 사람은 없었다. 앞쪽 복도가 꺾여 들어간 곳에서 발소리가
들리는 것 같아 가보면 소리는 다시 어디론가 멀어지는 듯했으
며, 그 소리가 위층에서 나는 것인지 아래층에서 나는 것인지도
불확실했다. 오전 내내 헤매면 어떡하지. 그는 걱정이 됐다. 새 부
서로 발령받은 첫날부터 지각했다는 소리를 들을 것 같았다. 점
점 더 불안한 마음이 들었다. 국장실 직원에게 가는 길을 물어볼
걸 그랬나. 국장이든 누구든 아무나 붙잡고 물어본 뒤에 길을 나
섰어야 했다.

　그는 계속 걸었다. 통로는 익숙한 듯하다가도 낯설어지기를
반복했다. 문 열리는 소리조차 들리지 않았다. 넓은 계단을 통해
위층으로 갔다가 다시 내려왔는데, 내려오고 보니 처음보다 한
층 더 내려와 있기도 했다. 어디를 가도 인적은 온데간데없고 침
묵뿐이었다. 그는 비명을 지르고 싶었다. 그런데 복도의 기둥들
이 조금씩 낮아지는 것을 보니 청사 중앙에서 아주 멀리 떨어진
곳에 와 있는 듯했다. 오던 길을 되짚어가려는 순간, 복도 끝 모
퉁이에 사람의 형상이 보였다. 그는 그쪽으로 다가갔다. 한 사람
이 문 앞에 가만히 서 있었다. 마르크 일램이 가까이 다가가려 하

자 그 사람은 멈추라는 손짓을 했다. 마르크 알렘은 그 자리에 멈춰 섰다.

"어딜 찾고 있소? 이곳은 통제구역이오."

상대방이 물었다.

"해석부를 찾는데요. 한 시간 동안이나 헤맸어요."

그 남자는 의심스러운 눈초리로 그를 쳐다보았다.

"해석부에서 일하면서 해석부로 가는 길을 몰라요?"

"방금 전에 발령을 받아서 어디로 가야 하는지 모릅니다."

상대는 그를 유심히 살폈다.

"오던 길을 되돌아가면 넓은 계단이 있는 복도가 나올 거요. 거기서 계단을 통해 위층으로 올라가 층계참에 이르거든 다시 오른쪽 복도로 가시오. 그러면 당신이 바라보는 복도 끝에 해석부가 있을 것이오."

마르크 알렘은 고맙다고 말한 뒤 돌아섰다.

그는 남자가 일러준 길을 잊지 않기 위해 입으로 되뇌면서 걸었다. 복도를 따라 넓은 계단이 있는 곳까지 간다. 거기서 위층으로 올라간다. 올라가서 다시 오른쪽 복도로 꺾는다.

그런데 내게 길을 알려준 저 사람은 뭐 하는 사람일까? 마르크 알렘은 궁금했다. 보초 같아 보였는데, 보이는 것 없고 들리는 것 없는 이 안에 지킬 게 뭐가 있다고 보초를 두었을까? 타비르는 그야말로 수수께끼투성이였다.

저쪽에 넓은 계단이 나 있는 복도가 보였다. 복도에서 바깥쪽으로 돌출한 커다란 유리창을 통해 침침한 빛이 들어오고 있었다. 그는 안도의 한숨을 쉬었다.

해석부에서 일한 지 어느덧 삼 주가 지났다. 처음에는 노련한 선배들 옆에서 꿈을 해석하는 요령을 익혔다. 그렇게 두 주가 지날 무렵 국장이 오더니 말했다.

"이제 중분히 요령을 익혔으니 내일부터는 자네가 직접 하도록 하게."

"벌써 말입니까? 저 혼자 할 수 있을까요?"

마르크 알렘이 말했다. 부장은 미소를 지었다.

"걱정하지 말게. 누구나 처음에는 그런 생각을 하니까. 그리고 이 사람이 이 사무실의 감독이니 조금이라도 의심나는 것이 있으면 물어보도록 하게."

그는 할당받은 문서에 나흘째 매달리고 있었다. 이렇게 골치가 아파보긴 처음이었다. 선별부 업무가 사람 진을 뺀다고 생각했는데, 해석부 업무에 비하면 어린애 장난이었다. 해석부 업무가 이렇게 지옥 같을 줄은 전혀 상상하지 못했다.

그가 받은 문서는 '시민생활과 부패' 항목에 해당하는 그나마 쉬운 것이라고 했다. 그런 얘기를 들으면서 마르크 알렘은 생각했다. '맙소사, 이런 문서도 골치가 아플 지경인데 반국가적 음모

에 관한 문서를 맡게 되면 어떡한담.'

그가 받은 문서철에는 여러 개의 꿈이 들어 있었다. 그는 먼저 60편의 꿈을 읽고 그 가운데 쉽게 해독할 수 있을 것 같아 보이는 꿈 20편을 따로 빼두었다. 그러나 그 20편의 꿈을 다시 보니 쉽기는커녕 가장 어려워 보였다. 그래서 다시 60편의 꿈 가운데 일단 의미 파악이 가능할 것 같아 보이는 꿈들을 따로 추렸다. 하지만 그것도 한두 시간 후에 다시 보면 그런 수수께끼가 없어 보일 정도로 뒤죽박죽 오리무중이었다.

이건 불가능한 일이야! 정말 돌아버리겠군! 속으로 이런 말들을 몇 번이나 외쳤는지 모른다. 나흘을 꼬박 매달렸지만 온전히 해독해낸 꿈이 한 편도 없었다. 어떤 요소가 의미 있다는 생각이 들라치면 곧바로 의심이 몰려오고, 방금 전까지만 해도 명료해 보이던 것이 다시 보면 이해할 수 없는 것이 되어버렸다. 이건 망상이야. 죄다 과대망상에 불과해! 그는 손에 얼굴을 묻고 속으로 되뇌었다. 그는 실수할지도 모른다는 강박관념에 휩싸였다. 이 일을 하면서 큰 실수를 저지를 것 같고 만약 일을 제대로 하더라도 순전히 운이 좋아서일 것이라는 생각이 자꾸만 들었다.

그는 불안한 마음에 달뜬 상태가 되었다. 아직 상관에게 해몽의 결과물을 한 건도 올리지 못했던 것이다. 상관들은 그를 무능력하거나 지나치게 소심한 사람으로 볼 것이다. 어떻게 다른 사람들은 보고서를 저렇게 가득 채울 수 있을까? 어쩌면 저들은 그토록 태연할 수 있을까?

사실 해석관들은 자신이 부여받은 문서철에서 풀이할 수 없는 꿈이 있으면 그것만 따로 추려서 난해한 꿈만 다루는 해석부 내의 전문가들에게 넘길 수 있었다. 하지만 그렇다고 해서 문서의 대부분을 그들에게 넘길 수는 없는 노릇이었다.

마르크 알렘은 피가 뭉쳐 고여 있기라도 한 것처럼 관자놀이를 자꾸 문질러댔다. 메르쿠리우스의 지팡이, 연기, 절름발이 신부, 눈 등과 같은 십여 개의 상징이 머릿속에 뒤엉켜 있었다. 그것들은 통제불능의 사라반드 춤처럼 빙빙 맴돌며 세상의 정상적인 상징들을 몰아내고 거기에 광란의 움직임만 남겨두는 듯했다. 그는 앞에 문서를 펼쳐놓으면서 생각했다. 될 대로 되라지, 이 꿈을 보고 맨 먼저 머리에 떠오르는 생각을 그대로 적어버릴 거야. 그래, 운에 맡길밖에!

그것은 수도권 소재의 신학교에 다니는 학생의 꿈이었다. 두 남자가 오래 전에 무너져내린 무지개를 발견했다. 그들은 겨우 그것을 일으켜세운 뒤 거기에 덮인 먼지를 털어냈다. 그들 중 한 사람이 거기에 색을 다시 칠했다. 그런데 무지개는 다시 살아나기를 완강히 거부했다. 결국 두 사람은 무지개를 버려두고 도망치듯 그곳을 떠났다.

흠. 마르크 알렘은 펜을 꼭 쥐며 신음 소리를 냈다. 막상 내용을 해석하고 그것을 적어나가려니 조금 전까지만 해도 분노와 함께 치밀어올랐던 용기는 어느새 사라져버리고 말았다. 그럼에도 그는 매달려보았다. 그는 더 깊게 생각하지 않고, 그 꿈을 읽고 처음 든 생각을 그대로 적어내려갔다. '이 꿈은 경고를 암시하는 것으로……' 무엇에 대한 경고일까. 도대체 이 악몽을 통해 무슨 말을 하고 싶은 걸까? 하마터면 그는 큰 소리로 외칠 뻔했다. 소리라도 지르지 않으면 미칠 것만 같았다. '이 꿈은 경고를 암시하는 것으로……' 그는 적은 것을 지워버리고 문서를 미결서류 더미 속에 거칠게 던져넣었다. 안 돼, 못 하겠어. 이런 미친 일에 매달려 있느니 차라리 일찌감치 해고를 당하는 게 낫겠어. 그는 두 손으로 머리를 감싸고 눈을 반쯤 감은 채 멍하니 앉아 있었다.

잠시 그런 상태로 있는데, 그 방의 감독이 낮은 목소리로 말을 건넸다.

"마르크 알렘 군, 무슨 일인가? 머리라도 아픈 겐가?"

"예, 조금요."

"너무 걱정하지 말게. 처음에는 누구나 다 그러니까. 뭐 도와줄 건 없나?"

"고맙습니다. 그건 그렇고 좀 있다 해석한 내용에 대해 질문을 좀 드리겠습니다."

"아, 그래? 언제든 환영일세. 그렇지 않아도 요 며칠 자네의 질문을 기다리고 있던 참이네."

"실은 그 동안 확실하지 않은 것으로 번거롭게 해드릴 것 같아

질문을 삼가고 있었습니다."

"오, 그런 걱정일랑 말게나. 나는 그런 일을 하기 위해 여기 있는 거니까."

"그럼 잠시 후에 해석한 것을 몇 가지 보여드리겠습니다. 비록……"

"비록?"

"비록 제가 확신을 갖지는 못하지만 말입니다. 아예 말도 안 되는 해석은 아닐지라도 여기저기 문제가 많을 거예요."

"기다리겠네."

감독관은 미소를 지으며 자리로 돌아갔다.

이젠 빠져나갈 구멍도 없어졌다. 죽이 되든 밥이 되든 다른 사람들처럼 일을 마무리지어야 한다. 그래, 될 대로 되라지. 그는 검은 옷을 입은 한 무리의 남자들이 도랑을 건너 눈 덮인 들판 속으로 사라져버렸다는 내용의 꿈이 기록된 문서를 꺼내들었다. 순간 그 꿈의 내용이 너무도 선명하게 드러났다. 의미인즉 제국의 이익에 반하는 요구를 했던 한 무리의 관료들이 그들 앞에 놓인 역경을 극복하고 눈 덮인 들판을 향해 나아갔다는 것인데, 이는 곧 정부의 몰락을 뜻하는 것이었다.

마르크 알렘은 해석한 내용을 재빨리 적어내려갔다. 하지만 그 꿈이 제국에 대한 반역적 음모를 암시한다는 마지막 부분은 차마 적지 못했다. 그는 해석한 것을 다시 한번 읽어보았다. 음모와 관련된 꿈이 분명했다. 그런데 그 문서는 '시민생활과 부패' 항목으로 분류되어 있지 않은가. 난감해진 그의 손에서 힘이 빠지더니 펜을 놓치고 말았다. 이제 뭔가를 제대로 하는 듯싶었는데, 또 한번 난관에 부딪혔다. 아니, 잠깐만, 꼭 그렇게만 생각할 필요는 없을지도 몰라. 그는 생각했다. 타락이야말로 제국에 대한 음모로 이어질 수 있는 것이 아닌가. 예의 관료들이 모두 부패와 음모에 연루되었다면 그것은 그야말로 동전의 양면과도 같은 것이 아니겠어. 그래, 맞아. 바보처럼 왜 진작 그런 생각을 못 했지. 문서 분류는 요지부동의 것이 아니다. 시민생활에 관한 문서라 해서 반드시 제국의 중대사를 암시하지 말라는 법도 없지 않은가. 일견 너무도 평범해 보이는 상징들 속에서 중요한 의미들을 찾아낸 타비르의 직원이 치하를 받은 예를 수없이 듣지 않았던가? 그렇다. 핵심이 되는 꿈들은 가장 평범해 보이는 문서에서 많이 발견된다는 내용의 교육을 받은 기억도 났다.

마르크 알렘은 다시 기운이 났다. 이렇게 고무된 기운이 다시 바닥을 드러내기 전에 이미 몇 차례 읽은 바 있는 네 개의 꿈을 차례대로 다시 살펴보았다. 그리고 즉석에서 각각의 꿈에 대한 해석을 달았다. 스스로 대견스러워진 그는 다섯번째 문서를 꺼내 들었다. 그런데 바로 그때 무슨 이유에선지 서류 더미에서 아까 읽은 꿈을 꺼내 거기에 붙인 해석을 다시 읽고 싶은 마음이 들었다. 다시 내용을 읽던 그는 의심이 들었다. 내가 착각한 것은 아닐까, 이 꿈은 다른 식으로 해석될 수 있지 않을까? 곰곰이 생각하던 그는 자신의 해석이 잘못되었음을 깨달았다. 이마에 식은땀이 맺히고 눈은 서류에서 떠날 줄 몰랐다. 그는 조금 전까지만 해도 술술 써내려갔으나 지금 다시 보니 전혀 앞뒤가 맞지 않고 적대적이기까지 한 해석을 손으로 짚어가면서 다시 찬찬히 읽어보았다. 어떻게 하면 좋을까? 빌어먹을. 여기서 다루고 있는 수많은 꿈 가운데 어느 누가 유독 이 꿈에 중요한 의미를 부여할까? 그는 그 문서를 좀전에 마무리한 대로 그냥 내버려둘까 생각했다. 하지만 그의 해석이 틀리면 어떻게 될까? 그것 때문에 관료들이 소환을 당할 수도 있다. 그로 인해 어떤 식으로든 관료사회가 시끄러워질 것이다. 최악의 경우 장본인뿐 아니라 그 주변 사람들까지 추궁당할 위험이 있다. 그렇게 되면 사람들은 이 꿈을 해석한 자를 수소문하게 될 것이고 그것이 마르크 알렘이라는 것이 밝혀지면 사람들은 말할지도 모른다. "그럼 그렇지. 타비르 사라일에 들어온 지 얼마 안 되는 마르크 알렘이라는 애송이가 처음으로 꿈이란 것을 해석한답시고 제국의 높으신 양반들을 엿먹이려고 작정했군. 저런 뱀처럼 사악한 놈은 조심해야 돼!"

갑자기 마르크 알렘은 누가 자신이 쓴 것을 보지나 않을까 걱정이 되어 책상에 펼쳐놓은 문서를 바로 세웠다. 아직 시간이 있을 때 잘못된 것을 고쳐야 했다. 그런데 어떻게 고치지? 그는 단순 무식하게 이 꿈 자체를 아예 없애버릴까 생각했다. 하지만 문서철 표지에 그 안에 포함된 꿈의 개수가 명시돼 있다는 것이 기억났다. 그런 짓을 했다가는 범죄자로 낙인 찍혀 감옥에 갈 수도 있었다. 다른 식으로 해야 돼, 다른 식으로. 그는 생각에 잠겼다. 처음부터 과감하게 굴지 않았거나 될 대로 되라는 식으로 해석한 것을 적어내려갈 생각을 하지 않았다면 이 꿈을 아주 다른 방식으로도 풀이할 수도 있었을 것이다. 그는 거의 사악하다 할 만한 기운에 달뜬 나머지 자신에게 불행을 가져다줄 수도 있는 해석을 하게 된 것이다. 이미 엎질러진 물이었다. 그런데 잠깐만. 아직 포기하기는 이르다. 그는 자신이 쓴 글에서 눈을 떼지 않은 채 다시 마음을 가다듬었다. 자신이 쓴 글을 재빨리 훑어본 그는 아직 수정의 여지가 있음을 알았다. 세번째로 읽으면서 어떤 실마리를 찾았는데, 왜 진작 그런 생각을 못 했을까 하는 의아한 마음이 들 정도였다. 생각지도 못한 것에서 비롯된 안도의 감정이 관자놀이에서 출발하여 목을 지나 가슴까지 퍼져나갔다. 어쨌거나 문장을 고치는 일이야 다반사다. 그는 문장을 고치기로 했다. 그러나 고치더라도 눈에 두드러지지 않게, 문장을 다듬기 위해 추가한 것이라는 인상을 주는 방향으로 고치기로 했다. 이제 동사 하나만 더 집어넣으면 되었다. "제국의 이익에 반하는 요구를 했던 한 무리의 관료들이"라는 문장을 거듭 읽고 난 그는 마침내 떨리는 손으로 '막다'라는 동사를 집어넣으면서 시제를 일치시켰다. 이제 문장은 다음과 같이 전혀 반대의 의미를 가진 문장으로 바뀌었다. "제국의 이익에 반하는 요구를 하는 것을 막고자 했던 한 무리의 관료들이……" 그는 고친 문장을 한두 번 더 읽어보았다. 문맥상 이상이 없어 보였다. 일부러 고친 태는 거의 나지 않았다. 누가 그것을 눈여겨본다 하더라도 단순히 쓰다가 빠뜨린 단어를 집어넣었거나 교정자가 다시 교정을 보면서 고친 것으로 여길 터였다. 그는 안도의 한숨을 쉬었다. 마르크 알렘, 제국의 이익에 반하는 요구를 할 뻔했던 사건이 드디어 종결됐어. 그는 섬뜩한 느낌이 들어 주변을 둘러보았다. 누가 나의 이런 수작을 봤으면 어떡하지? 걱정도 팔자로군. 그는 혼자서 주거니 받거니 했다. 같은 책상에서 일하고 있는 가장 가까운 동료만 보더라도 그가 읽고 있는 문서의 제목이 보이지 않을 만큼 멀리 떨어져 있었다. 하물며 문서의 내용은 어떻겠는가. 게다가 다행히도 그는 글씨를 괴발개발 쓰지 않는가. 이런 데까지 생각이 미친 마르크 알렘은 다시 한번 안도의 한숨을 내쉬었다. 안도감이 들자 잠시 여유를 부릴 수 있었다. 어쨌거나 정말 피 말리는 일이 아닐 수 없었다.

그는 사무실 안을 슬쩍 둘러보았다. 직원들은 문서에 파묻힌 채 미동도 하지 않고 일하고 있었다. 글쓰는 소리조차 들리지 않았다. 간혹 한두 사람이 자리에서 일어나 최대한 발소리를 죽인 채 살금살금 문으로 향하기도 했다. 예전에 해석된 바 있는 유사 꿈들을 찾아보기 위해 문헌보관소로 내려가는 길일 것이다. 그러한 꿈 가운데는 아주 오래 전에 전설적인 해석관들이 풀어놓은 것들도 있었다. 오, 신이시여! 10여 개의 머리가 문서에 파묻혀 있는 모습을 보자니 마르크 알렘의 입에서 절로 탄식이 새어나왔다.

그들이 보는 문서에는 세상의 모든 잠이 기록돼 있다. 가히 질리고도 남을 만큼의 잠이라는 대양을 앞에 두고, 겨우 그 수면에서만 잃어버린 표식이라든가 기호를 찾고자 애쓰고 있는 형국이었다. 우리는 그야말로 불행한 존재다! 마르크 알렘은 그런 생각이 들었다.

의무감에 다른 문서를 몇 개 더 읽어나갔으나 그의 뇌는 멈춰버린 듯했다. 눈은 글자를 따라가고 있었으나 머릿속은 멍한 상태였다.

몇 명의 군인이 얼굴을 가리고 있다. 광장에 수천 켤레의 신발이 놓여 있다. 철사 한 가닥이 그 위를 가로지른다. 다시 눈이 온다. 그러나 이번에는 커다란 궤들과 남자 옷 안에 쌓이고 있다.

아이고 머리야! 골치 아파하던 그는 갑자기 향수와도 같은 야릇한 감정에 휩싸인 채 꿈의 궁전에 들어와서 제일 먼저 다룬 꿈을 떠올렸다.

흰 여우 세 마리가 군청 소재지 회교사원 첨탑 위에 앉아 있다.

간결하면서도 깔끔한 아주 아름다운 꿈이었다. 지금 이 꿈은 어느 끔찍한 바다 위를 떠다니고 있을까? 아…… 한숨을 짓고 난 그는 문서 하나를 꺼내 들었다. 휴식시간 전에 적어도 두 개의 문서를 더 해석해야 한다. 다소 이른 듯한데 업무 중지를 알리는 종이 울렸다. 그는 할 수 없이 문서를 덮었다.

커피와 살렙을 마시는 지하 공간은 휴식시간이면 그렇듯 사람들로 북적댔다. 그곳은 타비르에서 안면이 있는 사람들뿐 아니라 서로 모르는 사람들과도 얘기를 나눌 수 있는 유일한 장소였다. 선별부에서 그리 오래 근무하지 못한 마르크 알렘은 아는 사람들이라고 해야 얼마 되지 않았기 때문에 그곳에서 아는 사람을 만날 가능성은 희박했다. 설사 안면이 있는 사람들을 맞닥뜨린다 하더라도 기분이 묘해졌다. 왠지 그들이 자신과는 다른 시대에 속한 듯 아련하게만 느껴졌기 때문이다. 차라리 모르는 사람과 얘기하는 것이 나았다. 그는 선별부에서 단 하루도 즐겁게 지낸 기억이 없었다. 그가 선별부 사람들과의 만남을 꺼리는 이유가 그것인 듯했다. 해석부에서 보낸 나날 역시 따분하고 지겹기는 매한가지였지만, 한 고비를 넘긴 그날만큼은 예외였다. 그래서인지 무거운 마음으로 차를 마시러 내려오던 여느 때와 달리 그날 그는 다소 들뜬 상태였다.

"어디서 근무하나요?"

그는 거리낌 없이 한 남자에게 말을 건넸다. 남자의 앞자리에는 빈 잔과 잔받침만 있을 뿐 아무도 없었다.

그러자 상대는 마치 직속 선배라도 만난 듯 긴장된 모습으로 대답했다.

"네, 필경부 소속입니다. 선배님!"

마르크 알렘의 예상은 틀리지 않았다. 한눈에도 신참이라는 것이 역력했다. 한 달 전 자신의 모습을 보는 듯했다.

"어디 좀 아팠나보군? 안색이 아주 창백한데."

커피를 한 모금 마신 뒤에 마르크 알렘이 물었다. 자신이 이런 식으로 단정적으로 말하는 것이 스스로 놀라웠다.

"아닙니다, 선배님. 그보다 일이 좀 많았습니다. 그래서……"

상대는 탁자 위에 살렙 잔을 내려놓고 대답했다.

"하긴, 그럴 만도 하겠군. 요샌 다시 꿈이 많아질 때지, 아마."

마르크 알렘은 여전히 상기된 목소리로 말했다. 이런 자신감이 어디서 연유한 것인지 그도 알 수 없었다.

"네, 맞습니다."

상대는 머리를 끄덕이며 말했다. 그런데 어찌나 세게 흔들던지 그런 식으로 두세 번만 더 했다가는 그 가는 목이 부러질 것만 같았다.

"그런데 선배님께선?"

상대가 머뭇거리며 물었다.

"해석부 소속이라네."

마르크 알렘을 마주한 상대는 눈을 반짝거리며 내심 그러리라 짐작하고 있었다는 듯 미소를 지어 보였다.

"식기 전에 어서 마시게!"

감히 찻잔을 들 생각을 못 하고 있는 상대에게 마르크 알렘은 마시기를 권했다.

"해석부에 계시는 분과 이렇게 마주하기는 처음이에요. 정말 영광입니다."

감격에 겨운 듯 상대가 말했다.

그는 찻잔을 잡았다 놓았다 하기를 두세 차례 반복하더니 결국 입에 가져가지 못하고 도로 내려놓았다.

"꿈의 궁전에 들어온 지는 얼마나 됐나?"

"두 달 됐습니다, 선배님."

두 달이면 이미 피골이 상접해져 있겠군. 마르크 알렘은 생각했다. 좀더 있으면 그가 어떤 모습으로 변할지 아무도 알 수 없지.

"요즘 들어 일이 정말 많았거든요." 마침내 상대가 살렘을 마시면서 말했다. "매일 몇 시간씩 남아 야근했으니까요."

"안 봐도 알겠네."

상대는 미소를 지어 보였다. "그래도 어쩌겠습니까?"라고 말하는 듯했다.

"저희가 근무하는 곳 가까이 독방구역이 있거든요. 그곳에서 심문을 하다가 필경사가 필요하면 우리를 호출하곤 하지요."

"독방구역이라고? 거기가 뭐 하는 곳인가?"

마르크 알렘이 물었다.

"아니, 그곳을 모르세요?"

상대가 되물었다. 순간 마르크 알렘은 그 질문을 한 것을 후회했다.

"내가 그쪽 일을 해본 적이 없어서 말이야. 물론 익히 들어 알고 있긴 하지."

그는 우물거리며 말했다.

"우리 사무실과 인접해 있는 곳이에요."

필경사가 말했다.

"혹시 청사 외곽에 위치해 있고 보초가 지키는 곳 아닌가?"

"네, 맞습니다." 상대는 기쁘다는 듯 대답했다. "보초가 바로 그 앞을 지키고 있어요. 거기 오신 적이 있군요?"

"그렇다네. 물론 다른 용무 때문이었지만."

"우리 사무실이 바로 그 옆인데요. 그곳에 있는 사람들이 필경사를 필요로 할 경우, 우리를 부른답니다. 일은 정말이지 힘들어요. 최근에는 사십 일 동안 쉬지 않고 누군가를 취조하는 일이 진행되고 있지요."

"그 사람이 무슨 짓을 했길래?"

마르크 알렘은 별 관심 없다는 듯 일부러 하품을 하면서 물어보았다.

"예? 무슨 짓을 했냐구요? 그거야 뻔하지 않습니까. 꿈을 꾸었지요."

그는 마르크 알렘의 눈을 응시하며 말했다.

"꿈을 꾼 사람이라…… 더 얘기해보게."

"잘 아시다시피 그 방은 타비르 사라일에 꿈을 제공한 사람에게 추가로 질문할 필요가 있으면 불러다 감금하는 곳이에요."

"아, 그 얘기로군. 그거야 내가 알고 있지."

마르크 알렘은 이렇게 말하면서 다시 한번 하품하는 척하려고 했다. 하지만 이번엔 초롱초롱하던 상대의 눈빛이 사그라들고 있었다.

"이곳의 모든 것이 그렇듯 대외비인 이런 얘기는 하지 말아야 하는데…… 선배님이 해석부에 계시다고 말씀하셔서 이미 다 알고 계신 줄 알았어요."

마르크 알렘은 웃음을 터뜨렸다.

"그런 얘기를 한 것이 후회되나? 걱정 말게. 나는 해석부에 있는 게 사실이고 자네가 말해준 것보다 더 중요한 사실들도 알고 있다네."

"물론 그러시겠죠."

상대는 다시 마음을 누그러뜨리며 말했다.

“그리고 한 가지 더 말해둘 게 있는데……” 마르크 알렘이 목소리를 낮추며 말했다. “난 쿠프릴리 가 사람이야. 그러니 걱정은 붙들어매두라고.”

“이런, 세상에나 맙소사. 뭔가 다른 분 같다고 생각은 했는데. 선배님 같은 분과 이렇게 얘기를 나눌 수 있게 돼서 영광입니다.”

“그런데 아까 그 독방구역에 있던 꿈꾼 사람들 얘긴데 말야. 그 사람은 어떻게 됐어? 뭔가 새로운 게 나왔나? 자네가 거기서 그의 말을 받아쎴다고 했지?”

마르크 알렘은 다시 본래의 화제로 이야기를 돌렸다.

“네, 선배님. 요 며칠 동안 거기서 일했습니다. 지금도 거기서 일하다 온 거예요. 그 사람이 어떻게 됐냐구요? 글쎄요, 뭐라고 해야 할지. 현재까지 작성된 조서만 수백 장에 달해요. 물론 당사자야 날벼락을 맞은 것 같겠죠. 어쨌거나 그가 잘못한 건 없으니까요. 그는 동쪽 국경지대의 외딴 곳에 사는 너무도 평범한 사람이에요. 자신의 꿈을 보고했을 때만 해도 그 꿈이 타비르 사라일을 들쑤셔놓을 거라고는 상상도 못 했을 거예요.”

“그렇다면 그 꿈에 뭔가 중요한 것이라도 있었나?”

상대는 어깨를 으쓱해 보였다.

“저야 알 수 없죠. 언뜻 보기엔 그냥 평범한 꿈 같았는데, 그렇게 심각하게 다루는 걸 보니 뭔가 있기는 한 것 같아요. 내용을 좀 더 자세히 파악하기 위해 그 꿈을 해석부로 다시 돌려보냈어요.

그런데 이런 난리를 피우는데도 더 자세히 드러나는 것은 없고 오히려 더 오리무중이 돼버린 거죠."

"얘기만 들어서는 꿈꾼 사람에게서 무엇을 알아내려는 것인지 모르겠군."

"저도 뭐라 말씀드리기 어렵네요. 저 자신도 잘 이해할 수 없었으니까요. 사람들은 몇 가지 이상한 점에 대해 집중적으로 캐묻고 있었어요. 물론 당사자는 그 물음에 답할 수 없었지만요. 그가 그 꿈을 꾼 것은 아주 오래 전 일이었어요. 게다가 오랫동안 갇혀 있다보니 자신이 어디서 왔는지조차 모르더군요. 이제 꿈은 그의 기억 속에 남아 있지 않는 것이 분명했어요."

"그런 일이 자주 있나?"

"그렇진 않아요. 일 년에 한두 번 있을까요. 그 이상은 아니죠. 자주 있으면 사람들이 두려워서 꿈을 보고하려 들겠어요?"

"그렇겠군. 그런데 지금은 그를 어떻게 하고 있나?"

"계속 취조할 거예요. 음…… 그게 언제까지 지속될지는 저도 알 수 없지만요."

필경사는 양팔을 펼쳐 보이면서 말했다.

"그 점은 납득이 안 되는군. 그렇게 되면 그는 이제 타비르 사라일에 꿈을 보내는 일을 주저하게 될 것 아닌가. 잘못하다간 언제 소환장을 받을지 모르니까 말일세."

상대는 뭔가를 좀더 부연 설명하려 했으나, 바로 그때 휴식시간의 끝을 알리는 종이 울렸다. 그들은 인사를 나눈 뒤 헤어질 수밖에 없었다.

계단을 오르는 마르크 알렘은 방금 필경사로부터 들은 말들을 머릿속에서 지워버릴 수가 없었다. 도대체 독방구역이 뭐 하는 곳일까? 겉으로 보기에 모든 것이 이해할 수 없고 뒤죽박죽인 듯했지만 짚이는 구석이 있었다. 그곳은 일종의 감옥이었다. 문제는 왜 그런 감옥을 두느냐 하는 것이었다. 필경사는 꿈을 꾼 사람의 기억 속에 이제 꿈은 남아 있지 않다고 말했다. 그렇다. 꿈을 꾼 사람을 가둔 이유는 바로 거기에 있었다. 그의 기억 속에서 꿈을 지우는 것이었다. 문제의 꿈을 곱게 빻은 뒤 그것이 기억 속에서 다시 형태를 갖출 수 없는 지경으로 녹아 없어질 때까지 밤낮으로 취조를 하여 사람의 진을 빼고, 끊임없이 조서를 작성하고, 그가 제대로 알지도 못하는 이웃 가운데 한 사람을 지목하여 그 사람에 대해 추궁하는 것이다. 마르크 알렘은 그것이 일종의 세뇌라고 생각했다. 아니, 꿈을 해체하는 작업에 가까운 것이었다. 생각하면 할수록 다른 설명의 여지가 없었다. 병원균의 전파를 막아 페스트를 박멸하듯, 제국에서는 이런 식으로 반체제 사상의 창궐을 막고자 하는 것이 분명했다.

계단을 다 올라온 마르크 알렘은 이제 십여 명의 직원과 함께 기다란 복도로 접어들었다. 그들은 복도를 따라 길게 나 있는 문을 통해 하나둘 차례대로 사라졌다. 해석부 사무실이 가까워질수록 조금 전 차를 마실 때 가졌던 자신감이 조금씩 사라지는 듯했다. 그 자신감은 다른 사람이 그에게 굽실거려서 생긴 것인가보았다. 자신감은 사라지고 질식할 듯한 답답함이 그 자리에 들어섰다. 그것은 이 거대한 기계장치와 같은 조직 속의 일개 소모품과도 같은 직원으로 다시 돌아간다는 불안감에서 비롯된 감정이었다.

저쪽으로 자신의 책상과 그 위에 놓인 문서들이 보였다. 그곳에 앉기 위해 나가가는 자신의 모습은 마치 인류의 잠이라는 심연의 경계를 향하고 있는 것만 같았다. 그리고 그 깊이를 알 수 없는 심연에서 시커먼 분출물이 위협적으로 쏟아져나오고 있었다. 오, 전지전능하신 신이시여, 굽어살피소서! 그로서는 탄식을 쏟을밖에 다른 도리가 없었다.

날씨가 다시 추워졌다. 커다란 도기난로에 석탄을 채우고 아침 일찍부터 때기 시작했는데도 해석부 사무실의 냉기는 가실 줄 몰랐다. 마르크 알렘은 외투를 벗을 엄두가 나지 않았다. 도대체 이 냉기가 어디서 연유하는 것인지 알 수 없었다. 왜 이렇게 추운지 아나? 어느 날 휴식시간에 같이 커피를 마시던 한 친구가 그에게 말했다. 다 문서들 때문이야. 우리를 괴롭히는 것은 전부 거기서 나온다고 보면 돼. 마르크 알렘은 못 들은 척했다. 잠의 세계에서 우리가 뭘 기대하겠어? 상대는 계속 말했다. 잠의 세계는 죽음의 세계와 같다고. 그런 문서들을 다뤄야 하는 우리에게 좋은 일이 생길 리 없잖아. 마르크 알렘은 아무런 대꾸도 하지 않고 그 자리를 떴다. 그를 선동꾼으로 치부했다. 매일 느끼는 것이지만, 타비르 사라일은 온갖 이상한 일과 갖가지 비밀들이 넘쳐나는 곳이었다.

최근 들어 마르크 알렘은 타비르와 그 안에서 일어나는 일에 관한 많은 이야기를 듣고 있었다. 처음에는 다른 직원들로부터 별 이야기를 듣지 못했는데, 시간이 가면서 휴게실 복도, 출입구, 사무실 옆자리에서 직원들이 하는 이런저런 애기를 듣게 됐다. 그렇게 들은 애기들은 조금씩 쌓여 부지불식간에 그의 머릿속에서 퍼즐처럼 맞춰졌으며, 그렇게 만들어진 퍼즐의 모양은 쉽게 지워지지 않았다. 가령 이런 식의 애기들이 오갔다. 한 사람의 은밀하고 사적인 관점이 투영된 꿈은 그의 인성이 형성되는 과정에서 거치는 과도기적 상태를 보여주는 것일 뿐이며, 그 시기가 지나면 그가 꾼 꿈의 고유한 특성은 사라지고 모두 납득할 수 있는 것으로 변한다. 즉 식물이나 열매의 씨앗이 땅 위로 움트기 전에 땅속에 묻혀 있는 것처럼, 인간의 꿈도 일정 기간 잠 속에 잠겨 있다는 것이다. 물론 영원히 잠겨 있는 것은 아니다. 어느 날 꿈은 거기서 빠져나와 인간의 사고와 경험과 행동 속에 자리잡게 된다. 하지만 그 꿈이 좋은 꿈이 될지 해로운 꿈이 될지, 그리고 그로 인해 세상이 좋게 변할지 나쁘게 변할지는 아무도 모를 일이었다. 오직

신만이 아는 일이었다.

개중에는 잠이라는 감옥에서 꿈이 빠져나오는 날이 바로 종말의 날이라고 주장하는 이들도 있었다. 그들은 보통 인간의 진부한 형이상학적 방식으로는 상상할 수 없는 죽은 자의 부활이 그런 식으로 이루어진다고 보았기 때문이다. 과거에도 꿈은 미래를 예견하는 것이 아니었던가. 그것을 죽은 자들의 해묵은 요구나 간청으로 부르든, 아니면 탄식이나 항의로 부르든 간에 그들은 꿈이 위와 같은 방식으로 언젠가 자신의 권리를 찾을 것이라고 보았다.

이런 관점에 대해서는 전적으로 동의를 하면서도 그것을 풀이할 때에는 아주 상반된 입장을 취하는 이들도 있었다. 그들은 힘든 고비를 넘기는 시기에 나타나는 꿈은 고사될 수밖에 없다고 말한다. 따라서 살아 있는 자들은 죽은 자들이 가진 한과 단절하고 더 나아가 과거와도 단절해야 한다는 것이었다. 이러한 단절을 두고 불경하다고 보는 사람들도 있었고, 그것을 진정 새로운 세상으로의 해방이라고 보는 사람들도 있었다.

마르크 알렘은 이런 궤변들을 귀에 못이 박히도록 들었다. 하지만 이보다 더 견디기 힘든 것은 사람들이 아무 말도 하지 않고, 별다른 일도 벌이지 않으며, 그저 문서에 코를 박고 꿈을 해석하기만 하는 지루하고 무미건조한 나날들이었다. 걷힐 듯하면서도 여전히 뿌옇게 남아 기분을 음울하게 만드는 안개에 갇혀 있는 느낌이었다.

금요일이다. 금요일엔 핵심이 되는 꿈만 전담하는 사무실이 술렁거렸다. 금요일은 최종적으로 선정한 핵심몽을 술탄의 궁으로 보내는 날이다. 바깥에는 제국의 문장을 단 마차가 오래 전부터 경비병들에 둘러싸여 대기하고 있었다. 핵심몽 전담부의 부장은 떠날 채비를 했다. 그가 떠난 뒤에도 부서의 들뜬 분위기는 가라앉지 않았다. 핵심몽 선정과정에서 비롯된 긴장감이 채 가시지 않았거나, 술탄의 궁에서 그 꿈을 어떻게 받아들일지 궁금해서였다. 술탄의 반응은 이튿날이면 알려지게 마련이었다. 술탄이 만족해하셨다, 아니면 아무 말씀도 하지 않으셨다, 혹은 때때로 매우 격노하셨다는 반응을 전해듣게 된다. 그런데 격노했다는 반응을 전해듣는 일은 아주 드물었다.

술탄의 반응이 어떻든 간에 핵심몽 전담부는 다른 부서에 비해 활기가 넘쳤다. 다른 부서들의 분위기와는 정반대였다. 핵심몽 전담부는 금요일이 있어서 한 주가 빨리 지나갔지만, 다른 부서들은 한 주 한 주가 늘 따분하고 단조로우며 재미없는 나날들이었다.

그런데도 사람들은 모두 해석부에서 근무하고 싶어하지 않는가. 마르크 알렘은 생각했다. 이곳에서 일하는 것이 얼마나 지루한지 그들이 알게 되면 어떨까. 그뿐 아니라 여기저기서 끊임없이 나타나 괴롭히는 불안감을 겪고 나면 어떤 생각을 하게 될까

(난로에 불을 지핀 뒤부터 마르크 알렘은 그러한 불안감이 석탄 냄새를 타고 퍼진다는 느낌이 들었다).

그는 다시 고개를 숙이고 문서를 읽어나갔다. 이제 일이 어느 정도 몸에 배서 꿈을 해석하는 데 그다지 큰 어려움을 느끼지 않았다. 며칠만 더 있으면 그가 맡은 첫번째 문서철을 마무리지을 수 있을 것 같았다. 남아 있는 꿈이래야 얼마 되지 않았다. 그는 따분하기 그지없는 꿈들을 읽었다. 오염된 시커먼 물 이야기, 토탄(土炭) 늪에 빠진 병든 수탉 이야기, 예수쟁이와 저녁을 먹다가 그에게서 빨리 벗어나고 싶은 마음에 류머티즘이 나은 손님 이야기 등이 꿈의 내용이었다. 미치겠군! 그는 혼잣말을 하며 펜을 내려놓았다. 마지막에 남는 것은 죄다 찌꺼기로군. 그는 다시 핵심 몽 담당관들이 근무하는 사무실에 대해 생각했다. 그곳은 우울한 기분에 빠진 사람이 신접살이를 시작할 새집을 생각하며 기대에 부푼 듯한 모습이었다.

그는 그 사무실에 가본 적이 없었다. 심지어 그곳이 청사 어느 곳에 위치하고 있는지도 몰랐다. 그런데도 그곳에는 다른 사무실과 달리 천장까지 닿는 커다란 유리창이 있어 빛이 잘 들고, 그 장엄한 빛 때문에 그 안의 사람과 사물들이 더욱 기품 있게 보일 것이라고 확신했다.

자, 어쨌든…… 마르크 알렘은 다시 펜을 잡았다. 일단 펜을 잡자 그는 집중해서 읽기만 했다. 그러는 동안 근무 종료를 알리는 종이 울렸다. 문서철 하나의 자료 두 페이지가 아직 남아 있었다. 이왕 보는 것 마저 보는 것이 낫겠다는 생각이 들었다.

동료들이 자리에서 일어나 문을 향해 가며 내는 소리가 사방에서 들려왔다. 잠시 뒤 소란이 가시자 사무실 안에는 계속 일할 사람들만 남게 되었다. 대부분의 동료들이 떠나자 마르크 알렘은 뭔가 텅 빈 듯한 허전한 기분이 들었다. 이 공허한 기분은 늦게까지 남아 일할 때면 항상 느끼는 것이었지만, 어찌할 도리는 없었다. 상부에서는 누가 시키지 않아도 자발적으로 늦게까지 남아 일하는 것을 좋게 보았다. 어쨌거나 그는 또 하루의 저녁을 희생할 참이었다. 그는 숨을 한 번 크게 들이쉬었다가 다시 길게 내쉰 뒤에 남은 두 쪽의 자료를 읽어나가기 시작했다. 앗! 첫 줄을 읽고 난 그는 잠시 멈칫했다. 이 꿈을 어디선가 본 것 같은데. 쓰레기가 널린 다리 근처의 버려진 땅과 악기라. 하마터면 그는 놀라서 소리를 지를 뻔했다. 자신이 선별부에 있을 때 검토한 꿈을 여기서 다시 접하다니. 이런 일은 처음이었다. 마치 오랜 지기라도 만난 듯 기쁜 마음에 그는 이 반가운 만남을 같이 나눌 사람이 없는지 주위를 둘러보았다. 하지만 남아 있는 사람이라고 해야 얼마 되지 않았고, 그나마 가장 가까운 곳에 있는 사람도 열 발짝 이상 떨어져 있었다.

이런 조그만 우연의 일치에 흥분이 쉽게 가시지 않은 그는 꿈을 본격적으로 읽어나가기 시작했다. 처음엔 대충 읽다가 차츰 집중했다. 특별한 의미가 있다고 할 만한 것은 찾아낼 수 없었다. 그러나 미심쩍은 부분이 전혀 없는 것도 아니었다. 대개의 꿈들은 처음엔 별다른 의미가 없는 것처럼 보일 때가 많다. 그런 꿈에서 어떤 의미를 찾고자 하는 것은 미끄러운 절벽에 매달리려는 것과 비슷하다. 그러나 매우 사소한 계기를 통해 갑자기 꿈의 핵심적인 부분이 드러날 때가 있다. 그러면서 꿈 전체를 해석할 수 있는 열쇠를 발견하기도 하는 것이다. 이제 그도 이 일에서 어느 정도 경륜이 쌓였다고 할 수 있었다. 쓰레기가 널린 땅, 낡은 다리, 정체를 알 수 없는 악기, 성난 황소 등. 이 모든 것은 풍부한 상징을 지니고 있었다. 하지만 그것들을 한데 엮어줄 끈이 보이질 않았다. 그런데 일반적으로 꿈을 해독하기 위해서는 상징 그 자체보다 그 상징들을 한데 엮는 관계를 밝히는 것이 더 중요하다. 마르크 알렘은 그 상징들을 두 개씩 묶어보았다. 황소와 다리, 버려진 땅과 악기로 묶어보기도 하고, 악기와 다리, 황소와 버려진 땅으로 묶어보기도 했다. 끝으로 악기와 황소, 버려진 땅과 다리로 묶어보았다. 이 가운데 악기와 황소, 버려진 땅과 다리의 묶음이 뭔가 의미가 있을 것 같아 보였지만 전혀 논리적이지 않았다. 왜냐하면 (길들여지지 않는 야생의 힘을 상징하는) 황소가 (배반, 비밀, 선전 등을 상징하는) 음악에 자극을 받아 낡은 다리를 무너뜨린다는 것이 이치에 맞지 않았기 때문이다. 만약 다리가 아닌 성의 기둥이나 성벽처럼 제국을 상징하는 것을 무너뜨린다면 그 꿈은 분명 어떤 의미를 지닌다고 말할 수 있을 것이다. 하지만 다리는 그런 것을 나타내는 것이 아니었다. 그것은 일반적으로 우물이나 도로처럼 인간에게 유용한 것을 상징할 뿐이다. 아니, 잠깐. 마르크 알렘은 숨이 턱 막히는 기분이 들었다. 다리라면 혹시 마르크 알렘의 외가 쪽 성(姓)을 의미하는 것이 아닐까? 그리고 뭔가 불길한 일이 일어날 것을 암시하는 것은 아닐까?

그러나 계속 자료를 읽고 난 그는 다시 숨을 고를 수 있었다. 황소가 다리를 향해 달려들고 있는 것이 아니라 버려진 땅에서 빙빙 맴돌고 있었기 때문이다.

별 의미 없는 꿈이군. 그는 생각했다. 문서철에서 예전에 자신이 처리한 꿈을 다시 봤다는 기쁨은 경멸의 감정으로 바뀌었다. 지금 돌이켜보건대 선별부에서 이 꿈을 처음 대했을 때도 별 의미가 없는 것 같았다. 진작 쓰레기통에 던져넣었어야 했다. 그는 펜에 잉크를 묻혀 문서에 '해석 불가'라고 적어넣으려 했다. 그러나 순간 손이 움직이지 않았다. 그냥 두고 내일 아침에 와서 다시 볼까? 감독관에게 조언을 구할까? 사실 조언을 구하는 일이 문제가 될 것은 없지만, 그 방법을 남용해도 별로 좋을 것은 없었다. 마르크 알렘은 초조해졌다. 이 자료는 이쯤에서 일단락짓는 게 좋을 것 같았다. 너무 지체할 필요가 없다는 생각이 들었다.

일단 그는 마지막 꿈 자료를 읽었다. 하지만 그에 대한 해석의 결과를 신속히 적고 나서는 최종 해석 결과를 유보해두었던 아까 그 자료로 다시 돌아왔다. 그는 이러지도 저러지도 못했다. 그가 '해석 불가'라 적어넣고 그것을 관련 항목으로 분류한 뒤, 퇴근해야 할지 말지 주저하고 있는데 국장이 사무실로 들어왔다. 감독관과 낮은 목소리로 말을 나눈 국장은 남아 있는 직원의 수를 세는 듯 주위를 둘러보더니 다시 감독관에게 뭔가를 얘기했다.

"이봐, 자네 그리고 자네!"

국장이 사무실을 떠난 뒤 감독관이 부르는 소리가 들렸다. 마르크 일렘은 감독관 쪽으로 고개를 놀렸다.

"거기 두 사람과 마르크 알렘, 자네들은 야근을 좀 해줘야겠네. 방금 국장님이 오늘 저녁 안으로 결론을 지어야 할 급한 문서가 있다고 하시는군."

달리 뭐라고 대꾸하는 사람은 없었다.

"문서가 도착할 동안 시간이 좀 있으니 휴게실에 가서 뭐 좀 마시고들 오게나. 야근이 좀 길어질지도 모르니까."

야근을 하게 된 사람들은 차례대로 사무실을 빠져나갔다. 복도에 나서니 여기저기서 빗장을 지르고 자물쇠를 채우는 소리가 들렸다. 퇴근이 늦어진 사람들도 남은 업무를 다 마친 상태였다.

이런 늦은 시간의 휴게실은 음산하기 그지없었다. 얼마 되지 않는 종업원들은 피로에 찌든 얼굴을 하고 있었고 청소하기 위해 테이블들을 한쪽으로 밀어놓은 상태였다. 모든 것이 음울해 보였다. 마르크 알렘은 살렙과 빵 한 조각을 주문하고 카운터 맨 구석에 자리를 잡았다. 혼자 조용히 있고 싶었다. 그는 마지못해 먹는 사람처럼 빵을 꼭꼭 씹어먹으면서 천천히 차를 마셨다. 차를 다 마신 그는 두리번거리지 않고 천천히 휴게실을 빠져나왔다.

그는 끝없이 이어지는 1층 복도에 잠시 멍하니 서 있었다. 아직 완전히 어둠이 내리지는 않았으나 서서히 모든 것이 어둠에 잠기고 있었다. 높은 곳에 나 있는 창문을 통해 마지막 빛이 들어오고 있었다. 급할 것이 없었다. 문서가 도착해서 흉하디흉한 사무실 벽에 둘러싸여 꼼짝없이 일하게 되기 전까지는 여기저기 돌아다닐 수 있었다. 복도는 완전히 인적이 끊겨 있었다. 순간 그는 이 텅 빈 커다란 복도를 혼자 걸어다닐 수 있다는 사실에 흐뭇해졌다. 복도 끝에는 커다란 창문이 있었는데, 먼지가 켜켜이 쌓인 그 창문을 통해 들어오는 빛은 이미 잿빛이었다.

마르크 알렘은 그 창문 바로 아래에 섰다. 마치 굴속에서 빛을 바라보는 사람처럼 그는 고개를 들어 사각형 창문을 통해 들어오는 빛을 바라보다가 방향을 틀어 움직이려고 했다. 그런데 바로 그때 이 침묵의 세계에서 어떤 소리가 들려왔다. 그는 제자리에 멈춰 서서 귀를 기울였다. 그가 있는 쪽으로 점점 가까이 다가오는 발소리였다. 출입구를 점검하는 보초들일까. 마르크 알렘은 거기에서 벗어나려고 했다. 그런데 바로 그때 새로운 소리가 그의 발걸음을 붙잡았다. 이번 소리는 좀더 가까운 곳, 중앙 통로에 잇닿은 작은 복도에서 나고 있었다. 마르크 알렘은 벽에 바짝 몸을 붙이고 기다렸다. 오, 세상에! 일단의 사람들이 어깨에 검은 관을 메고 모퉁이를 빠져나오는 모습을 보고 마르크 알렘은 속으로 외쳤다. 그들은 마르크 알렘이 있는 것을 눈치채지 못한 채 옆으로 난 통로로 급히 사라졌다. 지방에서 왔다는, 꿈을 꾼 사람인가? 발소리가 아련히 멀어지는 가운데 떠오른 생각이었다. 그는 주변을 둘러보았다. 지금 그가 서 있는 곳은 언젠가 독방구역을 지키고 있던 초병과 맞닥뜨렸던 바로 그곳이었다. 세상에, 그렇다면 관에 실려나간 사람은 역시 꿈을 꾼 사람이군!

계단을 오르는 내내 점점 커져만 가던 불안감은 급기야 그를 온통 휩쌌다. 그 동안 꿈을 꾼 불행한 사람들을 몇 차례 생각한 적은 있었지만, 자신이 그들의 운명을 그 지경으로까지 몰아갔으리라고는 단 한 번도 생각해본 적이 없었다. 그는 휴식시간을 이용하여 꿈을 꾼 사람에게 무슨 일이 일어났는지, 가령 그 사람이 풀려났는지 아니면 아직도 독방에 갇혀 있는지 알아보기 위해 그때 만난 필경사를 몇 차례 찾은 적이 있었다. 그러나 운이 없는 그 남자는 자신의 꿈을 완전히 망각하는 데 실패한 것 같았다. 그게 아니라면 타비르 사라일에 불려온 사람은 누구나 그렇게 종말을 맞이할 수밖에 없는 것인가? 이런 극악무도할 데가! 마르크 알렘은 갑자기 이렇게 분개하는 자신의 모습에 놀랐다. 그 동안 망쳐놓은 것도 모자라 이젠 누군가를 괴롭히는 일을 하다니.

자리에 돌아와보니 그가 없는 사이에 감독관이 두고 간 새 문서가 놓여 있었다. 그는 거의 증오에 가까운 감정을 느끼며 문서를 한 장씩 넘겨보았다. 분량은 대여섯 페이지 남짓했다. 그날 저녁에 모두 검토해야 했다. 이미 사무실엔 불이 켜져 있었다. 그러나 점심나절 이후 난로에 석탄을 더 집어넣지 않아 방은 아주 추웠다. 그는 첫번째 꿈을 묘사한 내용을 읽기 시작했다. 앞의 몇 줄을 읽어나가던 그는 한 장 전체에 걸쳐 첫번째 꿈이 묘사되어 있음을 알게 되었다. 매우 드문 일이었지만, 다음 페이지로 넘겨보아야 할 터였다. 그는 꿈에 대한 묘사가 둘째 페이지에서 끝나리라 생각하고 다음 페이지으로 넘어갔다. 그런데 둘째 페이지에서도 꿈에 대한 묘사가 마무리되지 않았다. 그렇다고 셋째 페이지에서 끝나는 것도 아니었다. 놀랍게도 여섯 페이지짜리 문서 전체가 꿈 하나에 대한 묘사였다. 이렇게 길게 서술된 꿈은 처음이었다. 평범하지 않은 꿈이로군. 이런 생각을 한 그는 꿈을 꾼 사람의 이름과 주소도 보지 않고 우선 내용부터 훑어보았다. 해석이 불가능할 것 같은 이 망상과도 같은 꿈을 저녁 내내 붙들고 씨름해야 할 것 같았다. 이래저래 심란한 밤이 될 것 같군.

꿈은 아름답고 그럭저럭 괜찮았다. 그러나 한마디로 망상류의 꿈이었다. 일반적으로 이런 꿈은 가장 뛰어난 해석관에게 맡기게 마련이었다. 오래 전에는 선별부와 해석부에서 이런 꿈들을 '망상류 문서'라고 구체적으로 명기하여 따로 분류했다는 얘기를 들은 적이 있다. 그러나 그후 무슨 이유에서인지는 모르지만 이렇게 분류된 꿈들이 폐기되었다(들리는 말에 따르면 폐기의 진짜 이유는 그것들을 꿈의 극치로 보는 경향 때문이라고 했다). 그리고 나서는 망상류의 꿈들을 일반적인 꿈들을 분류하듯 그 특성과 내용에 따라 분류하게 되었다. 그러나 각 방의 감독관들이 그러한 업무를 할당할 때에는 가장 유능한 해석관을 엄선하여 해석을 맡기게 마련이었다. 마르크 알렘은 감독관이 자신에게 그런 문서를 맡긴 것을 어떻게 받아들여야 할지 알 수 없었다. 해석부 내의 윗분들이 그의 능력을 과신하고 있다는 반증일까, 아니면 악의를 품고 그를 골탕먹이기 위해서일까? 이런저런 생각을 하는 가운데 마르크 알렘은 꿈에 대한 묘사를 자세히 살펴보기 시작했다. 그런데 보면 볼수록 점점 더 그 꿈에 빠져들게 되었다. 그 꿈은 매우 독특했다. 꿈은 11세기경 허름한 차림을 한 무리가 죽은 호랑이떼가 널브러져 악취가 진동하는 초원지역을 누비는 데서 시작되었다. 첫 장은 주로 이 무리의 여정을 묘사하는 데 할애되었다. 그들은 카르토흐 화산을 향해 큰 소리로 저주를 퍼부었다(산의 서쪽 사면이 주저앉으면서 화산의 이름도 카르토흐에서 레토흐 그리고 다시 크레트로 바뀌었다). 그런데 초원지역의 하늘에 비상한 별 하나가 반짝이고 있었다. 꿈을 꾼 이는 근처에서 땅속으로 파고들어가던 중에 눈부신 빛을 보았다. 흙에 파묻힌 금강석과도 같은 빛이었다. 누가 그렇게 파묻었는지는 모르지만, 금강석을 덮고 있는 흙은 우주적 세월 가운데 어느 평범한 하루라는 흙이었다. 그 빛은 녹지도 부서지지도 않았으며, 불에 의해 파괴되지도 않는 것이었다. 그는 진흙 속에서 새어나오는 그 빛에 의해 눈이 멀게 되고, 눈먼 그는 결국 지옥에 떨어지고 말았다.

미쳤나. 정신 나간 사람이 분명해. 마르크 알렘은 투덜거렸다. 그럼에도 계속 읽어나갔다. 다음에 이어지는 부분은 지옥 묘사에 할애되었다. 꿈에서 묘사되는 지옥은 우리가 흔히 상상하는 지옥과는 다른 데가 있었다. 지옥에는 인간들만 있는 것이 아니라 사멸한 국가들도 있었다. 제국, 수장국, 공화국, 입헌군주국, 연방제국 등 여러 형태의 사멸한 국가들이 이리저리 흩어져 있었다. 흠, 어렵쇼. 처음에 받은 인상과 달리 이 꿈은 다른 요소들을 일절 제외하고 보면 위험하기 짝이 없는 꿈이었다. 그는 다시 앞으로 돌아와 이런 꿈을 제공한 대담한 이의 이름과 주소를 확인해 보았다. "'두 명의 로베르 여인숙(중앙 알바니아 파샤령)'에 투숙한 신원미상의 인물이 12월 18일 새벽녘에 꾼 꿈." 음, 치밀하군. 용케 빠져나갔어. 마르크 알렘은 안심이 됐다. (그의 머릿속에서는 지금쯤 수도의 공원묘지 쪽으로 향하고 있을, 검은 천으로 덮인 관의 모습이 떠올랐다) 그 사람은 마지막 순간에 위험을 눈치채고 부리나케 도망친 것이었다. 마르크 알렘은 의자에 좀더 깊숙이 몸을 묻고 문서를 계속 읽어나갔다. 사멸한 뒤에 지옥에 떨어

144

진 국가들은 인간에게 내리는 형벌에는 꿈쩍도 하지 않는 것 같았다. 게다가 이 지옥은 특이하게도 갇힌 존재들이 그곳에서 빠져나와 다시 이승으로 돌아올 수 있었다. 그렇기 때문에 어느 화창한 날, 오래 전에 사멸해서 뼈만 남은 국가들이 서서히 몸을 일으켜 지구상에 다시 그 모습을 드러낼 수 있다는 것이다. 다만 새로운 역할을 맡아 무대에 오르기 전에 분장해야 하는 배우들처럼 몇 가지 매만져야 할 것이 있을 뿐이었다. 가령 본질적인 것은 그대로 두고 국호와 국가 문장 그리고 국기(國旗) 같은 것을 바꿔야 했다. 음, 그래. 마르크 알렘은 생각했다. 어린 시절부터 국가와 국정에 대해 이야기하는 것을 들으며 자란 그는 꿈을 꾼 사람이 무슨 생각을 하고 있었는지 예측할 수 있었다. 그런데 이 꿈은 앞부분을 제외하고는 조작된 것임이 분명했다. 한편으로는 선별부의 최고 책임자가 이 꿈을 그대로 통과시킨 것이 이해되지 않았다. 아니면 혹시 다른 결말을 기대하고 이 선동적인 꿈을 그에게 맡긴 것일까? 그렇다면 그들은 어떤 결말을 기대하고 있는 것일까? 그리고 왜 하필이면 그에게 이 꿈을 맡긴 것일까? 게다가 급하다고 하면서 정규 근무시간이 끝난 뒤에 일을 맡긴 이유는 무엇일까? 등줄기를 타고 식은땀이 흘러내렸다. 그런데도 그의 눈은 계속 문서의 내용을 쫓고 있었다.

    나는 티무르가 통치했던 국기를 보았다. 사람늘이 그 위를 피로 칠하고 있었다. 다시 지상으로 나아가기 위한 준비였다. 저편으로 헤로데가 통치했던 국가도 보였다. 같은 준비를 하고 있었다. 헤로데의 왕국은 세번째로 다시 지상에 올라가는 것이라고 했다. 완전히 멸망한 줄 알았던 그 왕국이 앞으로 몇 번을 그렇게 다시 부활할지는 아무도 몰랐다.

마르크 알렘은 떨리는 손으로 문서들을 정리했다. 선동하는 꿈인 것은 분명했다. 그러나 그는 함정에 빠지지 않을 수 있었다. 꿈을 보면 어떻게 함정에 빠지지 않을 수 있는지를 알 수 있었기 때문이다. 마르크 알렘은 펜을 들고 다음과 같이 쓸 생각이었다.

○○한 암시를 내포하면서 ○○한 계획으로 제국에 반기를 드는 선동들을 종식시키고자 한 꿈으로 사료됨. 그렇다, 그는 그렇게 쓸 참이었다. 사실 꿈꾼 사람의 말마따나 오스만 제국을 포함한 현대의 모든 국가는 한때 손에 피를 묻힌 적이 있는 잔혹한 국가로서, 역사의 뒤안길에 묻혀 있다가 유령처럼 다시 나타난 것들이었다.

마르크 알렘은 자신이 내린 결론이 마음에 들었다. 그런데 종이에 해석한 내용을 막 적어넣으려는 순간 갑자기 한 가지 사실이 마음에 걸렸다. 만약 누군가 '마르크 알렘, 자넨 이 문제를 어찌 그리 잘 아는가?' 라고 물어보면 어떡하지. 그는 도로 펜을 내려놓았다. 이런 결론을 피력했다가는 뒷수습이 만만치 않을 것이다. 다음과 같이 좀더 간결하게 해석하는 것이 나을 것 같았다. 꿈꾼 이의 이름과 주소가 불분명하고 선동의 냄새가 풍기며, 조작된 꿈을 보낸 것으로 보아 불순한 의도가 있다고 사료됨.

그는 그렇게 쓰기로 했다. 하지만 괜히 서두르는 티는 내지 않기로 했다. 이 일 때문에 야근을 지시받은 사람들이 아직 모두 그대로 있었기 때문이다. 마르크 알렘은 주변을 한번 둘러보았다. 램프 불빛노 흐릿한데다 얼마 되지 않는 직원들이 여기저기 흩어져 있어서 사무실 안은 아까보다 더욱 음산해 보였다. 냉기가 점점 더 심하게 스며들었다. 외투를 벗지 말 걸 그랬나. 얼마나 더 이렇게 있어야 할까? 해석한 내용을 기입하고 있는 이는 두 명밖에 되지 않았다. 그를 포함한 나머지 사람들은 두 손으로 머리를 감싸쥐고 고민중이었다. 혹시 지금 해석한 내용을 쓰는 두 사람에겐 평범한 꿈을 할당하고 자신과 다른 사람들에겐 몽상류의 꿈을 맡긴 것이 아닐까? 아니면 그에게만 몽상류의 꿈을 맡긴 걸까? 사실, 이런 몽상류의 꿈은 자주 접할 수 있는 것이 아니었다. 보통 물고기를 잡는 그물에 상어가 잡힐 확률과 비슷했다. 물론 모두에게 동일한 꿈을 맡겼을 수도 있다. 아무튼 정규 근무 시간이 끝나고 한 시간 뒤에 국장이 나타나다니, 아무래도 무슨 일이 벌어진 것이 틀림없다. 마르크 알렘은 다시 한번 등골이 오싹했다.

마침내 한 명이 일어서더니 감독관에게 다가가 문서철을 제출하고 퇴근했다. 마르크 알렘은 다시 펜을 잡았다. 하지만 아직도 시간 여유가 많은 것을 알고 도로 펜을 내려놓았다. 해석한 결과를 쓰는 데는 십오 분도 채 걸리지 않을 것이다. 좀더 있다가 쓰기로 했다. 그의 머릿속은 온통 음울한 생각으로 어지러웠다.

약 삼십 분 뒤, 또 한 명의 직원이 일어났다. 마르크 알렘의 발은 꽁꽁 얼어붙었다. 좀더 시간이 지나면 손마저 곱아서 글씨를 쓸 수 없겠다는 생각이 들자, 마침내 그는 시린 손을 비비고 글을 쓰기 시작했다. 잠시 후, 또 한 명의 직원이 사무실을 나가는 소리가 들렸다. 하지만 그는 누가 나가는지 보기 위해 고개를 들지 않았다. 그가 해석한 내용을 다 쓰고 나면 감독관 말고 세 명의 직원이 남게 될 것이다. 또다른 한 명이 일어설 때까지 기다리다가 그가 일어서면 나도 일어서야지. 마르크 알렘은 그렇게 계산하고 있었다. 그런데 어찌 된 일인지 그는 실제로 그 꿈을 꾼 곳이거나 지어낸 장소인 '두 명의 로베르'라는 이상한 이름의 여인숙에 생각을 집중하게 되었다. 그는 거무죽죽한 얼굴을 했을 듯한 여행자의 모습을 머릿속에 그려보았다. 아침 일찍, 그는 낡은 여인숙 현관문에 달려 있었을 우편함에 봉인된 봉투를 넣고는 음흉한 미소를 띠며 총총히 사라졌을 것이다.

의자 밀리는 소리에 그는 정신이 들었다. 다른 한 명의 직원이 일어서고 있었다. 이제 그 말고 두 사람밖에 남지 않았다. 그는 가장 최근에 이곳으로 발령받았으니, 맨 마지막이나 끝에서 두번째로 일어나는 것이 바람직하겠다는 생각이 들었다. 그는 다른 한 사람이 자리에서 일어나기를 기다렸다. 마침내 한 사람만 남게 되자, 마르크 알렘은 이제 일어서야지 하고 마음먹었다. 감독관 자신도 남은 사람들이 좀더 빨리 일을 끝내주기를 바라고 있을지 모를 일이었다.

마르크 알렘은 문서들을 정리한 뒤 문서철을 덮었다. 분명히 많이 늦었을 터였다. 감독관의 초췌한 얼굴을 보니 그도 다른 사람들 못지않게 지친 듯했다. 그는 감독관에게 다가가 문서철을 건네고 낮은 목소리로 말했다.

"안녕히 계십시오."

"잘 가게. 나가는 길은 알고 있겠지? 시간이 늦어서 타비르의 출입구들이 모두 닫혔을 거야."

"아, 그렇습니까? (이런 얘기는 처음 들었다) 그럼 어떻게 나가야 하죠?"

"뒷마당의 수집부 사무실 쪽으로 나가게. 그쪽으로 가본 적은 없겠지만 나가는 길은 찾기 쉬울 걸세. 이 시간에는 그쪽으로 나가는 복도와 회랑에만 불이 켜져 있거든. 그러니 불이 켜진 곳만 쭉 따라 나가게."

"고맙습니다."

복도로 나오니 감독관의 말대로 한쪽 방향으로만 불이 켜져 있었다. 그는 불이 켜진 복도를 따라 걸어나왔다. 걸으면서 자신의 발소리에 귀를 기울였다. 아무도 없어서 그런지 왠지 그 소리가 다른 사람의 발소리처럼 들렸다. 길을 잃으면 어떡하지? 자꾸 그런 생각이 들었다. 길을 알고 있는, 뒤에 남은 직원과 같이 나갈걸 그랬나. 앞으로 나아갈수록 불안한 마음이 들었다. 그는 불이 켜진 곳을 따라 큰 복도에서 옆으로 난 작은 복도로 접어들었다가 다시 회랑으로 나왔다. 회랑 끝이 어둠 속에 가물거렸다. 사위는 적막 그 자체였다. 희미한 불빛이 저 멀리 어둠 속에 잠겨 있었다. 그는 두세 차례 계단을 내려간 뒤에 천장이 궁륭으로 된 아주 좁은 회랑으로 들어섰다. 그곳에도 등불이 켜져 있긴 했지만 아까보다 등불의 수가 훨씬 적었고 빛마저 희미했다. 이런 식으로 어디까지 더 걸어가야 하지? 회랑 모퉁이를 돌면 아직도 이 청사를 배회하고 있는, 꿈꾼 사람의 관을 운구하는 사람들과 맞닥뜨릴 것만 같았다. 이런 식으로 계속 헤매면 미쳐버릴 것 같았다. 그렇다고 여기 가만히 있는다고 해서 누가 나타나 길을 일러줄 리도 만무했다. 해석부로 돌아가 그 두 사람과 같이 나올까? 그나마 이 생각이 가장 현명해 보였다. 하지만 되돌아가는 길을 찾는 것도 문제였다. 이 희미한 등불을 따라가면 길이 나올까?

마르크 알렘은 계속 걸었다. 스스로 안심시키려 했지만 입술은 바싹바싹 타들어갔다. 그는 궁리 끝에 길을 잃는다고 해도 큰일은 아니라고 자위했다. 무인지경의 들판에서 길을 잃은 것도 아니고, 숲속 깊은 곳에서 길을 잃은 것도 아니고, 그저 청사 안에서 길을 잃었을 뿐이다. 하지만 정말 그런 일이 일어난다면 그보다 더 공포스러운 일은 없을 듯싶었다. 어떻게 온통 벽과 방으로 둘러싸여 있으며, 꿈과 비정상적인 몽상으로 가득 찬 지하에서 밤을 보낼 수 있단 말인가? 차라리 눈보라 치는 들판 한가운데나 늑대들이 우글거리는 숲속에 있는 편이 나았다. 당연히 그것이 몇천 배 더 나았다.

그는 길음을 재속했다. 그렇게 얼마나 걸었을까? 갑자기 저쪽에서 웅성거리는 듯한 소리가 들렸다. 환청은 아니겠지. 그는 다시 걸음을 떼면서 생각했다. 잠시 후 사람의 목소리가 또 들려왔다. 어디서 나는 소리인지는 알 수 없지만, 소리는 훨씬 더 뚜렷했다.

계속 등불이 켜진 통로를 따라 걷던 그는 다시 두세 차례 계단을 내려갔다. 그리고 거기서 또다른 통로로 접어들었다. 통로는 1층에 위치해 있음이 분명했다. 잠시 들리지 않던 웅성거림이 다시 들렸다. 이번에는 아주 가까운 곳이었다. 가만히 귀를 기울이던 마르크 알렘은 그 소리를 놓칠까봐 소리가 나는 곳으로 서둘러 발걸음을 옮겼다. 마치 그것이 유일한 희망이라도 되는 듯. 소리는 희미해졌다 커졌다를 반복했지만, 완전히 사라지지는 않았다. 한번은 바로 그의 옆에서 들리는 듯도 했지만 이내 다시 멀어졌다. 바깥 불빛에 어른거리는 듯한 정방형 복도 끝이 시야에 들어오자, 그는 그곳에서 시선을 떼지 않고 뛰다시피 다리를 움직였다. 오, 신이시여, 저곳이 후문이기를 간곡히 바라옵니다!

후문이 맞았다. 그는 좀더 가까이 다가가 그것이 문임을 분명히 확인했다. 그는 심호흡을 했다. 사지의 긴장이 풀리니 서 있기조차 힘들 지경이었다. 그는 비틀거리면서 문 쪽으로 발걸음을 옮겼다. 차가운 공기와 좀전에 들려온 웅성거림이 문을 통해 스며들어와 복도를 가득 채우고 있었다. 그런데 출입구에 당도했을 때 갑자기 눈앞에 펼쳐진 광경은 기이하기 짝이 없었다. 청사 뒷마당을 비추는 등불은 청사 내부를 비추는 불빛과는 아주 달랐다. 안개 때문에 불빛이 흐릿한 곳도 있었고, 축축하게 젖은 포석을 덮을 정도로 안개가 짙은 곳에서는 그만큼 불빛이 더 흐렸다. 그런데 그 포석 위에 사람과 말과 마차가 오가고 있었다. 등불을 켠 마차도 있었고, 등불이 꺼진 마차도 있었다. 이 모든 것은 악몽 속의 혼돈을 연상시켰다. 안개 속 푸르스름한 불빛과 이리저리 움직이는 말들의 울음소리가 한데 어우러진 광경은 이 세상의 모습이 아니었다.

눈앞의 광경을 믿을 수 없는 마르크 알렘은 출입구에 얼어붙은 듯 그대로 서 있었다.

"무슨 일입니까?"

그는 빗자루를 한아름 들고 가는 사람에게 물었다. 상대는 놀란 사람처럼 뒤돌아섰지만 마르크 알렘의 외투에 부착된 타비르 표식을 보고는 이내 아주 상냥한 목소리로 대답했다.

"꿈 배달관들입죠, 나으리. 그들을 보신 적이 없으신가요?"

그렇다면 이들이 바로 그들이란 말인가? 어째서 그 생각을 못 했을까? 그들은 가죽 제복에 진흙투성이의 부츠를 신고 움직이고 있었다. 바퀴가 진흙투성이인 마차의 후면을 보니 타비르의 문장이 붙어 있었다.

그의 시선이 마당 오른편에 있는 사무실에 멈추었다. 그곳은 차양이 쳐져 있고 실내가 환히 밝혀져 있었다. 꿈 배달관들이 그곳을 들락날락하고 있었다. 바로 저곳이 수집부 사무실이었다. 수집부는 낮밤이 없는 곳이라는 이야기를 들은 적이 있었다. 마차를 세울 곳을 찾느라 사람들과 마차들이 소란스럽게 움직이는 가운데 마르크 알렘은 잠시 소란을 피해 있을 심산으로 수집부 사무실을 향해 비에 젖어 미끄러운 포석을 가로질렀다. 그러나 사무실 안은 마당보다 더 소란스러웠다. 기다란 접수대 앞에서는, 배달물을 창구에 넘겼거나 넘기려고 기다리는 듯한 열 명 남짓한 꿈 배달관들이 커피나 살렙을 마시고 있었다. 개중에는 작은 빵이나 맛있는 냄새가 솔솔 풍기는 고기 경단을 먹는 이들도 있었다.

마르크 알렘은 가죽 제복을 입은 우람한 어깨의 남자들 사이를 비집고 들어갔다. 그들은 이리 밀고 저리 밀면서 음식을 먹고, 웃고, 큰 소리로 욕을 해대고 있었다.

저들이 바로 어린 시절에 그가 푸른 마차를 타고 제국의 모든 길을 누비고 다니는 신의 전령이라고 생각했던 그 유명한 꿈 배달관들이란 말인가. 그들 가운데에는 부츠뿐 아니라 팔꿈치와 제복의 등판까지 진흙투성이가 된 이들도 있었다. 전복된 마차나 넘어진 말을 일으켜세우느라 그렇게 된 것 같았다. 일그러진 그들의 얼굴에는 피로와 수면 부족의 티가 역력했다. 그들이 나누는 대화를 들어보니 다른 부분과 마찬가지로 타비르에서 상근하는 직원들과는 매우 대조적이었다. 그들의 대화는 거칠고 다소 무례했으며, 입가심처럼 간간이 뼈 있는 말이 섞여 있었다. 정신이 하나도 없을 만큼 소란한 와중에도 마르크 알렘은 여기저기서 몇 가지 말을 알아들을 수 있었다. 이곳은 그야말로 온 제국의 소식을 가만히 앉아서 들을 수 있는 곳이었다. 전령들은 여행중에 일어난 여러 사건과 국경지방 관리, 술 취한 여인숙 주인, 그리고 사고가 빈번히 일어나는 관할구 도로에서 통행 검문을 하는 보초와 다툰 일 등을 얘기했다.

유독 쉰 목소리를 내는 어떤 사람의 이야기가 귀에 들어오기 시작했다. 마르크 알렘은 굳이 그의 얼굴을 보기 위해 고개를 돌리지는 않고 그가 하는 이야기에만 귀를 기울였다.

"말들이 앞으로 나아가려 하질 않는 거야." 남자가 말했다. "히힝거리고 제자리에서 몸을 부르르 떨면서 꼼짝도 하지 않으려 들더라고. 나는 변방의 조그만 마을인 예니세히르를 나와 초원지역

으로 들어서려던 참이었거든. 예니세히르에서는 꿈 몇 편을 수집
했어. 그곳은 한 달 내내 모이는 꿈의 편수가 기껏해야 다섯 편을
넘지 못하는 데야. 그것만 봐도 얼마나 변방인지 알겠지. 아무튼
말들은 꼼짝도 하지 않았어. 소리를 지르고 피가 날 정도로 채찍
질을 해도 이놈들이 꿈쩍도 하지 않는 거야. 길목에 시체가 놓여
있으면 그놈들이 가끔 그럴 때가 있어. 그래서 주변을 한 번 둘러
봤지. 뭐 보이는 거라곤 허허벌판뿐이더라고. 무덤도 없고 묘석
의 묘자도 보이지 않았어. 그렇게 어쩔 줄을 모르고 있는데, 갑자
기 예니세히르에서 갖고 나온 꿈 문서에 생각이 꽂히지 뭐야. 혹
시 그 문서 때문에 말들이 얼어붙은 건 아닐까 하고 말이야. 잠과
죽음은 동전의 양면이라는 말이 있잖아. 난 서둘러 가방을 열고
예니세히르 문서를 꺼낸 다음, 마차에서 내려 그것을 들판에 버
렸지. 그러고 나서 다시 마차에 오른 다음 말을 몰았어. 그랬더니
거짓말처럼 말들이 움직이더라고. 수천 편의 꿈을 운반해봤지만
이런 일은 처음이었어. 그래서 난 빈손으로 다시 예니세히르로
돌아가야 했지. 문서를 초원 한가운데 버렸으니 가던 길을 되돌
아가야 했던 거야. 그런데 거기서 타비르 분소 책임자와 문제가
생겼어. 나는 그에게 말했지. 여기서 수집된 꿈들을 갖고 갈 수 없
었다. 직접 한번 해봐라. 내가 그것을 마차에 싣고 옮기려고 하면
말들이 한 발짝도 움직이려 들지 않는다. 뭐 이런 말을 했지. 그랬
더니 이 촌놈이 고래고래 소리를 지르는 거야. 벌써 다섯 주째 아

무도 꿈을 갖고 가지 못하고 있다, 그리고 당신마저 책임을 내게 떠넘기려고 한다, 항의할 거다, 자기가 직접 본부와 셰이크 알 이슬람에 편지를 쓸 거다…… 그래서 내가 말했지. 항의를 하든 말든 마음대로 하라고. 내가 모는 말들이 움직이려 들지 않고 그 하찮은 꿈 다섯 편 때문에 다른 꿈들을 배달하지 못하는 건 어쩔 거냐고. 그랬더니 그 친구가 말하더군. 어련하시겠어. 당신이 보기에 우리네 꿈이 별 볼일 없다 이거지. 그래, 도시에 사는 지체 높은 양반들이나 귀족들 꿈만 좋다 이거지. 그런데 말이야, 하나는 알고 둘은 모르나본데, 저기 높은 곳에서는 우리네 꿈이 진짜배기 꿈이라고 말씀들 하셔. 왜냐? 진짜배기 꿈은 겉만 번지르르한 놈들한테서 나오는 것이 아니라 제국의 변방에서 나오는 것이기 때문이지. 이런 식으로 녀석이 계속 헛소리를 하더라고. 좀더 심하게 얘기했다간 덤빌 기세더라니까. 나도 화가 머리끝까지 치밀어올랐지. 한 방 먹이고 싶은 걸 어떻게 참았는지 모르겠어. 아무튼 그놈을 치진 않았어. 정말이야. 지금 생각해도 정말 용해. 그래도 본부로 귀환하는 것이 늦어져서 엄청 열받아 있던 참이라, 화풀이할 상대가 생겨서 잘됐다 싶었어. 그래서 그놈을 약올리기 시작했어. 내가 보기에 당신네 깡촌은 웬만한 마을의 구석 동네만도 못하다. 이 더러운 소관할구에는 제대로 된 꿈 하나 꾸지 못하는 주정뱅이들과 노망 든 늙은이들만 산다. 오죽하면 말들까지 너희 꿈을 싫어하겠느냐. 그리고 이런 말도 했어. 만약 내가 마음

대로 할 수 있다면, 예니세히르에서 꾼 꿈은 적어도 십 년 동안 검
토하지 않게 만들겠다고. 그랬더니 이놈이 약이 올라서 말들보다
더한 게거품을 물더라고. 놈은 해당 책임자에게 내 말을 죄다 보
고하겠다고 협박하더군. 그래서 나도 놈을 협박했지. 만약 그랬
다간 나도 당신이 타비르를 모욕한 것에 대해 보고하겠다고. 놈
은 자기가 언제 그랬냐고 고래고래 소리를 지르더군. 자기가 언
제 성스러운 타비르 사라일을 모욕했느냐고. 자기는 그런 비슷한
애기도 꺼낸 적이 없다고. 그래서 내가 분명히 그러지 않았느냐,
높은 양반들을 겉만 번지르르한 놈들과 빗대지 않았느냐고 했지.
그랬더니 이 바보가 더는 말대꾸를 못 하고 울며불며 애걸복걸하
더군. 나으리 한번만 봐주십쇼, 처자식이 있는 몸이에요, 제발 그
것만은……"

사람들이 웃는 소리에 잠시 그의 말이 묻혔다.

"그래서 어떻게 됐는데?"

누군가 물었다.

"그러는 사이에 마을 이장과 회교 사제가 왔더군. 누가 그들을
불렀나봐. 자초지종을 전해들은 그들은 어떻게 하면 좋을지 몰라
머리를 긁적거리더라고. 나더러 억지로 그 문서를 갖고 가라고
할 수는 없었지. 그랬다간 내가 계속 그곳에서 나올 수 없을 테니
까. 그중 한 사람은 문서를 갖고 있으면 말들이 안 움직일 거라는
말을 믿었어. 하지만 그들은 자신들의 마을에서 수집된 꿈에 저

주가 내려서 그런 것이라고는 믿으려 들지 않더라고. 그런데 난 한시가 급한 사람이잖아. 다른 지역에서 수집한 수천 편의 꿈을 운반하는 중이었거든. 지체했다간 치를 대가가 만만치 않잖아. 그래서 그들에게 같이 가서 그 이상한 현상을 직접 눈으로 확인하자고 했지. 그러자고 하더군. 우리는 마차에 올라타고 예니세히르 초입에 있는 문제의 장소로 갔어. 문서가 그곳에 그대로 있더군. 나는 그것을 집어 마차에 올라타고 말들에게 채찍을 휘둘렀지. 그런데 말들이 히힝거리면서 제자리에서 몸을 덜덜 떠는 게 아니겠어. 마치 마차에 악마가 들린 듯했지. 난 문서를 꺼내 그들에게 주고 마차를 몰았어. 그랬더니 말들이 전속력으로 달리는 게 아니겠어. 아마 그들은 손에 문서를 들고 어안이 벙벙한 채로 서 있었을 거야. 그들을 그렇게 남겨두고 가려다가 괜히 적을 만드는 게 아닐까 싶어서 다시 돌아갔어. 그러고는 그들에게 잘 보았냐고, 이젠 내 말을 믿겠냐고 물었어. 그들은 넋이 나간 모습으로 알라 신을 연호하더군. 그들은 해결책을 두고 고민했지. 그런 사악한 꿈을 타비르에 보낸 장본인으로 지목될 수 있다는 생각에 겁에 질린 분소장은 꿈들을 하나씩 꺼내서 어떤 꿈이 문제인지 가려내자고 하더군. 우리는 모두 그의 생각을 기특하게 여겼지. 시간을 아끼기 위해 우리는 자루에서 꿈 문서를 하나씩 꺼내놓은 뒤 말을 몰아보기로 했어. 문제의 꿈을 쉽게 가려낼 수 있었지. 결국 나는 그 꿈을 떼어놓고 이렇게 여기로 다시 돌아올 수 있었어."

"그건 꿈이 아니라 완전히 독이군."

누군가 말했다.

"그런데 그 꿈은 어떻게 됐어? 그 꿈을 운반한 마차는 아직 없겠지?"

또다른 이가 물었다.

"거기 그대로 있을 거야."

쉰 목소리의 남자가 말했다.

"그런데 그 꿈이 중요한 꿈일 수도 있잖아. 그렇게 이상한 힘을 가졌다면 말이야."

"어디 그뿐이겠어? 차라리 금테 두른 꿈이라고 하지? 이런 말 해서 미안하지만, 말들이 그것을 운반하기 싫어하는 것을 보면 그건 꿈이 아니라 악마의 화신일 거야. 알겠어? 그건 사람의 형상을 한 뿔 달린 악마라고."

"하지만……"

"하지만은 무슨 하지만이야. 말들이 그것을 운반하기를 거부하는 이상, 저주받은 외진 구멍 예니세히르에서 썩게 내버려둘 밖에."

"아니지. 그렇게 하면 안 되지. 요즘엔 어떻게 하는지 모르겠는데, 우리 때만 해도 그런 일이 생기면 도보로 그것을 운반했다네."

한 나이 든 배달관이 말했다.

"그렇게 운반하는 배달관이 있었다구요?"

"물론일세. 말들이 꿈을 운반하기를 거부하는 일은 드물지만 있긴 있었어. 그럴 때는 도보로 운반했지. 역시 옛날 규칙에 장점이 많아."

"그런 곳에서 도보로 문서를 운반한다면 얼마나 걸릴까?"

"거리가 얼마나 되느냐에 달렸겠지. 예니세히르에서 걸어서 오려면 일 년 반은 족히 걸릴 거야."

두세 명의 배달관이 놀랍다는 듯 휘파람을 불었다.

"그런 것 갖고 놀라긴. 소달구지를 타고 토끼도 잡는 것이 우리나라일세."

사람들은 이제 다른 화제로 넘어갔다. 마르크 알렘은 거기서 좀 떨어진 곳으로 나왔다. 그 안에서 명당이라고 할 수 있는 입구에서부터 그가 도저히 이해할 수 없는 규칙에 따라 문서를 접수시키고 있는 수집부 창구 바로 앞에 이르기까지 여기저기서 사람들이 소란스럽게 떠들고 있었다. 술에 취하는 바람에 여인숙에서 문서 가방을 잃어버렸다는 얘기를 하는 사람도 있었다. 그는 벌건 눈을 해가지고는 끊임없이 구시렁거리며 뭔가를 마셔댔다.

마당에서는 사람들의 목소리와 포석 위를 구르는 마차바퀴 소리가 끊임없이 들려왔다. 먼 곳에서 돌아오는 마차들도 있었고 배달을 마치고 다시 길을 떠나는 마차들도 있었다. 불규칙적으로 들리는 말 울음소리가 마르크 알렘의 영혼 깊숙한 곳까지 울리고

있었다. 이런 소동이 새벽까지 계속되겠지. 현기증이 이는 듯했
다. 세상에, 내일 아침까지 이런 소동이 계속된다고! 다시 한번
그렇게 생각한 그는 군중을 헤치며 집으로 향했다.

4장 _ 휴가

자다가 소스라치며 깨기를 두어 번. 출근시간에 늦은 것이 아닌가 생각하며 이불을 걷어내고 잠자리에서 일어나려는 순간, 그는 아직 잠에 취한 상태에서도 그날 하루 동안 휴가라는 사실을 문득 깨닫고는 다시 불안한 비몽사몽에 빠져들기를 반복했다. 그가 휴가를 받은 것은 꿈의 궁전에서 근무를 시작한 이후 처음이었다.

이제 그는 완전히 잠에서 깨어났다. 벨벳 커튼을 통해 들어오는 빛이 베개를 어루만지고 있었다. 잠시 누운 채 기지개를 켠 그는 이불을 걷어내고 자리에서 일어났다. 벌써 시간이 꽤 되었다. 그는 거울 앞으로 다가가 잠으로 푸석푸석해진 얼굴을 들여다보았다. 머리가 납덩이처럼 무거웠다. 첫 휴가의 아침인데 제시간에 도착하기 위해 안개 자욱하고 축축한 거리로 서둘러 나서던 다른 날 아침보다 더 피곤한 상태로 잠에서 깨어났다는 사실이 의아할 따름이었다.

세수를 하니 기분이 한결 나았다. 조금만 생각하면 새벽녘에 꾼 짧은 꿈 두 개가 기억날 듯했다. 타비르 사라일에서 근무를 시작한 이래 꿈을 꾼 적은 거의 없었다. 꿈들은 그가 그들의 비밀을 속속들이 꿰고 있을 뿐 아니라, 그들에게 '다른 사람은 속여도 내 눈은 못 속여' 라고 말할 사람이라는 것을 알고 있는 듯 감히 나타나길 꺼리는 것 같았다.

아래층으로 내려가자 향긋한 커피와 갓 구운 빵 냄새가 풍겼다. 어머니와 로케가 일찍부터 그의 아침 식사를 준비하고 있었다.

"안녕히 주무셨어요?"

그가 두 사람에게 인사를 건넸다.

"좋은 아침이구나. 너도 잘 잤니? 푹 쉰 것 같구나."

어머니와 로케도 다정히 인사했다.

그는 고개를 끄덕이고 벌겋게 달아오른 난로 곁에 앉았다. 누군가 커피를 마실 수 있는 낮은 탁자를 난로 곁으로 옮겨놓았다. 매일 새벽같이 서둘러 출근하다보니 이 편안하고 따뜻한 시간을 거의 잊어버리고 살았다. 은그릇과 낡은 가정용 난로의 청동 테두리가 잉걸불과 햇빛을 반사하며 자아내는 안온한 영겁의 아침 기운을 잊고 있었던 것이다.

그는 천천히 식사를 마치고 어머니와 함께 커피를 마셨다. 늘 그렇듯 어머니는 마지막 한 모금을 마신 뒤 잔을 잔받침 위에 엎어놓았다. 그러면 로케가 다가와 커피 찌꺼기를 보면서 점을 쳤다. 여느 때 같았으면 가족끼리 밤사이 꾼 꿈에 대한 얘기를 나누었을 테지만, 마르크 알렘이 타비르에서 근무하게 된 이후 아무도 자신의 꿈 이야기를 입 밖에 꺼내지 않았다. 사실 그렇게 된 것은 마르크 알렘이 타비르에 출근한 지 채 일 주일도 되지 않았을 때 일어난 작은 사건 때문이었다. 그의 이모가 그에게 전날 꾼 꿈 이야기를 하려고 큰 소리로 외치면서 요란하게 들이닥친 적이 있었다. "참 잘된 일이야. 집안에 꿈 풀이하는 사람이 있으니 이젠 점쟁이나 집시들을 찾아다닐 필요가 없잖아." 좀처럼 화내는 일이 없던 마르크 알렘은 이 말을 듣고 인상을 찌푸리면서 버럭 화를 냈다. 어떻게 이 어리석은 여자는 하찮기 그지없는 꿈 나부랭이를 갖고 와서 해석해달라고 할 수 있단 말인가? 도대체 나를 무엇으로 보기에. 이모는 순간 얼이 빠져 있다가 발끈 성을 냈다. 마르크 알렘의 외사촌누이들이 그녀를 진정시키기 위해 진땀을 빼야 했다.

마르크 알렘은 하얀 재 속에서 겨우 불꽃을 유지하고 있는 듯한 잉걸불을 물끄러미 바라보았다.

"오늘 날씨가 포근하구나. 밖에 나가 산책 좀 하지 않으련?"

어머니가 물었다.

"네, 그러죠."

"화창하진 않지만 그래도 바람을 좀 쐬면 좋을 거야."

그는 고개를 끄덕였다.

"그래요. 그러고 보니 산책을 한 지도 꽤 됐네요."

그는 잠시 아무 말도 없이 난로를 바라보다가 자리에서 일어나 외투를 걸친 뒤 어머니에게 인사하고 밖으로 나갔다.

우중충한 날씨였다. 그는 고개를 들어 햇살이 비치지 않는 공활한 하늘을 살폈다. 갑자기 그런 공허감을 견디기 어려웠다. 이런 한낮에 도시의 하늘을 바라보는 것도 오랜만이었다. 무의미한 구름 몇 조각이 떠다니고 무심한 새들이 여기저기 흩어져 날고 있는 하늘은 놀라울 정도로 초라해 보였다. 타비르에 다니기 시작하면서 그는 매우 이른 시간에 출근했다. 출근할 때면 날씨는 대개 궂게 마련이고 잠을 제대로 못 자 머릿속은 멍하기 일쑤였다. 해질 무렵 퇴근할 즈음이면 너무 피곤해서 사물을 주의 깊게 바라볼 처지도 못 되었다. 그래서 그는 지금 짧은 유배생활에서 돌아온 사람처럼 도시를 둘러보고 있는 것이었다. 그는 경이에 찬 시선으로 두리번거렸다. 하늘뿐 아니라 벽, 지붕, 마차, 나무 등 세상의 모든 것이 바래고 생기를 잃은 듯했다. 무슨 일이 일어난 것일까? 세상 천지가 긴 병치레를 하고 난 환자처럼 창백했다.

가슴 한구석이 서늘해지는 것을 느꼈다. 그가 살고 있는 동네를 둘러보도록 이끌던 발걸음은 이제 시내로 향하고 있었다. 길

양쪽 보도는 인파로 넘쳤으나 사람들의 움직임은 왠지 경직되고 풀이 죽어 보였다. 마차의 움직임과 이슬람 광장에서 세상의 모든 고통을 토로하는 것처럼 포고사항을 알리는 관원의 외침도 초라하기 그지없었다.

이곳에 존재하는 삶과 사람과 사물에게 도대체 무슨 일이 일어난 것일까? 하지만 그곳은(그는 마치 소중한 비밀을 간직한 사람처럼 속으로 미소를 지었다), 다시 말해 문서 속 그곳은 이곳과는 딴판이다. 그곳은 매우 아름답고 환상으로 가득 찬 곳이다. 다양한 색깔의 구름, 나무, 눈, 다리, 굴뚝, 새 등 모든 것이 고상하고 생동감으로 가득 차 있었다. 그곳에서는 사람과 사물의 움직임이 시공의 한계를 뛰어넘어 질주하는 사슴처럼 자유로우며 우아하고 조화로운 모습을 띠었다. 하지만 이 세상은 그가 일하고 있는 세상에 비하면 얼마나 답답하고 인색하고 진절머리 나는 곳인가!

그는 멍하니 서서 사람이며 마차며 건물에서 시선을 떼지 못했다. 모든 것이 진부하고 칙칙했다. 최근 몇 달 동안 외출을 하거나 사람들을 만나지 않은 것이 참으로 잘한 일이라는 생각이 들었다. 꿈의 궁전에서 직원들에게 좀처럼 휴가를 주지 않는 이유가 거기에 있는 것은 아닐까 싶었다. 그제야 그는 휴가를 받아도 달리 할 일이 없다는 것을 알았다. 이처럼 시들시들한 도시를 돌아다니는 일은 시간 낭비였다.

마르크 알렘은 자신을 둘러싼 모든 것을 차가운 시선으로 바라보았다. 이 느낌이 결코 일시적인 것이 아니라는 확신이 들었다. 그리고 다음의 사실에 종종 화가 치밀어오르긴 하지만 다른 세상인 그곳이 이곳보다 훨씬 더 좋다는 것을 인정하지 않을 수 없었다. 겨우 몇 개월 동안 이 세상에서 잠시 떨어져 있었을 뿐인데, 이 세상에 대해 그토록 빨리 환멸감을 갖게 될 줄은 몰랐다. 꿈의 궁전의 옛 직원들 가운데 자신이 몸담고 있는 세상과 완전히 격리된 채 산 사람들이 있다는 이야기를 들은 적이 있었다. 뭔가를 알아내기 위한 작업에만 매몰된 그들의 모습은 마치 달나라에서 온 사람 같았다고 한다. 몇 년만 더 있으면 그도 그들과 같은 모습이 돼 있을까? 그 뒤에는 또 어떤 모습일까? 행인들은 얼빠진 꿈의 궁전 직원을 향해 조롱하는 듯한 미소를 지었다. 하지만 그들은 타비르 예지자들의 눈에 자신들의 삶이 얼마나 황폐하고 비참하게 비치는지 상상도 할 수 없었다.

　이제 그의 발걸음이 멈춰 선 곳은 '황새 카페'의 테라스 앞이었다. 한때 그는 이곳에 와서 자주 커피를 마셨다. 그것은 그가……(순간, 그는 다음에 이어질 말을 생각하다가 '한창때였다'라는 말 대신 '막 세상에 눈뜬 때였다'라는 말을 떠올렸다.) 사실 그는 철없이 빈둥대며 돌아다니던 시절에 이곳에 와서 자주 커피를 마셨다. 카페 문을 열고 들어간 그는 주위를 둘러보지도 않고 한때 즐겨 앉던 왼쪽 구석자리로 향했다. 그곳에는 옛날풍 찻집과는 달리 소파 대신 야트막하고 안락한 가죽 의자가 놓여 있었다.

카페 주인은 핏기 없는 얼굴이었다.

"마르크 알렘 아닌가!" 손에 커피병을 들고 다가오던 그는 놀랐다는 듯 소리쳤다. "도대체 그렇게 오랫동안 어디 가 있었나? 우리 가게에 발을 끊을 리는 없고, 자네가 어디 아픈 줄만 알았지 뭔가."

마르크 알렘은 미소로 대답을 대신했다. 주인도 미소를 지었다. 그는 몸을 기울이더니 낮은 목소리로 말했다.

"그러다 나중에 자초지종을 듣게 되었다네."

주인의 이 말에 마르크 알렘은 안색이 어두워졌다.

"커피에 설탕은 조금 넣지?"

"네, 평소대로."

마르크 알렘은 눈을 들지도 않고 대답했다.

그는 잔을 채우는 커피 줄기를 바라보면서 새어나오는 한숨을 참았다. 주인이 자리를 뜨자, 그는 혹시 다른 단골들이 없는지 주위를 한 바퀴 둘러보았다. 거의 모든 단골이 자리를 잡고 앉아 있었다. 근처 회교사원의 호자*가 아무 말도 없이 앉아 있는 키 큰 두 남자와 함께 있었고, 곡예사인 알리가 늘 그렇듯 그를 좋아하는 사람들에 둘러싸여 있었다. 땅딸막한 대머리의 남자는 아니나 다를까 오래된 문서들에 머리를 파묻고 있었다. 그 문서의 정체

---

*회교 사제를 일컫는 표현.

를 두고 주인은 박학하신 선생께서 해독하느라 머리를 싸매고 있는 고문서이거나 옛날 소송 문건이거나, 그도 아니면 노망 든 노인네의 케케묵은 여행가방에서 찾아낸 뜻도 모를 쓸모없는 기록들일 거라며 농담을 하곤 했다.

그리고 장님들도 있군. 마르크 알렘은 생각했다. 그들은 카운터 오른쪽, 그들이 늘 앉던 자리에 앉아 있었다. 휴, 저치들 때문에 이만저만 손해를 보는 게 아냐. 하루는 주인이 그에게 속내를 털어놓았다. 혐오감을 주는 저들이 남 속 터져 죽는 꼴을 보고 싶은지 우리 카페에서 제일 좋은 자리를 차지하고 앉아 있다고. 그렇지만 않아도 더 많은 손님들이 찾아올 텐데. 하지만 속수무책이야. 내가 할 수 있는 게 없어. 국가가 저들의 뒤를 봐주고 있으니 쫓아낼 수도 없다고. 마르크 알렘은 국가가 그들의 뒤를 봐준다는 것이 무슨 말이냐고 물었다. 그의 질문에 주인은 기다렸다는 듯 깜짝 놀랄 이야기를 들려주었다. 카페 단골인 그 장님들은 병이나 사고나 전쟁으로 눈을 잃은 것이 아니라는 것이었다. 만약 그런 것 때문에 눈을 잃었다면 그도 그들을 흔쾌히 받아들였을 거라고 했다. 하지만 그들은 전혀 다른 이유로 장님이 되었고 그 이유는 참으로 이해하기 어려운 것이었다. 카페 주인은 그들이 최근까지만 해도 신체적 장애가 없었으며 시력도 좋았다고 했다. 그런데 그들의 눈에는 다른 사람들과는 달리 어떤 사악한 기운 같은 것이 도사리고 있었다고 했다. 그리하여 위대한 오스만 제국은 제국과 백성들을 보호하기 위해 특별 포고령에 의거하여 그들의 눈을 도려내기로 결정한 것이었다. 그리고 그들은 그 대가로 종신 연금을 받게 되었다고 한다. 자, 내가 왜 그들을 카페에서 내쫓을 수 없는지 알겠지. 그들은 자신들의 희생을 매우 자랑스러워한다고. 그들이 무엇 때문에 그렇게 했을까. 아마도 영웅이 되고 싶어 그랬는지도 모를 일이지.

마르크 알렘은 그런 포고령이 있었다는 말은 들어본 적도 없었으며, 새로운 손님이 올 때마다 카페 주인이 그 이야기를 반복하는 품이 아무래도 정신이 나간 모양이라고 생각했다. 하지만 이제 여러 사실을 보고 들은 마르크 알렘으로서는 그러한 포고령이 실제로 존재했으며 제국 전체에 발효된 적이 있다는 것을 인정했다.

그들이 여전히 검은 안대를 두르고 있었는데도 마르크 알렘은 더이상 두렵지 않았다. '그곳'에서 그는 사람을 진저리치게 하는 온갖 시선을 목격했기 때문이다. 그리고 한때 무시무시한 공포감을 자아내던 그들의 눈은 사람의 얼굴뿐 아니라 하늘이나 산기슭을 향해 열리고 있었으며, 달이 흘리는 눈물에 촉촉이 적셔질 때도 있었다. 그러면 흐르던 그 눈물은 눈 가장자리에 밀랍으로 된 종유석처럼 굳어버리기도 했다.

카페 주인의 얘기에 두렵게만 여겼던, 사악한 기운을 뿜는 눈을 가진 사람들이 있다고 고발하는 행위(사악한 기운의 눈을 가진 사람이 있다고 고발하는 편지를 아무 우체통에나 집어넣었을 것이다)도, 고발 내용을 일일이 검토한 뒤 재수 없게 체포된 이들 가운데 도려내야 할 진짜 사악한 눈을 가진 이를 가려내는 제국 위원회의 월례회의도, 그리고 공공의 이익을 위한다는 명분(틀에 박힌 명분이 장님이 되어야 마땅한 사람들 앞에서 낭독되었다)하에 자행된 처벌도 예전처럼 마르크 알렘을 두려움에 떨게 하지 않았다. 그는 몇 년이 지나면 이 세상에 대해 어떤 경이로움이나 두려움도 느끼지 않게 될 거라고 이따금 생각했다. 결국 이 세상과 그 세상을 나누는 경계를 넘나들 수 있는 것은, 세상의 경이로움과 두려움을 기록한 '그곳'의 바랜 필사본뿐일 것이다. 마르크 알렘은 '정말 놀라워!'라든가 '정말 끔찍해!'라는 말을 들을 때마다 '그곳엔 천국과 지옥이 한데 뒤섞여 있다'는 생각을 했다.

카페의 문이 열리더니 건너편 건물에 주재하고 있는 외국 영사관의 외교관들이 들어왔다. 여전히 여기에 커피를 마시러 오는군. 마르크 알렘은 생각했다. 곡예사가 앉아 있던 테이블의 소란스러움도 잠시 사그라들었다. 예전 같으면 그도 외국인이 들어오면 다소 긴장했을 것이고 그들의 유럽식 옷차림을 은근히 동경했을 것이다. 하지만 지금은 이상하게도 그들에 대한 신비감이 사라지고 없었다.

아침나절 가운데 이 시간은 카페가 가장 북적댈 때였다. 그에게서 스무 걸음쯤 떨어진 곳에 바쿠프 은행 직원들이 앉아 있었다. 교차로에서 교통정리를 하는 경관도 교대하고 카페로 들어섰다. 그 뒤를 이어 들어온 이들은 마르크 알렘이 모르는 사람들이었다. 곡예사가 있는 테이블에서는 그의 추종자들이 소리를 죽여가며 웃음을 터뜨리고 있었다. 그래, 웃어라. 너희같이 경박한 놈들에겐 이 세상이 그저 장미 정원으로만 보일 테니.

순간 마르크 알렘의 머릿속에 먹구름이 끼듯 얼마 전 무소불위의 와지르인 외삼촌의 집에서 저녁을 같이 한 일이 떠올랐다. 근 일 년 동안 외삼촌을 뵙지 못했다. 어느 날 퇴근길에 그는 문에 Q자가 새겨진 마차가 집 앞에 서 있는 것을 보았다. 그는 Q자가 새겨진 마차를 볼 때마다 알 수 없는 두려움에 사로잡혔다. 그런데 어머니로부터 와지르가 그를 만나고 싶어 마차를 보냈다는 이야기를 듣고는 더 크게 놀랐다.

와지르는 마르크 알렘을 따뜻하게 맞이했지만 왠지 피곤하고 침울해 보였다. 눈은 잠을 설친 사람처럼 흐릿했다. 외삼촌은 무슨 말인가를 했지만 말은 중간에 자꾸 끊겼고 정작 하고 싶은 말은 삼키는 눈치였다. 권력자의 고뇌 같은 것이 아닐까? 마르크 알렘은 생각했다. 외삼촌은 마르크 알렘이 하는 일에 대해 이것저것 물었다. 마르크 알렘은 처음에는 쭈뼛거렸지만 차츰 일의 이모저모에 대해 편하게 얘기하게 되었다. 하지만 와지르는 여전히 정신을 딴 데 두고 이야기를 건성으로 듣는 듯했다. 제 딴에는 외삼촌이 흥미로워할 만한 이야기를 한다고 생각했는데, 이내 외삼촌이 모든 것을 꿰고 있을 뿐 아니라 타비르 사라일에서 일하고

있는 사람들보다 그곳에 대해 더 많이 알고 있다는 사실을 깨닫고
는 무안한 나머지 얼굴이 빨개졌다. 와지르는 마르크 알렘에게
천천히 말했다. 도중에 말을 멈추고 다른 이야기로 넘어가기를
몇 차례나 거듭했는지 알 수 없었다. 그런데도 그는 타비르에서
근무한 시간보다 훨씬 짧은 시간에 타비르 사라일에 대해 더 많은
것을 알게 되었다.

커피 한 잔씩을 앞에 두고 두 사람만 앉았다. 지금까지 이런 적
이 없었다. 마르크 알렘은 여전히 외삼촌이 무슨 용건으로 자신
을 불렀는지 알 수 없었다. 와지르는 예의 낮은 목소리로 얘기하
면서 이따금 난로의 석탄을 뒤적였다. 그 방에서 와지르가 관심
을 기울이는 대상은 마르크 알렘이 아니라 난로인 듯싶었다. 와
지르는 쿠프릴리 가와 꿈의 궁전의 관계에 대한 이야기를 꺼냈
다. 마르크 알렘도 이미 들은 바 있는, 둘이 지난 수백 년간 복잡
미묘한 관계에 놓여 있다는 이야기였다. 거기에 덧붙여 와지르는
새로운 이야기를 하려고 했다. 쿠프릴리 가가 꿈의 궁전을 폐지
하기 위해 많은 노력을 기울이고 있다는 말을 하려는 것이 아닐까
싶었다. 그러나 와지르는 생각을 바꾼 듯 한참을 아무 말 없이 부
지깽이를 잡고 신경질적으로 난로의 불을 쑤시기만 했다.

마침내 와지르가 입을 열었다.

"지난 몇 년간 은행과 구리광 소유주들의 영향권 아래에 있던
타비르 사라일이 최근 들어 셰이크 알 이슬람 일파와 긴밀한 관계

를 맺고 있다는 것은 공공연한 비밀이란다. 그게 무슨 대수냐고 생각할지 모르겠구나. 그런데…… 그게 보통 심각한 문제가 아니거든. 요즘 들어 꿈의 궁전을 장악하면 제국을 좌지우지할 수 있다는 얘기를 여기저기서 하고 있으니 상황이 심각하게 돌아간다고 할 수 있지."

사실 마르크 알렘은 그와 비슷한 이야기를 이미 들은 적이 있지만, 분명하게 들은 것도 아니고 정부 요직에 있는 사람들에게서 들은 것도 아니었다. 그는 잠자코 있었다. 사태의 심각성을 충분히 설명하지 못했다고 생각했는지 와지르는 타비르 사라일에서 조사한 수많은 꿈을 가지고 무엇을 하는지 아느냐고 물었다. 마르크 알렘은 얼굴을 붉히며 모른다고 대답했다. 그는 부끄러운 나머지 쥐구멍에라도 숨고 싶었다. 도대체 이 꿈들을 갖고 뭘 하는 것일까 이따금 생각한 적은 있었다. 그리고 어떤 때는 겨에서 낟알을 골라내듯 수많은 꿈 가운데서 핵심몽을 가려내면, 나머지 쓸모없는 꿈들은 한데 묶어서 문헌보관소로 내려보낸다고 마음 편하게 생각한 적도 있었다. 하지만 막상 와지르에게 그에 대한 질문을 받고 보니, 핵심몽이라는 희귀한 꽃을 피워낸 뒤 나머지 수많은 꿈들이 쓰레기통에 처박힌다는 것은 아무래도 말이 되지 않았다. 와지르는 업무내용이 부서 이름과 일치하는 핵심몽 전담부가 핵심몽을 가려내는 것이 그들이 맡은 중요한 임무 가운데 하나인 것은 분명하다고 잘라 말했다. 그러나 핵심몽 전담부 직원들에게는 또다른 임무가 있다고 덧붙였다. 이를테면 제국 안의 주요 기관을 대상으로 공문을 보내는 임무와 특정 사안, 특히 제국 안의 다양한 계급과 많은 백성에 퍼져 있는 집단적 히스테리에 대해 비밀 조사를 벌이고 그 결과를 보고하는 임무도 띠고 있다는 것이다.

마르크 알렘은 외삼촌의 말을 묵묵히 듣고 있었다. 이어서 와지르는 지금 같은 시기엔 핵심몽이 중요하다고, 그의 집안을 해코지하려는 세력들에게는 더욱 그렇다고 강조했다. 와지르는 한참 동안 조카의 얼굴을 응시했다. 쿠프릴리 가문은 평범한 꿈과는 관련이 없으며, 오로지 핵심몽과 관계 있다는 사실을 조카가 제대로 이해했는지 확인하려는 것 같았다. 내 말을 이해할 수 있겠니? 와지르의 눈은 어둡지만 반짝거리는 미세한 막으로 덮인 듯했다.

"모든 것은 핵심몽으로 수렴된단다."

와지르의 말은 여전히 중간에 끊기면서 애매하게 넘어갔다.

"그에 대한 소문이 분분하지만, 그것이 맞다거나 틀리다는 얘기는 자세히 하지 않도록 하마. 다만 제국의 운명에 결정적으로 영향을 미칠 수 있는 것은 핵심몽밖에 없다는 사실을 밝혀두겠다."

순간 와지르의 눈에 뭔가 알 듯 말 듯한 빛이 어렸다.

"모나스티르*에서 알바니아 지도자들에 대한 대학살의 빌미를 준 것이 바로 핵심몽이란다. 너도 그 사건에 대해선 들어봤겠지? 나폴레옹에 대한 정책을 수정하게 된 것도, 대(大) 와지르 유수프를 몰락시킨 것도 바로 핵심몽이지. 이런 사례는 무수히 많아. 네가 몸담고 있는 기관의 책임자는 겉으로는 겸손하고 자리다툼을 초탈한 듯 보이지만, 실은 가장 강력한 와지르들인 우리와 힘겨루기를 하고 있단다."

그는 씁쓸한 미소를 지어 보였다.

"그가 우리와 대적할 수 있는 것은 그에게 가공할 힘이 있기 때문이야. 그리고 그 힘은 눈에 보이는 것에 근본을 두고 있는 것이 아니란다."

마르크 알렘은 외삼촌의 입에서 눈을 떼지 못했다. 가공할 힘은 눈에 보이는 것에 근본을 두고 있는 것이 아니다. 방금 한 외삼촌의 말에 온통 정신을 빼앗긴 그는 속으로 그 말을 되뇌었다. 그러나 와지르는 계속해서 타비르 자체에서는 어떤 지침도 나오지 않았으며 나올 수도 없다고 얘기했다. 요컨대 타비르는 그럴 필요가 없다는 것이었다. 즉 타비르에서 아이디어만 제시되면 기괴하기 짝이 없는 타비르의 메커니즘이 즉석에서 그 아이디어에 가공할 힘을 부여한다는 것이다. 와지르의 말에 따르자면 그 아이

---

* 마케도니아 남쪽에 있는 도시. 터키어로는 '모나스티르', 세르보-크로아티아어로는 '비톨라'라고 불린다. 5백 년 동안 투르크족의 지배를 받다가 20세기 초에 벌어진 발칸전쟁으로 세르비아인의 손에 넘어갔다.

디어는 오스만 문명의 태곳적 심연으로부터 길어올려지는 것이
기 때문이다.

"방금 말했듯이 우리 쿠프릴리 가 사람들이 핵심몽에 연루되
는 경우는 자주 있단다." 와지르는 휘파람을 부는 것처럼 입술을
거의 떼지 않고 말했다. "그리고 그들이 우리를 치고 들어온 적도
적지 않지."

마르크 알렘은 커다란 집에서 불안한 속삭임으로 지새우던 지
난 밤들을 떠올렸다. 핵심몽이 독사의 형상을 하고 나타나 혀를
날름거리는 것 같았다. 와지르의 말은 점점 더 혼란스러운 양상
을 띠어갔다. 이따금 그의 말에서 근심이 고개를 내미는가 싶으
면 그는 서둘러 말을 얼버무렸다.

"좀더 일찍 타비르 사라일에서 근무를 시작했으면 좋았을 것
을…… 하긴 지금도 그렇게 늦은 건 아닐 게다."

점점 더 그의 말이 애매해지는 가운데 와지르는 말을 하다 말거
나 주저하기를 반복했다. 마르크 알렘은 와지르가 무슨 이야기를
하고 싶어하는지 이해할 수 없었다. 하지만 그가 자신의 생각을
정확하게 드러내고 싶어하지 않는다는 것만큼은 분명히 느낄 수
있었다. 오, 세상에! 어쨌거나 외삼촌의 생각은 옳았다. 마르크
알렘은 마침내 그 사실을 인정했다. 어찌 되었건 그는 고위 정치
가이고 나는 보잘것없는 일개 공무원에 불과하지 않은가. 와지르
는 그에게 암시하고 있는 것이다. 와지르는 마르크 알렘이 거기

에 근무하게 된 것이 우연의 소산이 아니라는 것을 넌지시 이야기하고 있었다. 그가 이런 식으로 말을 한 것은 그곳의 메커니즘이 어떠하며 중요한 것이 무엇인지를 이해할 수 있도록 에둘러 말하고자 취한 고육책이었다. 결국 결정적 순간이 오면 눈을 크게 뜨고 정신을 바짝 차리라는 말을 하고 싶었던 것이다. 그런데 어떤 일이 벌어지는데요? 그리고 그때라는 것이 언젠가요? 마르크 알렘은 호기심이 목구멍까지 치밀어올랐다. 하지만 감히 물을 수는 없었다. 모든 것이 오리무중이었다.

"나중에 우리 둘이 또 얘기할 기회가 있을 거다."

와지르는 말했다. 그러나 마르크 알렘은 아직도 와지르가 솔직히 털어놓기를 주저한다는 것을 느꼈다. 잠시 머뭇거리던 대화로 다시 돌아와도 와지르는 그에 대해 두세 가지 작은 실마리만 내비칠 뿐 이내 입을 다물고 말았다.

"어떤 위기 상황이 도래하면 타비르 사라일의 힘이 쇠하거나 정반대로 커질 수 있다는 말을 들은 적이 있겠지? 지금 우리가 그런 시기를 살고 있어. 그런데 불행히도 타비르의 힘이 점점 커지고 있단다."

마르크 알렘은 와지르가 말하는 위기라는 것이 도대체 무엇을 두고 하는 말인지 물어볼 엄두가 나지 않았다. 성직자들과 군부가 싫어할 대대적인 개혁 작업에 대한 얘기를 들은 적은 있지만, 그 이상의 자세한 것은 모르고 있는 처지였다. 혹시 그 개혁 작업이 쿠프릴리 가와 관련이 있는 것일까?

"지금은 위기의 순간이야. 꿈의 궁전이 우리를 치고 들어올지도 모른다."

마르크 알렘은 와지르의 말을 한마디도 놓치지 않으려고 모든 주의를 기울였다.

"지금으로선 두 세계 가운데 어느 쪽이 다른 쪽을 지배하게 될 것인지 아는 것이 중요한 문제란다."

긴 침묵 끝에 와지르가 입을 열었다. 이런, 와지르께선 뭔가 속내를 털어놓을 듯하다가 또 얼버무리고 마는구나. 마르크 알렘은 속으로 생각했다.

"우리가 사는 이 세상을 불안과 꿈이 지배하는 곳으로 보는 이도 있지. 하지만 나는 모든 것을 지배하는 것은 이 세상이라고 본다. 꿈이든 불안이든 몽상이든 간에, 그것을 우물 속에서 물을 길어올리듯 드러내는 것은 결국 이 세상이기 때문이지. 무슨 말인지 알겠느냐? 바로 이 세상이 심연에서부터 자기가 원하는 것을 선택한다는 거야."

와지르는 몸을 기울여 조카의 얼굴을 좀더 가까이서 응시했다. 누렇게 빛나는 그의 눈빛은 소름이 끼칠 정도였다.

"핵심몽이 잡동사니 꿈을 갖고 날조한 것이라고 주장하는 사람도 있단다. 너는 그런 생각은 꿈에도 해본 적이 없겠지?"

와지르는 속삭이듯 말했다. 순간 마르크 알렘은 온몸이 오싹했

다. 핵심몽이 날조된 것이라고? 그런 무시무시한 생각을 품을 수
있다니 그로서는 상상도 할 수 없었다. 하물며 그런 말을 입 밖에
꺼내는 것은 말할 나위도 없었다. 와지르는 아랑곳없이 핵심몽에
대해 계속 이야기하고 있었다. 그런데 그 말이 두세 번 되풀이되
면서 마르크 알렘은 경악했다. 세상에, 와지르 당신은 그렇게 생
각하시는군요. 이어진 와지르의 말은 놀라움에 아직 정신을 추스
리지도 못한 그를 눈사태처럼 덮쳤다.

"그들은 핵심몽 가운데는 누군가가 진짜로 꾼 것이 아니라, 타
비르 사라일 내부의 직원들이 날조한 것들도 있다고 말한단다.
그리고 그것은 권력을 가진 자들의 이해관계에 따라 혹은 술탄의
기분에 따라 날조된다고 얘기한단다. 완전히 날조한 꿈도 있고,
일부를 바꿔치기한 꿈도 있다고 하지."

마르크 알렘은 와지르의 발밑에 엎드려 "제발 여기서 나가게
해주세요, 외삼촌. 더이상 못 견디겠어요"라고 애원하고 싶었다.
하지만 그는 자신이 하는 일 때문에 단두대로 가게 되더라도 결코
그런 애원을 하지 않을 것이라는 걸 스스로 더 잘 알고 있었다.

그날 밤 와지르의 집에서 돌아오면서 마르크 알렘은 불안한 마
음에 미칠 지경이었다. 마차는 가로등이 꺼진 거리를 달렸다. 마
르크 알렘은 자신이 마차 양옆에 저주의 대문자 Q 낙인이 찍힌
검은 사륜마차에 감금된 신세 같다고 생각했다. 그리고 그 마차
는 두 세상 사이에 놓인 채 어느 곳으로 향할지 모르는 고성소를

닭았다고 생각했다.

그때를 대비해 정신을 바짝 차리고 눈을 크게 뜨고 있어야 한다. 그때가 언제인지 무엇을 보고 알 수 있을까? 천사가 나타나 고지해줄까? 아니면 악마가? 그들이 고지해준다 한들 그것이 고지라는 것은 또 어떻게 알 수 있단 말인가? 게다가 타비르 사라일의 두터운 안개를 뚫고 누구와 연락을 한단 말인가?

그는 카페에 앉아 손가락으로 빈 커피잔을 돌리면서 그때의 일을 떠올렸다. 이미 며칠이 지난 일인데도 그때의 불안했던 감정이 가슴을 옥죄어왔다. 갑자기 이상한 기분이 들어 그는 고개를 돌려 곡예사 알리와 그의 추종자들이 몰려 있던 테이블을 바라보았다. 이미 오래 전에 수다를 멈춘 듯한 그들은 눈을 동그랗게 뜬 채 그를 바라보고 있었다.

순간 짜증이 몰려왔다. 그가 타비르 사라일에 근무한다는 이야기를 주인이 떠벌린 것이 분명했다. 입이 무거운 사람은 아니었지만, 이 정도면 거의 동네 나팔수 수준이었다. 그래, 호기심에 미친 놈들은 지옥에나 떨어져라! 앞으로 몇 번이나 더 이 카페로 발걸음을 옮길 수 있을까. 횟수는 전보다 더 줄어들 것이다. 잘하면 아예 발길을 끊을지도 모르겠다.

점심시간이 가까워오면서 사람들이 하나둘씩 카페를 빠져나갔다. 외국 외교관들도 나갔고 은행 직원들도 나갔다. 곡예사를 따라다니던 인간들 역시 여전히 놀라움이 가시지 않은 눈길로 마르크 알렘을 한 번 더 쳐다보더니 카페를 나갔다. 장님들만이 꼼짝도 않고 남아 있었다. 한참 전에 대화를 멈춘 그들은 세상 모든 사람에게 화가 난 듯 고개를 꼿꼿이 들고 앉아 있었다. 아무런 표정도 없는 그들의 얼굴은 마치 이렇게 말하는 것 같았다. 사악한 기운이 어려 있던 우리의 눈을 뽑아버렸으니 나랏일이 더 잘 돌아가고 있지 않을까? 들리는 이야기에 따르면 더 좋아지지는 않고 예전과 다름없는 것 같긴 해.

마침내 마르크 알렘도 커피값을 치르고 일어나 밖으로 나갔다. 그리고 천천히 집으로 향했다. 얼마를 걸었을까, 그는 삯마차를 잡아 타지 않은 것을 후회했다. 그의 집이 있는 길에 들어섰을 때 어디선가 수군대는 소리가 들렸다. 저 사람이 타비르 사라일에서 근무한대. 그는 못 들은 척 고개를 들고 가던 길을 계속 갔다. 길모퉁이에 서 있던 경관과 밤장수가 그에게 각별한 예를 갖추어 인사했다. 그들도 그가 어디서 일하는지 알고 있는 것이다. 그는 이 세상 사람 같지 않아야 할 텐데 뼈와 살을 갖고 있으니 놀라운 듯 경이로운 시선으로 바라볼밖에.

건너편 집 창문 뒤로 사람의 형체가 보였다. 그가 호감을 갖고 있던, 아름다운 두 자매가 사는 집이었다. 평소 그녀들의 모습이 창문에 비치기만 해도 매료되는 그였지만 그날만큼은 모든 것이 공허했다.

사람들이 사는 세상으로 나간 첫 나들이가 이렇게 끝이 나는구

나. 대문을 열고 들어가면서 그는 생각했다. 움직일 때마다 날갯짓을 하는 듯한 미세한 소리가 들렸다. 마치 저 세상으로부터 불어온 산들바람이 몸을 휘감는 듯했다. 며칠 전 와지르의 집에서 느꼈던 죽음의 공포가 지금은 덤덤하게만 여겨졌다. 따분한 이 세상, 설사 그것을 잃는다 한들 그 때문에 괴로울 일은 없을 것 같았다.

그는 현관문을 열고 누가 뒤를 쫓아오는지 돌아보지도 않고 그냥 안으로 들어갔다. 내일이면 책상 위에 놓인 문서들이 나를 맞이하겠지. 그는 냉기 어린 방에 들어서며 생각했다. 내일이면 그는 시간과 사물의 논리 등이 전혀 다른 법칙에 따라 움직이는 이상한 세계에 가 있을 것이다. 그리고 그는 생각했다. 하루 휴가가 또 주어진다면 다시는 시내로 나가지 않으리라.

5장_ 문헌보관소

오전 휴식시간이 끝나 자리에 돌아오자마자 감독관이 마르크 알렘을 불렀다. 그는 소리를 내지 않기 위해 발끝으로 걸어서 감독관에게 다가갔다. 미처 가까이 다가가기도 전에, 감독관의 책상 위에 놓여 있는 문서가 자신이 아침에 제출한 문서라는 것을 알 수 있었다.

"마르크 알렘, 이 문서철에 포함된 꿈들 가운데 한 꿈에 대해 해석을 잘한 것 같네. (감독관이 문서철을 재빨리 넘겼다) 자, 이 꿈 말인데…… 내 생각으론 이것을 (그는 문서철에서 서류 하나를 뽑아 들었다) 좀더 자세히 분석했으면 하네. 괜찮다면 문헌보관소로 내려가서 이제까지 진행된 이런 유의 꿈에 대한 다른 해석들을 참조하는 것이 어떻겠나."

마르크 알렘은 자신의 꿈 해석을 하단에 적어넣은 그 문서를 잠시 살펴보다가 고개를 들어 감독관을 바라봤다.

"편한 대로 하게. 하지만 내가 말한 대로 하는 게 좋을 것 같네. 난 이 꿈이 중요하다고 생각하는데, 이런 경우에는 이전에 그런 꿈들을 어떻게 처리했는가를 참고하는 게 좋을 거라고 보네."

"물론입니다. 감독관님 말에 이의가 있는 것이 아니고……"

"자네 문헌보관소에는 가본 적이 없지?"

감독관은 그의 말을 자르며 물었다.

그는 고개를 끄덕였다. 감독관이 미소를 지었다.

"찾아가는 길은 어렵지 않네. 거기 가면 이런 일을 전담하는 사람들이 있을 거야. 자넨 참고하고 싶은 꿈이 어떤 것인지만 그들에게 얘기하면 되네. 특히 이번 경우는 아주 찾기 쉬울 거야. 왜냐하면 유혈 충돌이 있기 직전에 꾼 꿈들은 따로 한데 모아놓았거든. 장담컨대 자네가 시선만 맞춰도 사람들이 달려와 자네가 이 꿈을 더 정확하게 풀이할 수 있도록 도움을 줄 걸세."

감독관은 들고 있는 문서를 톡톡 치면서 말했다.

"잘 알았습니다."

마르크 알렘은 손을 뻗어 문서를 건네받으면서 대답했다.

"문헌보관소는 아래, 그러니까 지하에 있어. 가다보면 가는 길을 일러줄 사람이 있을 거야."

마르크 알렘은 조심스럽게 사무실을 빠져나왔다. 복도에 들어선 그는 어느 방향으로 갈지 정하기 전에 심호흡을 한 번 했다. 지난 경험으로 미루어볼 때, 일단 1층으로 내려가서 거기서 길을 찾아보는 것이 좋을 것 같았다.

그는 그렇게 했다. 그러나 청사 지하까지 내려가는 데 거의 반 시간이나 걸렸다. 이젠 어떡하지? 양쪽 벽에 희미하게 빛나는 등불이 달리고 천장이 둥근 길다란 복도에 혼자 남은 그는 막막했다. 근처에서 발소리가 들렸다. 그는 정체 모를 발소리의 주인공을 향해 걸음을 재촉했다. 그런데 상대의 발걸음도 덩달아 빨라졌다. 그는 멈췄다. 그랬더니 상대도 따라 멈췄다. 어이없게도 그 발소리의 주인공은 바로 자신이었다. 젠장, 이 빌어먹을 놈의 건물은 항상 이런 식이군. 다른 부서로 가는 길을 알려주는 안내판을 부착하는 데 얼마나 든다고 이러는 거야? 그렇게 생각하던 그는 갑자기 청사의 복도가 원형으로 만들어진 것이 아닐까 하는 의문이 떠올랐다. 그렇기 때문에 멀리서 누군가의 발소리를 듣고 다가가 보면, 자신의 발소리가 울리고 울려서 나는 소리이거나 다른 층에서 나는 다른 사람의 발소리인 경우가 왕왕 있었던 것이 아닐까. 그런데 이번엔 이상하게도 마음이 평온했다. 예전의 경험에 비추어보건대 어쨌든 빠져나갈 길은 있을 것 같았다. 이제 그는 이런 곤란한 지경에는 도가 튼 듯했다. 계속 걷던 그는 이 원형의 통로를 따라 조금 큰 다른 통로들이 나 있다는 것을 알았다. 하지만 더 곤란한 지경에 빠지고 싶지 않아 그 통로로 들어서지는 않았다. 반시간쯤 지났을까, 그는 아까 출발한 곳으로 되돌아온 듯했다. 마당 안의 말처럼 제자리에서 뱅뱅 도는군. 그는 잠시 멈춰 서서 크게 심호흡을 한 뒤 독한 마음을 먹고 앞으로 나아갔다. 이번에는 처음 맞닥뜨린 옆 통로로 들어섰다. 이내 그러기를 잘했다는 생각이 들었다. 얼마쯤 걸으니 벽에 문이 나 있었다. 좀더 걸어가니 또다른 문이 나왔다. 이곳이 신성한 문서들을 보관해두는 곳이로군. 그는 어느 쪽 문을 노크해야 할지 망설였다. 일단 더 걸어가보기로 했다. 양쪽 벽을 따라 문이 죽 나 있었다. 그는 그 가운데 한 문 앞에 가서 섰다. 이번에도 노크하기를 주저했다. 다음 문에서는 꼭 노크하리라 다짐했다. 하지만 다음 문 앞에 서자 그 결심은 온데간데없이 사라졌다. 어딘 줄도 모르고 아무 데나 불쑥 들어간다면 그런 실례가 또 있겠는가? 차라리 어느 한 곳의 문이 열리고 누군가 나오기를 기다렸다가 그에게 물어보는 것이 나을 듯했다. 그는 이러지도 저러지도 못한 채 우두커니 서 있었다. 누가 지나가다가 말뚝처럼 가만히 붙박여 있는 나를 보고 “당신, 거기서 뭐 해?” 하고 물으면 어떡하지. 죽겠군. 그는 다시 걸음을 옮기기 시작했다. 똑같은 상황의 반복이다. 처음 이곳에 발을 들여놓은 날부터 그는 가야 할 곳을 찾지 못해 통로를 헤매고 다니기만 한 것 같았다. 그런데 이런 빌어먹을 우유부단함은 또 뭐란 말인가! 에잇, 될 대로 되라지! 마음을 다잡은 그는 눈앞의 문을 다소 거칠게 두드렸다. 그러고는 노크하던 손을 얼른 뒤로 뺐다. 할 수만 있다면 노크를 무효로 하고 싶었다. 그러나 노크 소리는 문 저편으로 낭랑하게 잘도 울려퍼졌다. 잠시 기다렸다. 하지만 안에서는 아무런 소리도 들리지 않았다. 다시 마음을 다잡고 또 한번 노크를 한 뒤에 문 손잡이를 돌렸다. 그런데 문이 열리지 않았다. 문이 잠겨 있잖아. 괜히 쭈뼛거렸네. 그는 다른 문을 향해 움직였다. 이번에는 좀더 자신 있게 노크했다. 이 문도 잠겼군. 그는 다른 문들도 열어보았다. 모두 마찬가지였다. 지금 내가 어디에 와 있는 거지? 여기가 문헌보관소가 맞긴 한 건가?

짜증이 날 대로 난 그는 빠른 걸음으로 나아갔다. 그는 이유를 알 수 없는 노여움에 사로잡혀 금속으로 된 문 손잡이를 닥치는 대로 거칠게 잡아 돌렸다. 여전히 꼼짝도 않는 문에 화가 날 대로 나 문을 향해 발길질이라도 하고 싶은 심정이었다. 아무런 기대도 하지 않고 잡아 돌리던 문 가운데 하나가 갑자기 열리지 않았더라면 그의 발이 문을 향해 날아갔을지도 몰랐다. 어찌나 세게 밀었던지 그 관성으로 몸이 앞으로 튀어나갈 뻔했다. 재빨리 손잡이를 다시 잡고 문을 닫으려 했으나 너무 늦어버렸다. 문은 이미 활짝 열려버렸고, 얼빠진 표정을 한 인간이 무례하게 돌진해 들어오는 바람에 놀란 어떤 사람이 차갑게 그를 쏘아보고 있었다.

"거기 무슨 일인가?"

방 안쪽에서 누군가 물었다.

"죄송합니다. 정말 죄송합니다."

마르크 알렘은 뒤로 한 발 물러서며 말했다. 그의 이마에 땀방울이 맺혔다.

"샤힌 문헌관, 도대체 무슨 일이냐니까?"

안쪽에서 누군가 또 물었다.

"별일 아닙니다."

문헌관이라는 사람은 그렇게 대답하고는 이 불청객을 노려보면서 물었다.

"뭘 찾으십니까?"

당황해서 어쩔 줄 모르던 마르크 알렘은 호주머니 속에 집어넣었던 종이를 꺼내며 자신도 모를 소리를 중얼거렸다.

"저, 꿈 때문에 문서 열람을 하러 왔습니다. 그런데 제가 잘못 찾아온 것 같군요. 죄송합니다. 이곳이 처음이라서."

"잘못 찾아오지 않았네."

아까 들린 또다른 목소리의 주인공이 말했다. 마르크 알렘은 그제야 목소리가 서가 뒤쪽에서 나는 것임을 깨달았다. 어디서 많이 본 듯한 사람이 눈가에 웃음을 지은 채 모습을 드러냈다.

"아니, 선배님! 여기서 일하세요?"

타비르 사라일에서 근무를 시작한 첫날 오전 휴식시간에 휴게실에서 만난 사람이었다.

"그렇다네. 내 얼굴을 기억하나?"

부드러운 눈으로 그를 바라보면서 상대가 물었다.

"물론이죠. 그날 이후 다시 뵈었으면 했는데 그러지 못했죠."

"난 퇴근할 때 자네를 한 번 본 적이 있는데, 자넨 날 못 알아보더군."

"그랬나요? 제가 정신을 잘 팔고 다녀서요. 그때 뵈었으면 좋았을 텐데."

"안색이 별로 안 좋아 보이는군. 일은 어떤가?"

"좋습니다."

"여전히 선별부에 있나?"

"아니오. 해석부로 옮겼습니다."

"그래? 정말 빨리 출세했군. 축하하네! 정말 반갑군."

그는 놀라워하며 말했다.

"고맙습니다. 그런데 여기가 문헌보관소인가요?"

"그렇다네. 여기가 문헌보관소야. 자료를 열람하러 왔다고?"

그는 고개를 끄덕였다.

"내가 도와줌세."

문헌관은 아까 그 직원에게 뭔가를 속삭였다. 그러자 조금 전까지 차갑던 그의 시선이 호기심으로 반짝거렸다.

"어느 항목을 찾고 싶지?"

문헌관이 물었다.

마르크 알렘은 어깨를 으쓱하며 말했다.

"뭐라고 말해야 할지. 여긴 처음이라서요."

“도와줄 테니 걱정 마.”

“정말 고맙습니다.”

문헌관이 방을 나섰다. 마르크 알렘도 그의 뒤를 따랐다.

“언젠가 다시 만나리라 생각했지.”

복도를 같이 걸으면서 문헌관이 말했다.

“그런데 휴게실에선 선배님을 다시 뵐 수 없더라구요.”

“그렇게 사람들이 우글대는 곳에서 어떻게 나를 찾을 수 있었겠나?”

그들은 발을 맞춰 걸었다.

“이곳 문헌보관소도 휴게실만큼 넓은 것 같아요.”

마르크 알렘은 그들이 가고 있는 통로에 직각으로 나 있는 다른 수많은 통로들을 머리로 가리키며 말했다.

“맞아. 이곳은 그야말로 미로나 다름없지. 여차하면 길을 잃기 십상이라고.”

“선배님을 만나서 정말 다행입니다. 선배님이 없었으면 어떻게 했을지 모르겠어요.”

“다른 직원이 도와줬겠지.”

그가 앞장을 섰고, 적당한 감사의 말을 찾지 못해 끙끙대는 마르크 알렘이 그 뒤를 따랐다.

“그럼, 자넬 도와줄 다른 사람들이 있고말고.”

그는 다시 한번 말했다.

"특별히 자네에게 문헌보관소 전체를 보여주도록 하지."

"정말입니까? 하실 일이 많을 텐데 괜히 폐를 끼치는 게 아닌지 모르겠군요."

그렇게 말하면서도 마르크 알렘은 그에 대한 고마움으로 어쩔줄 몰라했다.

"괜찮네. 친구를 위해 이 정도의 일을 해줄 수 있다는 건 나로서도 기쁜 일이지."

마르크 알렘은 뭐라 말해야 할지 몰랐다.

"실제 삶과 비교해서 타비르 사라일을 수면(睡眠)이라고 한다면, 문헌보관소는 타비르라는 수면 속에 내재한 더 깊은 수면이라고 할 수 있어."

문헌관은 문을 열면서 말했다. 마르크 알렘은 그를 따라 천장까지 서가가 들어찬 타원형의 방으로 들어섰다.

"이런 방이 수십 개나 되지." 문헌관은 손가락으로 서가를 가리키며 말했다. "저기 문서철들이 보이지? 수천 개 혹은 수만 개가 될 거야."

"모두 가득 차 있나요?"

"물론이야." 다시 밖으로 나오면서 문헌관이 대답했다. "각 방에 들어가서 자네 눈으로 직접 확인하도록 하게."

그들은 좁은 복도로 들어갔는데 바닥이 마르크 알렘 쪽으로 약간 기울어져 있었다. 복도는 자체의 등불 없이 멀리 떨어진 원형 복도에 달린 등불에 의지하고 있었으므로, 다른 곳보다 훨씬 더 어두웠다.

"여기야. 세상의 모든 것이 여기 다 있지." 문헌관은 걸음을 늦추며 말했다. "무슨 말인가 하면, 어느 날 지구가 이곳만 빼고 다른 행성과 부딪쳐 사라져버리거나 가루가 되거나 증발해버리거나 혹은 깊은 심연 속으로 잠긴다면, 여기에 있는 자료만으로도 지구가 어떤 곳인지 충분히 알 수 있다는 말이야. (그는 자신의 말이 상대에게 어떤 파장을 미치는가를 보기 위해 고개를 돌려 마르크 알렘을 바라봤다.) 무슨 말인지 알겠나? 세상의 모든 역사서와 백과전서 그리고 경전 등을 모아놓는다 한들, 그리고 모든 대학과 도서관을 한데 모은다 한들 이곳 문헌보관소만큼 이 세계의 진실을 집약적으로 보여주는 곳은 없다는 말이야."

"그런데 그 진실이란 것이 다소 왜곡된 것은 아닌가요?"

마르크 알렘이 다소 대담하게 물었다.

문서관이 미소를 짓는 모습을 옆에서 보니 정면에서 바라볼 때보다 냉소적인 느낌이 강하게 풍겼다.

"우리가 눈을 크게 뜨고 바라보는 것이 왜곡되지 않았다고 누가 장담할 수 있겠나? 그리고 이곳에 기록된 것이 세상의 진정한 본질이 아니라고 누가 말할 수 있겠나? (문헌관은 어느 문 앞에서 걸음을 멈췄다.) 자네는 노인들이 '아, 인생은 한낱 꿈인 것을'이라고 말하는 것을 들어본 적이 있나?"

그는 문을 열고 먼저 안으로 들어갔다. 길쭉하게 생긴 서고였다. 다른 곳과 마찬가지로 천장 높이까지 문서철로 꽉 찬 서가가 벽을 따라 들어서 있었다. 빈자리가 없어서인지 바닥에 그냥 놓여 있는 문서 꾸러미도 있었다. 두 사람은 안쪽 서가로 다가갔다.

"자네가 담당한 꿈이 어떤 내용이라고 했지?"

문헌관이 물었다. 마르크 알렘은 호주머니에서 꼬깃꼬깃 접은 종이를 꺼냈다.

"많은 인명 피해를 동반한 전쟁에서 패한다는 것을 예지하는 꿈이에요."

"그렇다면 대학살 직전에 꾼 꿈 항목에서 찾아봐야겠군. 그건 다른 칸에 있어. (문헌관은 자신의 왼쪽을 가리켰다.) 그런 꿈은 '비관적 부류'의 꿈 항목에 있어. 그 반대편에는 '낙관적 부류'의 꿈 항목이 있지."

마르크 알렘은 도대체 무엇을 기준으로 항목을 구분한 것인지 물어보고 싶었으나 차마 그러지 못했다. 그는 서가의 좁은 통로를 요리조리 잘도 빠져나가는 문헌관의 뒤만 쫓아갔다. 문헌관은 문서의 무게로 가운데가 휜 서가 앞에 멈춰 섰다.

"여기는 혹독한 겨울날씨 때문에 고생하는 사람들이 꾼 세상의 종말에 관한 꿈을 모아놓은 곳이라네."

그는 가운데가 휜 서가를 다시 펴려는 듯 손으로 그것을 만지작거리더니 마르크 알렘을 향해 돌아서며 말했다.

"이따금 문헌보관소에 내려오는 해석관들을 보면 대개 거만하고 짜증도 곧잘 부리지. 그런데 자넨 내 마음에 들어. 자넨 남을 배려할 줄 알아. 그런 자네에게 이 모든 것을 보여줄 수 있어서 기쁘네."

"정말 고맙습니다."

길쭉한 서고는 아주 낮은 문을 통해 옆의 서고와 연결되었다. 케케묵은 종이에서 나는 냄새가 점점 더 코를 찔러왔다. 숨쉬는 것조차 쉽지 않았다.

"사자의 부활에 관한 꿈 항목을 보관하는 서가야. 알라 신이시여, 굽어살피소서. 정말 끔찍한 곳이지. 자, 좀더 들어가보세. 여기는 땅과 하늘이 뒤죽박죽돼 있는 혼돈의 항목 서가야. 그 다음은 생사(生死) 혹은 사생(死生) 항목이고…… 뭐 어떻게 부르든 상관없네. 그리고 여긴 여자들의 인생 설계에 관한 꿈 항목 혹은 남자들의 인생 설계 항목이고. 좀더 들어가야겠군. 여긴 성애(性愛)에 관한 꿈 항목이야. 이 항목의 꿈들은 이 방 전체도 모자라 다음 방까지 꽉 차 있어. 그 다음은 경제난, 화폐가치 하락, 부동산 시세, 은행, 파산과 같은 꿈들이 모여 있는 곳이야. 자, 여긴 음모와 관련된 꿈들이 있어. 사전에 발각된 쿠데타 음모와 정부를 전복하고자 하는 내용의 꿈들을 모아놓은 곳이지."

문헌관의 목소리가 점점 아득해졌다. 특히 다른 서고로 이어지는 통로를 지날 땐 그의 말소리를 제대로 알아들을 수가 없었다.

궁륭의 천장 때문에 소리의 울림이 심했던 것이다.

"이제에에에엔…… 보게 될 거야아아아…… 예속에 관한 꿈 항목 서가지이이이……"

문이 삐걱거릴 때마다 마르크 알렘은 등골이 오싹했다.

"오스만 제국의 통치를 받기 시작하던 초기에 수집된 꿈들이야." 문헌관은 관련 서가를 가리키며 말했다. "이 꿈들을 오스만 제국의 통치가 더욱 공고해진 다음의 꿈들과 구분하기 위해 예속 초기의 꿈이라고 부르기도 하지. 그 두 항목의 꿈들은 서로 아주 다르다네. 연애 초기의 감정과 말기의 감정이 다르듯이 말이야. 여기서부터 이 서고 끝까지는 몽상류의 꿈들이 분류돼 있어."

몽상류의 꿈이라. 이 지옥과도 같은 곳을 얼마나 더 헤매고 돌아다녀야 할까? 마르크 알렘은 서가에서 눈을 떼지 못한 채 속으로 불만을 터뜨렸다.

"어제 핵심몽 담당관들이 여기 내려와 밤새 자료를 찾다 갔어." 그는 목소리를 낮춰서 말했다. "이곳은 최근 '국가적 부활'을 부르짖는 사람들의 꿈을 필두로 대재앙에 관한 꿈들을 모두 모아놓은 곳이기 때문에 그들이 여기로 자료를 찾으러 왔다는 것은 그리 놀랄 일도 아니야. 그런데 자네도 알다시피 그 부활이란 것은 죽은 자가 살아나는 것을 말하는 것이 아니라 국가 자체의 부활을 의미하지. 이런 말은 감히 입에 담을 수도 없는 거야. 유혈 충돌 직전에 꾼 꿈 항목이라고 말했지?"

"네, 그렇습니다."

"여기 있군그래. 주로 대전투 직전에 꾼 꿈들을 모아놓은 것이야. 그중에는 케르크 킬리 전투 그리고 티무르와 치른 바야지트 옐드렘 전투와 같이 새벽녘에 치른 전투가 있어. 그리고 두 차례의 헝가리 원정도 있다네."

"코소보 전투도 있나요?"

마르크 알렘은 아주 작은 목소리로 물었다. 문헌관은 고개를 들었다.

"그러니까…… 내 기억이 분명한지는 모르겠지만, 1389년에 발칸 연합과 치른 첫번째 전쟁을 말하는 건가?"

"네, 맞습니다."

"여기 어딘가에 있을 거야. 잠깐만."

그는 돌아서더니 문서철의 무게로 가운데가 휜 서가들 사이로 사라졌다. 서고의 담당자를 찾으러 간 것이 분명했다. 잠시 후 그가 서고 담당자와 함께 나타났다.

"이곳엔 그 전투와 관련해서 그 전날 꾼 꿈이 약 칠백 개 정도 보관돼 있다네."

문헌관은 마르크 알렘과 서고 담당자를 번갈아 쳐다보면서 말했다. 수척한 얼굴의 서고 담당자는 문헌관의 말에 고개를 끄덕였다.

"그보다 더 많을 겁니다. 여기저기 흩어져 있는 것도 있어서 말

202

이죠. 게다가 미완 상태인 꿈들도 많아요. 아마도 새벽 일찍 서둘러 옮겨적느라 그렇게 된 것으로 보입니다만.”

담당자는 가느다란 목소리로 말했다.

“그렇습니까?”

마르크 알렘은 놀라움을 감추지 못했다. 그는 가족들이 이 비극적인 전투에 관해 얘기하는 것을 자주 들었다.

“핵심몽 선정 역시 급히 서둘러 이루어졌다고 해요. 그것을 동이 트기 전에 술탄의 처소에 가져가야만 했으니까요.”

“핵심몽을 가릴 시간이나 있었을까요?”

마르크 알렘은 어이가 없어서 물었다.

“당연히 있었겠죠. 그렇지 않고서야 핵심몽을 가려낼 수 있었겠어요?”

“그 핵심몽이 여기에 있나요?”

“아니오. 그건 다른 핵심몽들과 함께 핵심몽 서고에 있어요.”

“거기도 가볼 수 있을 테니 너무 걱정 말게.”

문헌관이 끼어들어 말했다.

“제가 그 핵심몽에 대해 간단히 설명할 수는 있습니다만. 물론 관심이 있으시다면요.”

담당자가 좀더 기어들어가는 목소리로 말했다.

“그야 물론이지요!”

문헌관은 그를 잠시 바라보더니 알았다는 듯 시선을 떨궜다.

그의 눈은 너 같은 쿠프릴리 가 사람이 어떻게 거기에 관심이 없을 수 있겠느냐고 말하는 듯했다.

"한 병사가 꿈속에서 전사한 지 얼마 되지 않은 전우를 보았답니다. 그 전우는 경사면 뒤에서 이렇게 말하면서 그에게 오라고 손짓하더랍니다. '너 혼자 거기서 뭐 하냐? 지루하지도 않냐? 여기 와서 우리랑 어울리지 않을래? 우리는 다 이쪽에 와 있어.' 그 꿈은 피비린내 나는 하루를 예고하는 것이었어요. 실제로 그렇게 됐고요."

담당자의 목소리는 무덤 속에서 흘러나오는 듯했다.

"예사로운 꿈이 아니었어. 발칸 반도 전체가 잿더미가 됐으니까."

문헌관이 옆에서 거들었다.

마르크 알렘은 두 사람의 얼굴을 번갈아 쳐다보았다.

"다섯 세기나 지난 지금도 발칸 지역 사람들은 그 전투에 대한 꿈을 꾸곤 한답니다. '비관적 부류' 항목을 담당하고 있는 제 동료가 그 이야기를 해주더군요."

"그럴 만도 해."

문헌관은 그렇게 말하면서 마르크 알렘에게서 시선을 떼지 않았다.

"그에 관한 최근의 꿈들을 보여드릴까요?"

담당자가 물었다.

"아냐, 지금은 됐네." 문헌관이 마르크 알렘을 돌아보며 말했다. "좀 있다 다시 오면 되지 않겠나? 먼저 문헌보관소를 전부 둘러본 다음에 여기로 와서 자네가 원하는 자료를 실컷 보도록 하게."

"그러죠."

마르크 알렘이 동의했다. 그들은 다시 복도로 들어섰다. 아니나 다를까 문헌관의 목소리가 또 메아리쳐 울렸다.

"이제에에엔…… 고대애애애…… 투르크인들의…… 꿈이야아아아……"

"뭐라고 하셨습니까?"

통로를 지나 문헌관의 목소리가 제대로 들리기 시작하자 마르크 알렘이 물었다.

"고대 투르크인들의 꿈이라고. 이 제국을 건설한 사람들의 초창기 꿈이지. 고대의 꿈이라고 부르기도 해."

"그게 지금까지 남아 있어요?"

"오래된 벽화를 보존할 수 있듯이 그것도 보존할 수 있지. 자, 이 문서철에 그것들이 들어 있다네."

마르크 알렘은 서가 사이로 아무 소리 없이 나타난 아까 그 담당자에게 목례를 했다.

"많지는 않지만, 그렇기 때문에 더 귀한 자료라네." 문헌관은 계속 말을 이어나갔다. "그런데 여기저기 훼손된 상태로 전해졌기 때문에 알 수 있는 것이 별로 많진 않다네. 그것을 복원하기 위해 지속적으로 노력했지만, 오래된 프레스코화처럼 아무런 관계가 없는 것들이 짜깁기된 형국이었어. 그렇다고 그것의 신성한 가치가 훼손되는 것은 아니야. 왜냐하면 그것은 제국의 기초를 세우는 데 일조했기 때문이지. 해석관들은 자료 열람을 하러 여기에 자주 내려온다네. 과거엔 꿈을 어떻게 해석했는지 보고 실마리를 찾기 위해서지. 그렇지 않나, 파우줄?"

그는 서고 담당자를 향해 물었다.

"맞습니다. 엊저녁만 해도 몇 사람이 내려와 늦게까지 있다가 갔죠."

"우리 부서의 해석관들이 말인가요?"

마르크 알렘이 물었다.

"아니, 핵심몽 담당관들요. 거기서 일하시지 않나요?"

마르크 알렘은 얼굴이 빨개졌다.

"아닙니다. 전 해석부에서 근무해요."

"어제는 핵심몽 담당관들이 여기저기 눈에 많이 띄던데."

문헌관은 왠지 의미심장한 목소리로 말했다. 그는 서고 담당자를 향해 말했다.

"고맙네, 파우줄."

그가 앞장서서 나아갔다.

"아무리 복원을 한다 한들 이 고대의 꿈의 실체를 정확히 파악하기는 어려울 거야." 문헌관은 마르크 알렘에게 다시 말을 걸었다. "고대의 꿈을 몇 편 직접 보긴 했지만 도대체 무슨 소린지 모르겠더라고. 마치 무엇을 형상화했는지 알 수 없는 태피스트리를 보는 듯했어. 그런데도 해석관들은 거기에 머리를 묻고 세월아 네월아 매달려 있다니까. (문헌관은 혼자 웃음을 터뜨렸다.) 장담컨대 그들은 결코 그 꿈들을 이해할 수 없을 거야. 숨겨진 의미를 찾는답시고 쓸데없이 머리를 쥐어뜯는 시늉을 할 뿐이지. 실상 그들의 머릿속을 들여다보면 집안 걱정이나 월급 불평 또는 내가 모르는 기타 다른 일들로 복잡할 거야. 아, 핵심몽 서고에 다 왔군……"

마르크 알렘은 그가 독사의 소굴을 보여주기라도 한 듯 등골이 오싹했다. 물론 이 독사들은 이미 오래 전에 독을 내뿜은 것들이었지만. 하지만 그렇다 해서 그것들이 덜 무서워 보이진 않았다.

"전부 약 사만 개 정도 될 거야."

문헌관은 이렇게 말하고는 "알라 신이시여!" 하고 외쳤다. 마르크 알렘 역시 한숨을 내쉬었다.

"그럼 이제 술탄의 꿈들을 보러 가도록 하지."

마르크 알렘은 그 서고가 각별히 웅장할 것이라고 생각했다. 하지만 들어가보니 다른 서고와 별 차이가 없었다. 서가 및 다른 모든 것이 다른 서고와 차이가 없었으며, 차이라고 한다면 보관된 문서철 겉면에 술탄의 국새가 찍혀 있다는 것뿐이었다. 문서

마다 술탄의 이름이 적혀 있었다. 술탄 무라드 1세의 꿈 문서, 술탄 바예지드의 꿈 문서, 술탄 메메드 2세의 꿈 문서, 위대한 술탄 쉴레이만의 꿈 문서 등. 이런 식으로 계속되었다.

"이 문서철은 술탄의 명령이 있어야만 열어볼 수 있다네." 문헌관이 속삭였다. "누구라도 그 명을 어겼다간 목이 달아나게 되지." 그는 손으로 목을 긋는 시늉을 해보였다.

그들이 다음으로 간 곳은 예수쟁이와 정신병자들의 꿈(맨 마지막 서고에 보관돼 있었다)을 모아놓은 곳이었다. 예수쟁이들의 꿈은 심한 속박감과 불안(이 부분은 서고를 세 개나 차지하고 있었다), 그리고 환각을 보여주고 있었다.

"자, 이제 문헌보관소가 어떤 곳인지 감 잡았겠지."

마지막 서고를 나서면서 문헌관이 말했다.

마르크 알렘은 연민을 간청하는 눈빛으로 그를 바라봤다. 그들은 코소보 전투에 관한 꿈 문서가 있는 서가로 돌아왔다. 거기서 그들은 헤어졌다.

"다 보고 나면 원형 통로가 있는 곳까지 이 복도를 따라 나가게나. 일단 원형 통로에 도착하면 어느 방향으로 가든 상관없네. 어떻게 가든 자네 사무실로 올라가는 계단이 나올 테니까."

서고 담당자는 그에게 작은 의자를 권하고 그가 관심을 두고 있는 문서를 그 앞에 가져다주었다. 마르크 알렘은 뻣뻣한 재질의 오래된 문서를 떨리는 손으로 한 장씩 넘겼다. 재질을 보니 이미 오래 전부터 사용하지 않는 종이였고 여기저기 얼룩이 져 있었다. 잉크도 바래서 어떤 부분은 글씨를 알아볼 수 없을 정도였다. 갑자기 누가 도끼로 내려친 것처럼 머리에 심한 통증이 느껴졌다. 눈앞이 어른거렸다. 그는 잠시 눈을 감고 눈의 피로를 푼 뒤 다시 눈을 떴다. 그리고 천천히 문서를 읽어나갔지만, 내용이 머릿속에 들어오지 않았다. 무언가 자꾸 그의 머릿속에서 문서의 내용을 밀어내고 있었다. 조금 전에 문헌관과 복도를 지날 때 그의 말소리가 울려서 제대로 알아들을 수 없었던 것처럼, 무엇인가가 자꾸 텍스트의 내용을 흔들어놓고 있었다. 그럴수록 그는 굴하지 않고 문서의 내용에 온 신경을 집중했다. 표현이 고어체인데다 모르는 단어가 많았다. 특히 문장의 어순이 자연스럽지 않았다. 모든 것이 제각각이었다. 그래도 이렇게 문서를 볼 수 있다는 게 어딘가. 5백 년 이상 된 이런 고문서를 보는 것은 처음이었다. 띄엄띄엄이나마 차츰 문서의 내용을 해독할 수 있게 되자 자신감이 생겼고, 점점 더 읽기가 수월해졌다. 꿈에 관한 대부분의 기록들은 두세 줄 정도로 아주 짧았으며 개중에는 한 줄짜리도 있었다. 그래서인지 생각보다 내용 파악이 그리 힘들지 않았다. 그렇더라도 기록 하단에 해석이 첨부돼 있지 않았다면 읽는 데 시간이 만만치 않게 걸렸을 것이다.

신기하게도 마르크 알렘은 더이상 눈의 피로를 느끼지 않았다. 그의 두 눈은 이미 오래 전부터 사용하지 않는 문자에 익숙해졌다. 그러자 이상하게만 보이던 어순도 관심을 갖고 다시 보게 됐다. 서서히 그는 때론 함축적이고 때론 일부가 잘려나간 구절들을 통해 그 안으로 빠져들기 시작했다. 그가 가본 적이 없는 북부 알바니아의 코소보 평원이 그의 상상 속에서 몽환적이고 흐릿한 모습으로 펼쳐졌다. 마치 잠에 빠진 수백 개의 뇌가 하나의 이미지를 동시에 품고 있는 듯한 형상이었다. 그런데 그것으로는 불충분했는지 안개에 싸인 공허한 이미지들에 덧붙여 그것들을 더욱 비현실적으로 만들어버리는 해석이 첨부되어 있었다. 그럼에도 불구하고, 그 운명의 날이 밝아오기 전 꿈을 꾼 사람들과 그 꿈들을 급하게 기록해야 했던 사람들 사이에 형성된 공통된 불안감 때문이었는지, 잠자고 있는 수백 명의 머릿속에서 만들어져 짜깁기된 이 영상은 기이한 통일성을 보여주고 있었다. 아직 동이 트기 전 평원은 이슬에 덮여 축축했지만, 병사들의 꿈속에서 그곳은 거대한 피바다로 변했으며 수위는 점점 높아져 황혼녘이 되면서 검붉게 변하고 있었다. 새롭게 흐르는 핏줄기가 아주 오래된 늪지로 흘러들어 점차 그 선홍빛을 잃어가고 있었는데, 아직 평원의 피바다와는 섞이지 않은 상태였다. 꿈은 황혼 무렵이 되어 전투가 끝나는 것으로 이어졌다. 발칸인들이 패배했다. 그런데 승리의 기쁨을 만끽하던 술탄이 죽었다. 장면은 살해된 술탄의 시신을 옮겨놓은 천막 안으로 바뀌었다. 술탄의 죽음을 병사들에게는 일절 함구한 상태였고, 서로 의견이 맞는 와지르들이 모였다. 그들은 술탄의 두 아들 가운데 하나인 자쿠브 첼레비를 찾아오라고 전령을 보냈다. 전갈 내용은 "위대하신 아바마마께서 급히 부르십니다"였다. 아버지가 부른 줄 알고 천막으로 들어온 왕자는 왕자들간의 왕위 다툼을 우려한 와지르들이 내려친 도끼에 맞아 비참한 최후를 맞이했다.

마르크 알렘은 눈에 뭐라도 낀 것처럼 눈을 부볐다. 사람들은 꿈속에 진실의 실마리가 스며 있다고 하는데, 그렇다면 사람들이 거기서 밝혀내려고 했던 진실이란 무엇인가? 게다가 꿈과 현실 사이에 분명한 차이도 없고 이 평원과 연관된 모든 것, 지형과 기후적 사실, 역사적 사건, 실제 증언이 서로 뒤섞여 있었다. 이승을 떠나기 직전 단말마 상태에 놓여 있던 30만 발칸 병사의 무구한 혼들이 대지를 거세게 몰아치는 거대한 눈보라로 변했다. 무엇 때문에 위대한 술탄은 그 혼들과 함께 도망이라도 치려는 듯 거센 눈보라가 몰아치는 곳을 그렇게 넋놓고 달려갔을까? 기록에 따르면 근위병 셀림은 꿈속에서 이렇게 외쳤다고 한다. 폐하, 어디로 가시나이까? 멈추시옵소서! 잠에서 깬 셀림은 그 꿈을 보고하기 위해 서둘러 달려갔다. 좀더 읽어보니 유혈이 낭자한 자쿠브 첼레비 왕자가 갈기 없는 말의 형상으로 평원을 가로질러 달리는 장면이 나왔다. 그리고 다시 한번 피의 웅덩이, 여름, 겨울, 혼재된 계절이 등장했다. 그리고 평원에는 비와 해가 동시에 나고, 눈이 내리는데 초록이 우거지고, 꽃이 피는 와중에 겨울의 황량함이 펼쳐졌다. 평원을 덮고 있는 피를 씻어내기 위해서는 몇 주, 아니 몇 달은 비가 와야 할 것 같았다. 평원에 뿌려진 고통을 감싸기 위해 모든 것을 하얗게 뒤덮을 눈이 와야 할 것 같았다. 그러나 이듬해 봄이 찾아오자, 투명하게 맑은 시냇물이 흐를 줄 알았는데, 겨우내 내린 눈에 생채기라도 나 있었던 듯 흐르는 시냇물을 따라 피의 웅어리들이 흐르고 있었다. 오, 알라 신이시여! 여름이든 겨울이든 계절을 막론하고 바람이 불고 보슬비가 내리는 북부 알바니아의 코소보 평원이라니.

갑자기 마르크 알렘은 그날 저녁 와지르 외삼촌 댁에서 열리는 만찬 연회에 어머니와 함께 초대받은 것이 생각났다. 저녁 식사도 하고 발칸 지역에서 음유시인들을 초대해 그들의 노래도 듣는 집안의 전통 행사였다. 그 자리에는 보스니아 출신의 음유시인들뿐 아니라 쿠르트 외삼촌이 예외적으로 초대한 알바니아 출신의 음유시인들도 참석할 예정이었다.

마르크 알렘은 문서철을 덮고 일어났다. 너무 많은 것을 읽어서인지 아니면 위층보다 지하에서 더 심하게 풍기는 석탄 냄새 때문인지 머리가 아팠다. 그는 서고 담당자에게 목례를 하고 그곳을 빠져나왔다. 그의 발소리가 복도를 울렸다. 몇시나 됐을까? 어림 짐작도 되지 않았다. 점심시간일까, 한낮일까, 아니면 저녁일까. 순간 그는 걱정이 되었다. 만찬에 늦으면 어떡하지? 하지만 이내 그는 안도했다. 시간이 그렇게 빨리 흘렀을 리 없기 때문이

212

었다. 그는 헤아릴 수 없이 많은 꿈을 기록한 문서들이 보관된 서고들이 자리하고 있는 침묵의 벽에 둘러싸인 채 오늘 저녁 식사는 저기 머나먼 구름 속, 어느 딴 세상에서 치러지는 식사가 아닐까 하고 생각했다. 눈꺼풀이 천근이나 되는 듯 느껴졌다. 무슨 일이지? 무슨 일로 사지가 나른해지는 거지? 등골이 오싹했다. 하지만 '석탄 냄새 때문일 거야' 라고 생각하면서 이내 스스로를 안심시켰다. 그러나 아까 서고 담당자가 한 말이 머릿속에서 메아리쳤다. '너 혼자 거기서 뭐 하냐? 지루하지도 않냐? 여기 와서 우리랑 어울리지 않을래? 우리는 다 이쪽에 와 있어.'

마르크 알렘은 원형 복도로 속히 나아가기 위해 걸음을 재촉했으나 가도 가도 복도는 나타나지 않았다. 앞으로 나아갈수록 정신이 점점 더 혼미해지는 듯했다. 아무도 없는 이 복도에서 쓰러져 정신을 잃으면 어떻게 될까? 또 한번 눈꺼풀은 납덩이를 매달아놓은 듯 감기기 시작했다. 무엇 때문에 내가 여기에 내려왔을까? 그는 걸음을 재촉했다. 이젠 거의 뛰기 시작했다. 뛰는 소리가 메아리쳐 울리면서 그를 더욱 섬뜩하게 만들었다. 자면 안 돼! 그는 자신에게 다짐했다. 안 돼, 잠의 덫에 빠져서는 안 돼!

복도와 복도가 만나는 데서 갑자기 어떤 사람과 맞닥뜨리지 않았다면 얼마나 더 그렇게 미친 듯 달렸을지 알 수 없었다.

"무슨 일입니까?"

경계하는 듯한 목소리로 그 남자가 물었다.

"별일 아닙니다. 그런데 출구가 어디죠?"

마르크 알렘이 물었다.

"얼굴이 하얗게 질려 있군요. 무슨 일이 일어났는지 알고 있나요?"

"무슨 말씀인지? 전 그저 출구를 찾고 있는데요."

"전 당신이 무슨 소식을 들었나 해서 물어본 거예요. 얼굴이 잿빛이길래."

"석탄 때문일 거예요."

"당신을 보면서 어떤 생각이 들었냐 하면……"

"나가는 곳이 어디죠?"

"이쪽이에요."

마르크 알렘도 그에게 되쏘아주고 싶었다. 당신도 뭔가에 질린 표정인데, 왜 남의 얼굴을 갖고 그러는지 모르겠군요. 그러나 단일 초도 거기서 지체하고 싶은 생각이 없었다. 되도록 빨리 이곳에서 벗어났으면 좋겠군. 이 구덩이에서 벗어날 수 있다면 더 바랄 것이 없었다.

마침내 계단을 찾았다. 그는 세 칸씩 네 칸씩 건너뛰면서 계단을 올라갔다. 단숨에 1층까지 올라왔다. 무슨 소리가 들리는 듯했다. 뒤를 돌아보니 놀랍게도 긴 외투 차림의 무리가 복도 저쪽으로 사라지고 있었다.

2층으로 올라가니 음산한 표정의 또다른 무리가 있었다. 복도

저편에서 또다른 발소리가 들렸다. 왜 이렇게 오가는 사람들이 많지? 순간 그는 문헌보관소 복도에서 마주친 남자가 생각났다. 꿈의 궁전 안에서 무슨 일이 일어나고 있다는 느낌이 들었다. 그는 서둘러 해석부로 발걸음을 옮겼다. 창가에 어둑한 기운이 드리워지는 것으로 보아 날이 저물고 있었다.

"도대체 어디 가 있었던 거야? 하루 종일 코빼기도 보이지 않고 말야."

옆자리의 동료가 물었다.

"문헌보관소에 가 있었어요."

동료는 눈을 동그랗게 떴다. 그가 마르크 알렘 옆자리에서 일을 한 지는 딱 일 주일밖에 되지 않았지만, 마르크 알렘은 그가 말해서는 안 되는 위험한 내용의 정치적 사안들에 깊은 호기심을 갖고 있으며, 위험한 것에 쾌감을 느끼는 인간이라는 결론을 내린 바 있었다. 그런 인간이 마르크 알렘이 쿠프릴리 가 사람이라는 것을 모르는 게 오히려 이상할 지경이었다.

"무슨 일이 난 것 같아. 무슨 냄새가 나지 않나?"

그는 마르크 알렘이 있는 왼쪽으로 몸을 바싹 기울인 채 말했다. 마르크 알렘은 고개를 으쓱했다.

"복도가 좀 술렁이긴 했어도 별다른 것은 못 느꼈는데요."

그는 그 정도에서 말을 거두었다.

"부장이 세 번이나 불려갔어. 세 번이나 말이야. 돌아온 부장의 얼굴을 보니 사색이 다 됐더라고. 그리고 조금 전에 네번째로 불려갔는데 아직 돌아오지 않고 있어."

"정말 무슨 일이 일어난 걸까요?"

"그렇지 않고서야 이럴 수가 있겠어? 분명히 뭔가 있어."

마르크 알렘은 문헌보관소에서 마주친 질린 얼굴의 남자에 대해 얘기할까 생각했지만 새롭게 수군댈 거리만 만들어주는 것 같아 그만두었다. 어젯밤 늦게까지 핵심몽 담당관들이 문헌보관소에서 뭔가를 찾고 있었다는 문헌관의 이야기가 떠올랐다. 무슨 일이 일어난 것이 틀림없었다.

"뭔 일이 나도 날 거야."

옆자리의 동료가 소곤거렸다. 다른 사람들의 시선을 의식해서인지 그는 마르크 알렘을 향해 고개도 돌리지 않고 자신이 소곤거리는 소리가 제 방향을 찾아가도록 옆으로 입술만 비죽 내민 채 말했다.

"직원에 대한 파면 조치에서부터 꿈의 궁전 전체를 폐쇄하는 일에 이르기까지 모든 일이 일어날 가능성이 있다고 봐."

"타비르 사라일을 폐쇄한다구요?"

"그러지 말라는 법이라도 있어? 복도를 오가는 수상한 사람들하며, 이렇게 술렁거리니 말야. 내가 여기에 수년째 근무하다보니 이곳이 돌아가는 사정을 좀 알지. 그런데 오늘 같은 경우는 전혀 감을 못 잡겠어. 뭔가 사단이 나도 크게 난 거야."

"타비르가 폐쇄된 적은 없지 않아요?"

마르크 알렘이 떨리는 목소리로 물었다.

"음, 질문 한번 잘했어." 그는 입술을 거의 떼지도 않고 중얼거렸다. "그런 일이 일어나면 우리 모두 좋을 게 없어! 한때 술탄이 모든 꿈 해석 작업을 중단하라는 특별 포고령을 내렸던 위기의 시절이 있었어. 그런 일은 아주 예외적이지. 극히 드문 일이었어. 무슨 말인지 알겠어? 그렇게 되자, 다룰 수 있는 꿈은 오직 술탄의 꿈뿐이었어. 타비르 사라일은 초상집 분위기였지. 직원들이 유령처럼 기다란 복도를 배회하는 모습이 마치 폐가를 연상시켰어. 모든 것이 사그라들기 직전이었지. 모든 열정을 잃은 사람들은 그저 타비르가 폐쇄되기만을 기다렸어. 초상집에서 폐가로 바뀌는 것은 시간 문제였다네."

명치에서부터 목구멍으로 불안의 덩어리가 밀려 올라오는 듯했다. 혼란스러운 가운데 마르크 알렘은 와지르가 한 말을 떠올렸다. 자신의 생각을 구체적으로 이야기하려고 하지는 않았지만, 그가 말한 혹시나 일어날지도 모른다는 일이 바로 이런 것인가? 옆에서는 계속 뭐라고 떠들었지만, 마르크 알렘은 그냥 흘려들을 뿐이었다. 관자놀이가 터질 듯 경련을 일으켰으며, 머릿속은 뭐라 말하기도 어려울 정도로 혼란스러웠다. 이처럼 타비르 사라일에 관한 얘기를 계속 듣다보니, 혼란하기 그지없던 와지르와의 최근 만남을 돌이켜보건대, 꿈의 궁전에서 일이 좋지 않게 돌아갈수록 쿠프릴리 가에게는 좋은 일이라는 것을 이해할 듯했다. 그렇다면 그날의 일이 타비르에게 치명적일수록 오히려 기뻐할 거리가 생긴 셈이었다. 그런데 꼭 그런 것만은 아니었다. 그는 자신을 둘러싸고 있는 정체를 알 수 없는 무엇 때문에 기뻐하기는커녕 오히려 불안할 뿐이었다.

그는 옆자리의 동료가 소곤거리는 소리에 귀를 열어놓고는 있었지만, 무슨 말인지는 하나도 알아들을 수 없었다. 결국 옆자리 동료는 혼자 떠드는 꼴이 되고 말았다. 마르크 알렘은 어린 시절 할머니와 나눈 대화가 기억났다. 할머니, 왜 그렇게 큰 소리로 혼잣말을 하세요? 마르크 알렘의 물음에 할머니는 대답했다. 아가야, 이렇게 하면 두 사람이 대화하는 것 같지 않겠니? 혼자라는 생각도 안 들고. 마르크 알렘은 살아생전의 할머니처럼 크게 한숨을 내쉬고 싶었다. 차가운 책상 위에 누군지도 모르는 사람의 머릿속에서 나온 터무니없는 환영을 펼쳐놓고 앉아 있는 그들도 그렇게 외로운 존재들이었다.

"그런데 왜죠? 왜 이런 일이 일어난 거죠?"

거의 잦아들어가는 목소리로 무언가에 대해 불만을 터뜨리고 있는 동료의 말을 자르면서 마르크 알렘이 물었다.

"왜 이런 일이 일어났냐고? (마르크 알렘은 자신을 향해 비죽 내밀고 있는 동료의 입에서 튀어나오는 것이 말이 아니라 냉소적인 조롱이 아닐까 생각했다.) 맙소사, 자넨 여기서 어떻게 '왜'라는 질문을 할 수 있나? 꿈의 궁전 청사 안에서 말이야. 이곳은 원래 '왜'라는 말이 없는 곳이야!"

그는 한숨을 지었다. 이젠 완연한 어둠이 창문에 드리워진 것으로 보아 밤이 됐음을 알 수 있었다. 등불이 책상에 몸을 기울인 사람들의 이마를 희미하게 비추고 있었다.

"앗, 부장이다. 이제야 오는군."

동료가 말했다. 마르크 알렘은 동료가 가리킨 방향으로 고개를 돌렸다.

"말한 것처럼 그렇게 안색이 나빠 보이지는 않는데요."

그는 들릴락 말락 한 소리로 말했다.

"어?" 동료는 외마디소리를 지르고 나서 잠시 잠자코 있더니 입을 열었다. "그러고 보니 그렇군. 내가 보기에도 이젠 사색이 아니야. 좋은 소식이 있었나보군."

마르크 알렘은 불안감으로 명치 끝이 고통스럽게 짓눌리는 듯했다.

"오히려 즐거워하는 표정이 역력한데요."

"저렇게까지 일이 잘 풀릴 줄은 상상도 못 했는데. 어쨌든 얼굴이 활짝 폈구먼."

"하루가 무사히 지나가서 다행이에요. 신이시여, 우릴 굽어살피소서!"

마르크 알렘은 부장에게서 눈을 떼지 않은 채 말했다. 부장의 눈에서 흥분된 빛이 비친 듯했다.

"오늘 하루는 무사히 지나갔다지만, 우린 퇴근이나 제대로 할 수 있을까?"

"그게 무슨 말이에요?"

"이런 날엔 자네도 알다시피 밤새워서 해야 될 일이 생기지 않겠나."

그날 저녁 와지르 외삼촌 댁에 저녁 초대를 받은 것이 생각난 마르크 알렘은 하마터면 옆자리 동료에게 그 얘기를 할 뻔했다. 어떻게든 허락을 받아서 일찍 퇴근해야 해. 그는 생각했다. 그들이 세도가인 그의 외삼촌 댁에 저녁 식사 초대를 받아 가는 것을 감히 막지는 못하겠지? 그는 손바닥으로 이마를 문질렀다. 만약 그것이 혼자만의 생각이라면 어떡하지? 곰곰이 생각해보니 그것은 전혀 근거 없는 가정이었다. 복도에서 맞닥뜨린 사람들과 사색이 되었다가 얼굴빛이 다시 좋아진 부장을 떠올려보라. 그들의 모습이 그러한데 옆자리 동료는 헛소리나 하고 있다니 정말이지 제정신이 아니었다. 어떻게 해서 그가 말도 안 되는 소리를 퍼뜨리고 다니는지 마르크 알렘은 알 수 없었다.

그때, 근무 종료를 알리는 종소리가 났고 그는 소스라치게 놀랐다. 옆자리 동료와 눈이 마주친 마르크 알렘은 하마터면 그에게 소리칠 뻔했다. 이 멍청한 놈아, 아무것도 아닌 일로 사람 간을 콩알만 하게 만들어도 유분수지! 오늘은 그냥 평범한 하루고, 이렇게 예정대로 근무 종료를 알리는 종이 울리잖아! 누가 너더러 나한테 그렇게 겁을 주라고 하던?

옆자리의 동료는 먼저 문서철을 덮고 일어났다. 그러고는 '반갑지 않은 사람과 마주치기 전에 빨리 가는 게 좋을 거야' 라는 의미가 담긴 눈길을 주는 듯하더니 이내 총총히 사라졌다. 마르크 알렘도 그 뒤를 따라 나갔다. 복도와 계단은 사람들로 북적거렸다. 개성 없는 둔한 발소리들이 건물의 초석까지 뒤흔드는 듯했다. 쫓기던 사람이 군중에 몸을 숨기며 안도하듯 그는 발걸음을 옮기는 수많은 인파 속에 스며들며 안도했다. 하루가 별탈 없이 지나갔다고 생각했지만, 뒤이어 그 정반대의 기분도 드는 것이 사실이었다. 그러기를 두세 차례 반복했다. 그는 곁눈질로 사람들의 옆모습을 바라보았다. 머리 깊숙한 곳에 상기시킬 만한 무엇이라도 스며 있는 듯 그들의 뺨은 열기로 달아올라 있었다. 흔히 볼 수 있는 상기된 기운이 아니라, 미지의 무언가를 향해 터져 나가려는 격렬한 기운이었다. 이런, 내가 또 허튼 생각을 하는군. 그는 이내 정신을 차렸다. 육체적 피로와 허무맹랑한 꿈 이야기에 찌들 대로 찌든 그들의 얼굴 어디에 그런 기운이 있는가. 내 신경이 예민해진 탓이야.

정문을 나서자 그는 퇴근하는 직원들 무리에서 빠져나왔다. 그들에게서 멀어질수록 자신이 느꼈던 두려움이 어처구니없는 것이라는 생각이 들었다. 그렇게 안절부절못한 것은 다 그놈의 정신병자 때문이야. 옆자리 동료와 마르크 알렘 사이에서 벌어진 방금 전의 광경은 그런 희극이 따로 없을 정도였다.

그는 서둘러 귀가할 생각에 삯마차를 찾았다. 만찬에 늦고 싶지 않았다. 마차를 불러세우기 위해 두세 번 손을 들었으나 마부는 그를 못 봤는지 이미 안에 손님을 태운 건지 멈추질 않았다. 마르크 알렘은 마찻길로 뛰쳐나가 "이봐, 마부!" 하고 외쳐댈 수 있는 부류의 인간이 아니었다. 사람의 이목을 받느니 차라리 비든 눈이든 맞으면서 걸어가는 것이 속 편한 사내였다. 다행히 다른 날과는 달리 인도에 행인들이 거의 없어 빨리 걸을 수 있었다. 집까지 가는 길 내내 이렇게 인적이 뜸하다면 만찬 전에 옷도 갈아입고 목욕까지 할 시간이 있을 것 같았다.

이런 생각을 하면서 아까 느끼던 두려움은 거의 잊은 채 걸어가고 있는데, 정확히는 모르지만 작은 비명 소리 같기도 하고 서둘러 움직이는 발소리 같기도 하고 아니면 옆에서 속삭이는 소리 같기도 한 것이 들려와 고개를 들어 사거리 쪽을 바라보았다. 사거리 한가운데 경관 두 명이 서 있었다. 그들은 지나가는 사람들을 의심의 눈초리로 바라보고 있었다. 무슨 일이지? 그들뿐 아니라 여기저기 다른 경관들도 서 있었고, 군인들도 곳곳에 배치돼 있었다. 그는 무슨 일인지 헤아릴 틈도 없었다. 꿈의 궁전을 나서면서 홀가분하게 벗어던졌다고 생각한 두려움이 다시 엄습했다. 길을 지나던 다른 사람들도 곁눈질로 경관들을 바라보았다. 그 가운데는 시야에서 사라지기 전에 경관들을 한 번 더 보려고 고개를 돌리는 행인들도 있었다.

잠시 후 길 끝에 이르러 더이상 경관들이 보이지 않자 그는 생각했다. 이건 우연일까? 사람들이 길을 따라 늘어선 조그만 카페를 들락거리고 있었다. 그 어디에서도 무슨 일이 일어난 듯한 분위기는 찾아볼 수 없었다. '라마단의 밤'이라는 이름의 카페에서도 여느 때와 다름없이 음악이 흘러나오고 있었다. 그래, 이번이 열번째이긴 하지만, 이것도 우연한 일이 틀림없다. 그런데 이 광장에서 경관들을 본 적이 있었나? 기억을 더듬어보니 이곳에서 경관들이 행인들을 검문한 적이 있었다. 그래, 이건 분명 우연이야. 게다가 중앙은행이 바로 지척에 있지 않은가. 무장강도를 경계하거나 아니면 단순히 범죄 예방 차원에서 그러는 것인지도 몰랐다.

마르크 알렘은 재정부 청사 앞의 경비원들 수가 많아진 것 같다는 느낌을 받았으나 그렇다고 그것을 확인하기 위해 고개를 돌릴 용기는 나지 않았다. 가로등 불빛은 희끄무레했다. 마르크 알렘은 자신도 모르는 누군가에게 속으로 저주를 퍼부었다. '귀신은 이런 자식들을 안 잡아가고 뭐 하나.' 애써 눌러놓았던 두려움이 다시 일었다. 그는 셰이크 알 이슬람 궁 앞에 이르렀다. 그제야 비로소 그는 어수선한 분위기에서 일어난 모든 일이 우연이 아니며, 분명 무슨 일이 일어나고 있음을 알아차렸다. 연대 병력에 해당하는 많은 수의 군인과 경관들이 쇠창살 담장 앞을 지키고 있었다. 무슨 일이 나긴 났군. 그는 중얼거렸다. 그런데 무슨 일일까? 반란 음모가 있었던 것일까? 아니면 쿠데타 기도라도? 그도 아니면 계엄령이라도 선포된 것일까? 그는 서둘러 빠져나가고 싶었으나 발이 마음대로 움직여주질 않았다. 두려움에 사로잡힌 그의 발은 물먹은 솜마냥 무거울 따름이었다. 빨리 가야 돼. 더 빨리. 하지만 그런 노력은 헛수고였다. 그는 만찬 연회와 집안 대대로 내려오는 행사를 생각했다. 만찬이 전통 행사와 관련된 것일 경우 쿠프릴리 가 사람이라면 반드시 참석해야 했다.

초승달 다리 위에서 그는 군모를 쓴 군인들을 또 한번 보게 되었다. 하지만 이제 그의 마음은 더 불안하지도, 그렇다고 덜 불안하지도 않았다. 마침내 그는 어두워서 형체를 잘 알아볼 수 없는 밤나무 가로수 길에 접어들었고, 자신의 집 2층에 불이 켜져 있는 것을 보았다. 먼발치에서도 대문 앞에 세워져 있는 마차가 보였다. 가까이 다가가보니 마차 문짝의 Q자가 선명했다. 안도의 한숨을 내쉰 그는 집 안으로 들어갔다.

6장_ 만찬 연회

마르크 알렘은 괜히 어머니를 걱정시켜드릴 것 같아 오늘 있었던 이상한 일들에 대해 이야기하지 않았다. 하지만 한 시간 뒤, 와지르 관저로 가기 위해 어머니와 함께 마차에 올랐을 땐 더이상 입을 다물고 있을 수 없었다.

"오늘 타비르에서 약간의 소동이 있었어요."

"뭐라고? 무슨 일인데? 왜 그런 일이 일어났다던?"

어머니는 아들의 손을 잡으며 숨가쁘게 물었다.

"저도 자세한 건 몰라요. 그런데 집으로 오다 보니까 거리에 경관들이 많이 배치돼 있더라고요."

자신의 손을 잡고 있는 어머니의 손이 떨리는 것을 느끼자 그는 말한 것을 후회했다.

"그런데 나중에 보니 별일 아니었어요. 아마도 유언비어 때문이었나봐요."

그는 어머니를 안심시키려 했다.

"어떤 내용이었는데?"

목멘 소리로 어머니가 물었다.

"뭐, 말도 안 되는 소리들이에요. 술탄께서 어제 일자로 꿈의 궁전을 폐쇄한다는 내용이었어요. 그런데 사실이 아니었어요. 아마도 소동의 원인은 딴 데 있는 것 같아요."

고요를 깨는 바퀴의 덜컹거리는 소리가 몹시 거슬렸다.

"술탄께서 꿈의 궁전을 폐쇄하신다면, 별일이 아닌 것은 아니지."

"하지만 분명히 말씀드리는데, 유언비어와 관련된 다른 심각한 일은 없었어요."

"그렇다면 더 큰 문제로구나. 지금 벌어지고 있는 일이 매우 심각하다는 뜻이니까."

처음부터 얘기를 꺼내지 말았어야 했는데, 마르크 알렘은 생각했다.

"더 심각하다니 무슨 말씀이세요?"

마르크 알렘은 짐짓 초연한 척 물었다. 어머니는 한숨을 내쉬었다.

"그걸 어떻게 알겠니? 거기서 네가 무슨 일을 하는지 난 잘 알

지도 못하잖니. 네가 해준 얘기라고 해야 해석을 잘못할 수 있다
든지, 불시에 내사를 한다든지 하는 얘기뿐이잖니. 마르크, 사실
대로 말해주렴. 뭔가 불순한 일에 연루돼 있는 건 아니겠지?"

그는 억지로 웃음을 터뜨렸다.

"제가요? 저는 정말 아무것도 몰라요. 맹세해요. 오늘 하루 종
일 지하에 있는 문헌보관소에 있다가, 위층으로 올라와보니 사람
들이 무슨 일이 일어난 것 같다는 얘기를 한 게 전부예요."

바퀴가 덜컹거리는 소리 사이로 어머니가 또 한번 한숨을 지으
며 나지막이 "신이시여, 저희를 굽어살피소서"라고 말하는 소리
가 들렸다.

창문 너머로 길가를 따라 늘어선, 마차의 희미한 등불에 비친
음침한 건물들이 눈에 들어왔다. 띄엄띄엄 지나는 행인들도 보였
다. 만일 만찬 연회가 취소되었다면 어떡하지? 마르크 알렘은 생
각했다. 와지르 관저가 가까워질수록 이런 생각은 더욱 그를 사
로잡았다. 하지만 유서 깊은 쿠프릴리 가의 근본을 보여주는 집
안의 서사시 낭송 전통과 결부된 중요한 만찬 연회가 취소될 리
없다고 스스로를 안심시켰다. 그랬다, 그것은 절대 연기될 수 없
는 행사였다. 그런데 정작 자신은 그것이 취소되기를 바라는 것
인지 아닌지 확신할 수 없었다. 어찌 되었건 관저 대문에 켜둔 등
불이 멀리 보이기 시작하고, 인도를 따라 초대 손님들이 타고 온
마차들이 세워져 있는 것이 눈에 띄자 그는 안도감을 느꼈다. 어

머니도 무거운 짐을 벗은 듯 안도의 한숨을 내쉬는 것 같았다. 문지기들이 문 앞을 지키고 있었고, 만찬 연회가 열릴 때면 으레 준비되는 것들도 그대로였다. 대문에서 현관 계단에 이르는 통로에 밝혀진 상들리에며 입구에 서 있는 집사, 그리고 관저 안을 은은하게 감싸는 박하향 등 빠진 것은 없었다. 일순 오늘 낮에 느낀 두려움이 관저의 출입구를 넘어 따라 들어올 수 없으리라는 생각이 들었다.

마르크 알렘은 어머니와 함께 대연회장으로 들어섰다. 연회장 한가운데 놓인, 두 개의 은화로에서 아늑한 온기가 퍼져나오고 있었다. 그 온기는 바닥에 깔린 짙은 붉은색 양탄자와 사람들이 가볍게 나누는 한담과 기막힌 조화를 이루었다.

연회장에는 마르크 알렘과 촌수가 가까운 고위직에 종사하는 외사촌들과 쿠프릴리 가문과 오랫동안 가깝게 지내는 사람들, 키 큰 금발 청년인 오스트리아 영사의 자제도 와 있었다. 청년은 쿠르트 쿠프릴리와 프랑스어로 대화를 나누고 있었다. 그 외에도 마르크 알렘이 모르는 두세 명의 손님이 더 있었다. 어머니는 한 하인에게 낮은 목소리로 와지르가 어디에 있는지 물었다. 하인은 자신의 주인이 위층에 있으며 곧 내려올 것이라고 대답했다. 마르크 알렘의 마음은 많이 진정됐다. 오늘 저녁 내내 그를 사로잡았던 등골이 오싹할 정도의 불안감도 몸에 해로운 습기가 증발하듯 사라졌다.

하인들이 은잔에 라키 술을 따랐다. 사람들이 웅성거리는 소리 가운데 마르크 알렘은 쿠르트 외삼촌과 오스트리아 젊은이가 프랑스어로 나누는 대화에 귀를 기울였다. 단숨에 라키 술을 들이켠 그는 행복감에 젖어들었다. 그러다가 우연히 어머니와 시선이 마주치자 그는 바로 눈을 돌렸다. 어머니의 눈길이 마치 "방금 전 내게 한 거짓말은 다 무엇이냐"고 묻는 것 같았기 때문이다.

와지르가 대연회장으로 들어서자 순간 분위기는 얼어붙는 듯했다. 거기에 온 대부분의 사람들에게 이미 익숙한 그의 어두운 표정 때문은 아니었다. 와지르가 연회장에 모인 사람들을 보고 놀라 모두 여긴 왜 왔느냐고 물을 것처럼 넋나간 표정을 지었기 때문이다. 사람들에게 인사를 건네고 난 그는 곱은 손을 녹이려는 듯 화로 위로 손을 뻗은 채 붙박인 듯 서 있었다. 마르크 알렘은 성대한 만찬 연회가 열리는 날인데 그의 거무스름한 눈 언저리가 다른 때보다 더욱 어두워 보인다고 생각했다.

만찬 연회에 걸맞은 흥을 다시 돋워야겠다고 생각했는지 쿠르트가 자신의 형에게 뭐라고 속삭였다. 마르크 알렘은 잘 알아들을 수 없었지만, 그 내용이 오스트리아 청년에 관한 것임을 알았다. 와지르가 자기 동생에게 말하는 동시에 오스트리아 청년에게도 말을 건넸으며, 이에 오스트리아 청년이 쿠르트가 와지르의 말을 통역해준 데 대한 고마움의 표시로 목례를 했기 때문이다. 연회장의 분위기가 조금 풀리는 듯했다. 초대 손님들은 짝을 이루어 대화를 나누기 시작했고, 오스트리아 청년은 쿠르트를 사이에 두고 계속 와지르와 대화를 나누었다. 마르크 알렘은 가까이 가서 그들의 대화를 듣고 싶었다. 그런데 그때 그가 꿈의 궁전에 출근하기 전날 그의 집에서 식사를 같이 한 적이 있는 대머리 외사촌이 그에게 와서 조용히 물었다.

"타비르에서 하는 일은 어때?"

"좋아." 마르크 알렘은 실은 "그저 그래"라고 말하듯 입술을 오므리고 대답했다.

"해석부에서 일한다며?"

그는 그렇다고 고개를 끄덕였다. 외사촌의 눈빛에서 뭔가 빈정거리는 기색이 느껴졌지만 그러거나 말거나 상관없었다. 마르크 알렘의 시선은 그가 좋아하는 쿠르트 외삼촌만을 좇고 있었다. 그는 외삼촌처럼 잘생기고 우아한 사람은 본 적이 없었다. 빳빳하게 풀을 먹인 티 없이 하얀 칼라의 셔츠를 걸친 외삼촌의 얼굴은 매혹적인 광채를 발산했다. 사실 그는 연회장에 들어서자마자 오늘 저녁의 주빈은 예외적으로 알바니아 출신의 음유시인들을 초빙할 생각을 한 쿠르트 외삼촌이라고 확신했었다. 외삼촌은 눈에 보이지 않는 달의 이면처럼 그때까지만 해도 전혀 알려지지 않은, 알바니아어로 된 쿠프릴리 가의 무훈시를 몹시 듣고 싶어했다.

그때 아마 가장 늦게 도착한 듯한 손님이 늦은 데 대해 변명을 하며 들어섰다.

"밖이 매우 소란스럽습니다. 무장 군인들이 불심검문을 하고 있어요."

몇몇 손님이 와지르의 눈치를 살폈지만, 와지르는 이 말에 별다른 반응을 보이지 않았다. 삼촌은 분명 어떤 일이 벌어지고 있는지 알고 있어. 그렇지 않고서야 지각한 초대 손님의 말에 저렇게 아무렇지도 않다는 듯 있을 순 없지. 마르크 알렘은 생각했다. 와지르는 조카도 알아보지 못하는 것 같았다. 몇 주 전 저녁 조카와 두서없는 대화를 나눴다는 것도. 한 시간 전까지만 해도 마르크 알렘은 타비르 사라일에서 있었던 일을 와지르에게 이야기할까 말까 고민했다. 와지르는 경호관들에 둘러싸여 몸을 피해 있어야 하는 것 아닌가? 그런데 전혀 걱정이 없어 보이는 듯한 그를 보고 있자니 마르크 알렘도 덩달아 마음이 놓였다.

마음이 많이 진정된 마르크 알렘은 커다란 페르시아 양탄자의 무늬를 감상하기 시작했다. 그것은 술탄이 와지르에게 생일선물로 하사한 것으로, 그가 지금껏 본 것 중에서 가장 크고 아름다운 양탄자였다. 그것은 꿈의 궁전에 적을 두면서부터 세상 모든 것이 하찮아 보이던 마르크 알렘에게 여전히 가장 아름다운 것으로 남아 있는 보기 드문 것 가운데 하나였다.

갑자기 주변이 쥐 죽은 듯 고요해져서, 그는 양탄자에서 시선을 거두었다. 와지르가 무슨 말을 하려는 참이었다. 그는 내빈들에게 먼저 알바니아에서 온 음유시인들의 노래를 듣기로 하고,

그 다음에 식사를 하는 도중과 식사가 끝난 후 전통에 따라 쿠프릴리 가 무훈시의 일부 대목을 노래할 슬라브 음유시인들의 노래를 듣자고 했다.

"그들을 들여보내게."

와지르가 집사에게 말했다. 잠시 후, 여전히 조용한 가운데 음유시인들이 들어왔다. 모두 세 명이었으며 독특한 복장을 하고 있었다. 그들 중 두 명은 중년으로 보였고 나머지 한 명은 그들보다 훨씬 어려 보였다. 그들은 각각 손에 가느다란 악기를 들고 있었다. 마르크 알렘은 무엇보다 그들이 들고 있는 악기에 온통 관심이 쏠렸다. 그것은 라후타라는 악기였는데 슬라브 음유시인들이 갖고 다니는 구슬라와 아주 비슷했다. 그는 최근에 구슬라를 보고 실망을 넘어 놀라움을 금치 못한 기억을 떠올렸다. 그 유명한 무훈시에 대한 이야기를 귀가 따갑도록 들으며 자란 그는 무훈시를 노래할 때 반주를 하는 악기는 뭔가 특별하고 묵직한 느낌의 엄청난 악기이며, 음유시인들은 그것을 겨우 끌고 다닐 거라고 상상했기 때문이다. 그런데 막상 대하고 보니 구슬라는 한 줄의 현과 나무로 만든 평범한 악기로, 한 손으로도 거뜬히 들고 다닐 수 있는 것이었다. 그는 현이 하나뿐인 이 볼품없는 나뭇조각이 장대한 고대 무훈시에 생명을 불어넣어준다는 이야기를 도저히 믿을 수 없었다. 그런데 지금 라후타를 본 그의 실망감도 이만저만이 아니었다. 쿠르트 외삼촌이 집안의 무훈시를 알바니아어로 부르는 음유시인들에 대해 이야기했을 때, 그는 왠지 모르지만 알바니아의 악기인 라후타가 그 외양에서부터 구슬라에 상처입은 자신의 상상력을 말끔히 치유해주리라는 믿음을 갖고 있었던 것이다. 그는 라후타라는 악기에서 묵직하고 장중한 느낌뿐 아니라 무훈시의 잔혹한 장면에서 넘쳐흘렀을 피에 담갔다 꺼낸 듯한 느낌까지 기대했다. 그런데 그 악기는 구슬라 못지않게 원시적인 악기였다. 나무로 된 통의 윗부분에 구멍을 뚫고 그 위로 현 하나를 걸쳐놓은 것에 불과했다.

음유시인들은 두 갈래로 늘어선 내빈들 사이에 자연스럽게 자리를 잡았다. 그들은 금발에 영롱한 눈빛을 갖고 있었다. 경멸의 눈빛이라고는 할 수 없는, 자신에게 주어진 것을 받아들이지 않고 모두 돌려보내는 듯한 눈빛이었다.

하인들이 음유시인들에게 다른 내빈들에게 대접한 것과 같은 잔에 라키 술을 대접했다. 하지만 알바니아인들은 잔에 입술조차 대지 않았다.

"그럼 시작하지."

와지르는 알바니아어로 말했다. 그들 가운데 한 사람이 집사가 가져다준 조그만 의자에 앉더니 무릎 위에 라후타를 올려놓았다. 그리고 나서 악기의 현에 시선을 고정시킨 채 그 상태로 잠시 가만히 있었다. 그러다가 오른손으로 활을 들어올리더니 살며시 현 위에 내려놓았다. 미세하면서도 단조롭게 흐르는 악기의 첫 음은 원류로 회귀하고자 하는 강렬한 바람을 담고 있는 듯했다. 듣는 사람을 숨막히게 하는 길고도 긴 애가였다. 마르크 알렘은 그것이 좀더 길게 이어졌다면 그곳에 있는 모든 사람이 숨막혀 죽을 수도 있겠다고 생각했다. 언제쯤 그들은 이 견디기 어려운 음에 맞춰 노랫말을 읊조릴 것인가? 이런 음악에는 노랫말이 곁들여지면 훨씬 나을 것이다. 그렇지 않으면 한없이 저미는 듯한 그 현의 소리가 사람들의 영혼을 긁어대 급기야 피를 쏟게 만들지도 모를 일이었다.

악기를 연주하던 음유시인이 마침내 입을 열어 노래를 시작하자, 마르크 알렘은 다소 안심이 되었다. 그런데 악기 소리와 마찬가지로 음유시인의 목소리도 지상의 인간이 내는 소리가 아니었다. 그것은 어떤 특별한 발성법에 의해 조음된 것으로, 영원한 그 무엇만을 간직하려는 듯 우리가 일상적인 대화에서 듣는 인간의 모든 억양을 배제한 목소리였다. 그것은 사람의 목과 산의 협곡에서 나는 소리가 오랫동안 서로 화음을 이루도록 만들어 소리 간의 차이를 무화시킨 듯한 목소리였다. 그렇게 화음을 이룬 소리는 다른 소리들과 함께 점점 더 멀리 퍼져나가 마침내 별들이 내는 애가와 어우러졌다. 그뿐이 아니었다. 목소리와 노랫말은 살아 있는 사람의 입에서뿐 아니라 죽은 사람의 입에서도 나옴직한 것이었다. 이렇게 만들어진 화음은 어둠으로 봉인돼 있었고 그 둘의 결합은 가장 긴밀하고 완성도 높은 것이었다.

마르크 알렘은 공명통 위에 걸쳐져 있는 가느다란 한 줄의 현에서 눈을 뗄 수 없었다. 바로 그 현에서 애가가 새어나오고 있었으며, 그 아래에 있는 공명통은 섬뜩할 정도의 화음 속에서 그 애가가 울려퍼지게 하고 있었다. 갑자기 그 텅 빈 통은 다름아닌 그가 속한 국가의 심장을 품고 있는 가슴이라는 생각이 들었다. 거기서 아주 오래된 애가가 떨리며 흘러나오고 있었다. 그는 이미 그 애가의 일부 소절을 들은 적이 있었지만, 그것을 온전히 듣는 것은 이번이 처음이었다. 이제 라후타의 공명통은 그의 가슴속에 들어 있는 것 같았다.

이어 다른 음유시인이 〈다리의 발라드〉를 부르기 시작했다. 모두 조용히 노래를 듣고 있는 가운데 마르크 알렘의 귀에는 싸늘한 태양빛 아래에서 희생양의 피가 뿌려진 다리를 짓고 있는 석공의 망치 소리가 들리는 듯했다. 쿠프릴리라는 성의 유래가 된 이 다리는 그들의 운명을 예지하는 것이기도 했다.

불안감이 다시 가슴을 옥죄고 있음에도 그는 반은 아시아식인 알렘이라는 이름을 내던져버리고, 자신의 고향 사람들의 이름인 지욘, 지에르지, 지요르그 가운데 하나로 다시 태어나고 싶은 마음이 간절했다.

마르크 지욘 우라, 마르크 지에르쥐 우라, 마르크 지요르그 우라. 그는 음유시인들의 노랫말에서 유일하게 알아들을 수 있는 우라라는 말이 들릴 때마다 자신의 새로운 이름에 익숙해지려는 사람처럼 그 이름을 되뇌었다.

생각날 듯 말 듯하던 꿈이 갑자기 떠오르듯 황무지에서 악기 소리가 울려퍼진다는 내용의 어떤 상인의 꿈이 그의 머릿속에 떠올랐다. 자세한 것은 기억나지 않았지만, 그것을 휴지통에 던져넣으려다가 그냥 처리해 넘긴 것은 분명히 기억할 수 있었다. 불현듯 상인의 꿈에 묘사된 악기가 기이할 정도로 라후타와 닮았다는 생각이 들었다.

음유시인은 여전히 감동적인 목소리로 노래하고 있었다. 갑작스런 발열로 충혈된 듯한 눈으로 쿠르트는 음유시인을 뚫어져라 쳐다보고 있었다. 이따금 그는 역시 집중하여 노래를 듣고 있는 오스트리아인에게 낮은 목소리로 통역을 해주었다. 애가의 노랫말을 풀이해주는 듯했다. 시간이 갈수록 눈 언저리가 더 어두워지고 있는 와지르는 두 손을 앞으로 모으고 미동조차 하지 않았다. 마르크 알렘은 간혹 몇 마디 노랫말을 알아듣기는 했지만 대부분은 이해할 수 없었다.

오 그대여, 그대는 베사*와 관련된 무덤을 발견했도다!

---

* 역시 카다레의 작품인 『부서진 사월』(문학동네, 1999)에 베사에 대한 이야기가 자세히 나온다. 알바니아의 전통 관습법 가운데 집안의 명예와 그 복수의 내용을 규정한 카눈이라는 법이 있었다. 이 법에 따르면 사형(私刑)의 악순환이 계속될 수밖에 없었다. 때로는 마을 장로나 사제가 나서서 피해자의 가족으로 하여금 복

마르크 알렘은 은근슬쩍 막내삼촌과 오스트리아인이 있는 구석으로 다가갔다. 쿠르트는 오스트리아인에게 노랫말을 상세히 풀어주고 있었다. 프랑스어를 좀 하는 마르크 알렘은 그들의 말에 귀를 기울였다.

"이건 옮기기가 쉽지 않군요. 옮긴다는 것이 불가능할 정도예요."

쿠르트가 말했다.

마르크 알렘은 일부 내용은 스스로 파악하고 나머지는 쿠르트가 통역해주는 것을 들으면서 무훈시의 전체 내용을 좇아갔다.

"산 사람이 어느 무덤 위에서 그 무덤에 묻혀 있는 죽은 자에게 결투를 신청하는 장면입니다. 으스스하지 않습니까?"

"정말 멋진데요!"

상대가 대답했다.

"죽은 이는 일어서지 못하는 것에 격분한 나머지 발버둥을 치며 흐느끼고 있습니다."

쿠르트는 계속했다. 오 세상에, 모든 것이 분명해졌어! 마르크 알렘은 속으로 외쳤다. 모든 것이 이보다 더 확연할 수는 없었다. 라후타의 공명통은 바로 죽은 이가 발버둥치던 무덤이있다. 저 밑에서부터 울려나오는 그의 흐느낌은 전율을 불러일으키고 있

수를 유예하도록 하는 베사를 부과함으로써 그 악순환의 고리를 끊으려고도 했다. 베사는 넓은 의미로 '약속'을 뜻한다.

었다. 세상 그 무엇으로도 불러일으킬 수 없는 전율이었다.

"이제 불행을 가져다주는 새인 올빼미가 등장합니다."

쿠르트는 낮게 말했다. 쿠르트가 한 문장씩 끊어서 이야기해줄 때마다 오스트리아인은 이해했다는 듯 고개를 끄덕였다.

"기사 주크가 등장하는군요. 그는 어머니와 그녀의 정부의 배신으로 눈이 멀었는데 역시 눈이 먼 말을 타고 눈 덮인 산을 떠돌고 있습니다."

"어머니 때문에 눈이 멀다니! 세상에! 오레스테이아 비극이 생각나는군요. Das ist die Orestiaden!(이건 오레스테이아 비극이에요!)"

오스트리아인이 외쳤다. 마르크 알렘은 그들이 말하는 것을 하나도 빠뜨리지 않기 위해 그들 곁으로 더 가까이 다가갔다. 쿠르트가 그에 대한 설명을 하려는 그때, 이상한 소리가 들렸다. 연회장에 있는 사람들이 일제히 고개를 돌렸다. 문을 향해 돌린 사람도 있었고, 창문을 향해 돌린 사람도 있었다. 다시 한번 소리가 났다. 이번에는 날카로운 비명 소리와 함께였다. 이윽고 사람들이 웅성거리는 사이로 문을 거칠게 두드리는 소리가 들렸다.

"뭐지, 무슨 일이지?"

사람들이 불안한 목소리로 웅성거리더니 숨을 죽이고 가만히 있었다. 음유시인도 노래를 멈추고 침묵을 지키고 있었다. 한번 더 거칠게 문 두드리는 소리가 들렸다.

"오, 세상에! 대체 무슨 일이 일어난 거지?"

누군가 가쁜 호흡 사이로 말했다. 모두 와지르를 쳐다봤다. 갑자기 그의 얼굴이 밀랍처럼 창백해졌다. 문 열리는 소리가 들리고 곧바로 아주 짧은 비명 소리가 나더니, 뒤이어 둔중한 발소리가 점점 더 크게 들려왔다. 겁에 질린 내빈들은 연회장의 문들을 바라보았다. 문들이 거칠게 열리면서 무장한 사람들이 나타났다. 무엇 때문이었을까. 연회장의 환한 빛 때문이었는지, 아니면 일제히 그들을 바라보는 내빈들의 시선 때문이었는지, 그것도 아니면 누군가의 목에서 터져나온 외마디 비명 때문이었는지 그들은 입구에서 잠시 주춤했다. 한 사람이 앞으로 나왔다. 자신들이 원하는 사람을 찾지 못하자 그는 눈이 부신 듯 허공에 대고 외쳤다.

"술탄 직속 경찰이오!"

모두 숨을 죽였다.

"와지르 쿠프릴리신가요?"

무리의 대장인 듯한 사람이 마침내 원하는 사람을 찾았는지 이렇게 물었다. 그는 와지르 앞으로 두 걸음 다가서더니 고개를 깊이 조아린 뒤에 말했다.

"장관 각하, 술탄의 명을 받고 왔습니다. 명을 받들어 행할 수 있도록 해주십시오."

이렇게 말한 뒤 그는 가슴 안쪽에서 명령서를 꺼내 와지르의 눈앞에서 펼쳤다. 표정을 일그러뜨릴 만한 온갖 일이 일어났는데도 와지르의 밀랍 같은 얼굴에는 아무런 변화가 없었다.

대장이라는 작자는 와지르의 무덤덤한 표정을 그렇게 하라는 의미로 해석한 듯했다.

"모두 신분증을 꺼내시오!"

그는 갑자기 내빈들을 향해 돌아서면서 외쳤다. 그가 고개를 까딱거리자 그의 부하들이 안으로 들어왔다.

그들은 모두 여섯 명에 완전 무장을 한 상태였으며, 옷깃과 모자에 술탄 직속 경찰이라는 표식을 달고 있었다.

"난 외국인이오."

검문이 시작되면서 소란스러워지자 오스트리아인이 말했다. 마르크 알렘은 어머니를 찾기 위해 제자리에서 이리저리 둘러봤지만 아무 소용이 없었다. 이쪽으로! 이쪽으로! 누군가 짐짓 근엄한 척하고 있지만 실상은 야멸차기 그지없는 목소리로 거듭 외치고 있었다.

경찰은 인접한 거실로 통하는 문을 열고 내빈들 일부를 그쪽으로 몰아넣었다.

"쿠르트 쿠프릴리입니다!"

경찰 가운데 한 명이 쿠르트를 가리키며 대장에게 큰 소리로 보고했다.

"바로 이 사람입니다."

대장은 쿠르트 앞으로 다가갔다. 다가가는 동안 그는 호주머니에서 수갑을 꺼냈다.

마르크 알렘은 그 대장이란 자가 신속하면서도 정확한 동작으로 한 손으로는 쿠르트의 두 손을 잡고 다른 한 손으로는 수갑을 채우는 모습을 보았다. 이상하게도 쿠르트는 조금도 저항하지 않았다. 그저 놀란 모습으로 자신에게 채워진 수갑을 바라볼 뿐이었다. 다른 내빈들과 마찬가지로 마르크 알렘도 너무 길다고밖에 할 수 없는 이 부조리한 상황을 어서 끝내주길 바라는 마음으로 와시드 쪽을 바라봤다. 그러나 와지르는 여전히 무표정이었다. 세도가 와지르의 그런 무표정한 모습을 보고 그가 자신의 집에서 자행된 모욕적 행위에 그만 겁을 집어먹었다고 생각할 수도 있었다. 그러나 마르크 알렘은 그가 체념한 이유가 다른 데 있다고 보았다. 그것은 예로부터 내려오는 쿠프릴리 가 사람들의 반응이었다. 그들은 역대로 수없이 반복되던 그와 같은 상황이 닥치면 여지없이 현실과의 단절을 의미하는 가면을 뒤집어썼다. 따라서 와지르의 표정에는 체념, 부재, 무기력이 한꺼번에 드러나 있다고 할 수 있었다. 마르크 알렘은 소리를 지르고 싶었다. 깨어나세요, 외삼촌. 제발 정신을 차리시라고요! 무슨 일이 일어나고 있는지 모르시겠어요? 하지만 수갑이 채워진 쿠르트가 밖으로 끌려나가는 것을 보고만 있는 와지르의 눈에는 다른 사람들과 마찬가지로 굴종의 빛이 어려 있었다. 그의 시선은 베일에 싸여 어떤 수렁인지 알 수 없는, 아마도 이 불행한 사건을 야기했을 공권력이 날뛰고 있는 저 먼 곳을 향하고 있는 듯했다. 오 신이여, 외삼촌이 이 공권력을 제지할 방도를 강구하고 있는 것이면 좋으련만! 마르크 알렘은 그가 정말 그런 생각을 하고 있는 것인지 확인이라도 하려는 듯 그에게 다가갔다. 와지르 앞으로 너무 가까이 다가섰기 때문인지 아니면 우연인지 알 수 없는 상태에서 마르크 알렘은 와지르와 시선이 마주쳤다. 그 짧은 순간, 갑자기 마르크 알렘은 이마를 찡그리듯 쏘아보는 와지르의 시선에서 몇 주 전 저녁 그와 나눈 혼란스럽기 그지없던 대화의 의미를 이해했다. 이 모든 것이 꿈의 궁전, 즉 마르크 알렘 자신과 관련이 있으며, 이번에는 쿠프릴리 가가 당할 차례라는 생각이 들자 머리가 깨지는 듯한 아픔을 느꼈다.

그는 누군가 두 손으로 자신을 옆 거실 문 쪽으로 거칠게 미는 것을 느꼈다. 옆 거실로 들어가려는 순간, 거기에 남아 있는 일부 내빈들 틈에서 어쩔 줄을 모르고 있는 음유시인들을 보게 되었다.

“마르크!”

그가 들어서자 어머니의 부드러운 목소리가 들렸다. 그는 어머니가 비명을 지르거나 오열을 터뜨릴 줄 알았는데 이상하게도 어머니의 목소리는 평온했다.

“그쪽 방에 무슨 일이 있니?”

그는 아무 대답도 하지 않고 어깨만 으쓱했다.

"네가 걱정됐단다. 오 신이시여, 어찌하여 또 한번 이런 시련을 저희에게 내리시나이까?"

어머니는 나지막이 탄식했다. 그는 대부분의 내빈들이 그 방에 모여 있다는 것을 알았다. 그들 틈에서 이따금 "저 방에서 무슨 일이 일어나고 있지?" "언제까지 이런 상태가 계속될까?" 같은 얘기들이 들려왔다.

"쿠르트도 연행해갔니?"

어머니가 물었다.

"그런 것 같아요."

어머니가 냉정을 찾으셨군, 그는 생각했다. 어머니는 괜히 쿠프릴리 가 사람이 아니었다. 그럼에도 어머니의 안색은 리넨처럼 하얗게 질려 있었다.

갑자기 연회장과 거실 사이에 있는 문 뒤로 떨리는 비명 소리가 들리더니 뭔가 부딪치는 소리와 신음 소리가 들려왔다.

일부 내빈들이 문 쪽으로 움직이기에 마르크 알렘도 따라 움직이려는데, 어머니가 그의 팔을 잡았다.

다시 저쪽 연회장에서 비명 소리가 들리더니 누군가 쿵 하고 쓰러졌다. 그 충격이 바닥을 울렸다.

"Was ist los(무슨 일입니까)?"

오스트리아인이 물었다.

"문이 잠겼군요."

모두 하얗게 겁에 질렸다. 어머니의 손가락들이 그의 팔뚝을
집게처럼 꼭 잡고 있었다. 또 한번 문 저편에서 찢어지는 듯한 비
명 소리가 들리더니 이내 잠잠해졌다.

"누구의 비명 소릴까요?"

누군가 물었다.

"와지르의 비명 소리는 아니에요."

다시 한번 그쪽에서 악! 하는 섬뜩한 비명 소리와 함께 몸이 쓰
러지는 듯한 육중한 소리가 들렸다.

"세상에, 무슨 일이지?"

잠시 모두 숨을 죽이고 있는데, 누군가 침묵을 깨면서 이렇게
외쳤다.

"그들이 음유시인들을 모두 죽였어요!"

마르크 알렘은 손으로 얼굴을 감싸쥐었다. 연회장에서 장홧발
소리가 점점 멀어져갔고, 누군가 문 손잡이를 돌렸다.

"오, 신이시여…… 문 좀 열어봐요."

연회장은 아직도 잠겨 있었다. 그러나 안쪽 복도로 통하는 다
른 문은 열려 있었다. 누군가 소리쳤다. 이쪽으로 오세요! 이쪽
으로!

충격에 넋을 잃고 의자에 앉아 있는 한 내빈만 제외하고 모두
그림자처럼 서로 뒤를 좇으며 빠져나갔다. 희미한 불빛이 비치는
복도는 발소리로 요란했다. 쿠르트도 죽었나요? 누군가 물었다.

아뇨, 하지만 연행됐어요. 신사 숙녀 여러분, 이쪽으로 오십시오. 집사가 외쳤다. 출구는 이쪽에 있습니다. Wo ist Kurt?(쿠르트는 어디 있습니까?)

내빈들이 중앙 복도로 나왔다. 그 복도는 연회장으로 이어졌는데, 연회장의 불투명한 유리문을 통해 안쪽에 있는 사람들의 모습이 비쳤다. 마르크 알렘은 갑자기 어머니의 손을 뿌리치고, 그 뒤에서 무슨 일이 일어났는지 보기 위해 다가갔다. 여러 문 가운데 하나가 열려 있어서, 그 문 사이로 연회장 내부를 들여다볼 수 있었다. 모든 것이 뒤죽박죽이었다. 안을 둘러보던 마르크 알렘은 바닥에 널브러져 있는 두 음유시인의 시체를 발견했다. 두 시체는 거의 맞닿아 있었다. 그리고 세번째 시체는 거기서 좀 떨어진, 뒤집힌 화로 곁에 쓰러져 있었다. 시체의 얼굴 일부가 재에 덮여 있었다. 경찰들은 가고 없었다. 하인들만이 깨진 유리 조각으로 뒤덮인 양탄자 위를 조용히 움직일 뿐이었다. 꼼짝 않고 서 있는 와지르의 그림자가 벽에 비쳤다. 조금 더 문을 여니 와지르의 모습이 온전히 보였다. 그는 조금 전 그대로 넋이 나간 표정으로 서 있었다. 세상에, 그가 보는 앞에서 이 난리가 나다니! 마르크 알렘은 생각했다. 그는 와지르의 눈이 어딘지 모르게 바닥에 흩어져 있는 유리 조각과 비슷하다고 생각했다.

갑자기 어머니가 그를 붙잡더니 그녀 쪽으로 끌어당겼다. 그는 버틸 수 없었다. 욕지기가 났다.

현관엔 인적이 뜸했다. 열어젖혀진 현관문을 통해 차례대로 그곳을 벗어나는 마차들의 불빛이 보였다.

"모두 떠났구나. 자, 이제 우린 어떡하지?"

어머니가 들릴락 말락 한 소리로 말했다. 그는 아무 대답도 하지 않았다.

한 하인이 샹들리에를 껐다. 연회장 문 너머로 하인들이 조용히 오가는 소리가 들렸다. 잠시 후, 하인들이 음유시인들의 팔과 다리를 잡고 밖으로 옮겼다. 재가 반쯤 덮인 세번째 음유시인의 얼굴은 눈뜨고 볼 수 없을 정도로 끔찍했다. 마르크 알렘의 어머니는 고개를 돌려버렸고, 그도 욕지기가 나는 것을 겨우 참았다. 하지만 그럼에도 그곳을 떠날 수가 없었다. 연회장에 마지막으로 남아 있던 하인이 악기를 들고 나왔다. 잠시 후 모든 하인이 연회장으로 다시 모였다.

"어떡하지?"

어머니가 속삭였다. 그는 무슨 말을 해야 좋을지 몰랐다.

연회장의 문들이 활짝 열리더니 하인들이 유혈이 낭자한 커다란 양탄자를 말고 있는 모습이 보였다.

"더는 보고 있을 수가 없구나. 더 버틸 힘이 없어."

어머니가 말했다. 연회장의 샹들리에도 꺼졌다. 마르크 알렘은 좌우를 두리번거릴 뿐 마음의 결정을 내리지 못하고 있었다. 이제 남아 있는 내빈은 없는 듯했다. 어머니와 그도 이대로 가는 것이 나을까? 아니면 가까운 피붙이에게 불행한 일이 일어났으니 남아 있는 것이 도리일까? 설사 집에 돌아간다 하더라도 지금은 힘들었다. 그들의 집은 거기서 멀었을 뿐만 아니라, 이렇게 늦은 밤에 걸어서 돌아간다는 것은 무리였다. 그렇다고 삯마차를 잡는 일도 쉬운 일이 아니었다.

거의 모든 불이 꺼지고 계단과 안쪽 복도 몇 군데에만 불이 밝혀져 있었다. 거대한 관저 여기저기서 수군대는 소리가 들려왔다. 드물게 몇몇 하인만이 복도 끝을 겨우 비추는 누런 빛의 등불을 들고 그림자처럼 왔다갔다했다.

"오, 신이시여! 이 무슨 변괴란 말입니까?"

마르크 알렘의 어머니는 이따금 탄식을 내뱉었다.

얼마나 시간이 흘렀을까. 연회장의 문이 열리더니 어두운 그곳에서 와지르가 모습을 드러냈다. 그는 몽유병 환자처럼 긴 보폭으로 움직이더니 어두컴컴한 계단을 올라갔다.

"와지르시다! 너도 봤니?"

마르크 알렘의 어머니는 아들의 손을 건드리며 말했다. 잠시 후, 한 하인이 계단을 네 칸씩 뛰어내려와 그들 앞을 바람처럼 지나치더니 밖으로 나갔다. 이윽고 마차가 어디론가 움직이는 소리가 들렸다.

마르크 알렘과 어머니는 이 커다란 관저 구석들에 켜놓은 샹들리에의 작은 불빛만 바라보면서 그렇게 한동안 서 있었다. 그들에게 신경쓰는 사람은 아무도 없었다. 그들은 열린 현관문을 통해 조용히 밖으로 나와 높다란 철문을 향해 걸어갔다. 문지기는 여전히 문 앞을 지키고 있었다. 마르크 알렘은 집으로 돌아가는 길을 잘 몰랐다. 늘 덮개 달린 마차만 타고 이 길을 다닌 어머니도 마찬가지였다.

한 시간이 넘게 걸었지만 아는 길이 나오지 않았다. 슬슬 길을 잃은 게 아닌가 하는 걱정이 들기 시작했다. 바로 그때 멀리서 전속력으로 달려오는 마차바퀴 소리가 들렸다. 그들은 비켜서서 담벼락에 몸을 바싹 붙였고, 마차는 그들 앞을 스치듯 지나갔다. 마르크 알렘은 어둠 속에서 마차 문에 새겨진 Q자를 얼핏 본 것 같았다.

"와지르의 마차 같은데요. 아까 나간 그 마차요."

그는 낮은 목소리로 말했다. 어머니는 아무 말이 없었다. 어머니는 추위와 밤의 습기로 몸을 떨었다.

얼마 있지 않아서, 또다른 마차가 역시 쏜살같이 그들을 스쳐지나갔다. 길이 그렇게 밝지는 않았지만 마르크 알렘은 이번에도 마차 문에 Q자가 새겨진 것을 분명히 본 것 같았다. 그는 마차가 멈춰 서서 그들을 태우고 집까지 데려다주기를 바라는 마음으로 어둠 속에서 크게 손을 흔들었다. 하지만 마차는 계속 내달려 안개 속으로 사라져버렸다. 마르크 알렘은 불행을 가져다주는 새처럼 그들을 스치며 날아다니는 저 Q자 때문에 오늘 밤 이런 비극적인 사건이 벌어졌는데, 지금 그들에게 어떤 도움을 기대한다는 것은 뭔가 앞뒤가 맞지 않는 게 아닌가 하고 생각했다.

마침내 그들이 집에 도착했을 때는 자정이 훨씬 지난 시각이었다. 뭔가 불길한 예감이 들었던지 로케는 그때까지 잠을 자지 않고 기다리고 있었다. 그들은 그녀에게 겪은 일을 간단히 이야기하고, 기운을 차릴 겸 커피를 끓여달라고 부탁했다. 화로에는 아직 잉걸불이 남아 있었다. 늘 그렇듯 로케가 이튿날 불피울 때 쓰려고 재로 살짝 덮어둔 것이었다. 그러나 그 불로는 뼛속까지 스민 추위를 몰아내기에 역부족이었다.

마르크 알렘은 바로 방으로 올라가 잠을 청했지만 쉬 잠이 오지 않았다.

그는 새벽 일찍 잠이 깼다. 아래층으로 내려가보니 어머니와 로케는 마르크 알렘이 잠자러 갈 때의 모습 그대로 화로에 바짝 몸을 기울인 채 앉아 있었다. 화로의 불은 거의 꺼져 있었다.

"어디 가니?"

어머니가 떨리는 목소리로 물었다.

"어딘 어디겠어요? 사무실이죠."

그가 대답했다.

"세상에, 네가 지금 제정신이니? 이런 날에 어딜……"

로케까지 거들고 있는 가운데, 어머니는 뭔가 예감이 좋지 않고 그가 결근해야만 하는 중요한 이유가 있다면서 그날만큼은 아들의 출근을 막으려고 애썼다. 하지만 별 소용이 없었다. 두 여자는 그에게 거듭 간청했다. 특히 어머니는 그런 날엔 타비르 사라일이 문을 열지 않을 거라고 억지를 부리면서 아들의 손에 입을 맞추며 눈물을 흘리기까지 했다. 하지만 두 여자가 간청하면 할수록 그는 단호해졌다. 결국 그는 어머니를 뿌리치고 현관문을 닫은 채 거리로 나왔다.

그날 아침은 유독 쌀쌀했다. 그는 빠른 걸음으로 걷기 시작했다. 이 시간이면 늘 그렇듯 거리에는 오가는 사람이 거의 없었다. 간혹 지나가는 사람들이 있었는데, 옷깃을 바싹 여민 그들은 아직 잠에서 덜 깬 얼굴을 하고 있었다. 그의 얼굴도 그들과 별반 다르지 않았다. 그는 어제의 일에서 완전히 헤어나오지 못한 상태였다. 자신을 보호하기 위해 먹물을 뿌린다는 바다 생물처럼 그에게도 온전한 정신을 유지할 수 있는 어떤 장치가 있는 것 같았다. 이따금 무슨 일이 정말 일어나기는 했는지 의심이 들 정도였다. 타비르 사라일에 있는 문서들 속에서 지겹도록 보는 몽상의 하나가 아닐까 하는 생각까지 들었다. 하지만 바늘끝 같은 진실은 여지없이 그의 머리를 파고들어왔으며, 그런 생각에 그의 머리는 잠시 멍해지다가 이내 극심한 고통에 사로잡혔다. 고통스러운 일을 겪은 뒤 한숨 자고 일어난 다음날 그때의 일이 다시 떠오르는 것만큼 견디기 어려운 일도 없다는 생각이 들었다. 그는 수면과 각성 사이에서 이리저리 부유하고 있는 듯했다. 아직 밤이슬이 채 마르지 않은 건물 벽이라든가 그가 시내로 들어갈수록 점점 수가 불어나는 창백한 행인들처럼, 그를 둘러싼 세상도 그처럼 부유하고 있다는 느낌이 들었다. 그는 행인들 가운데 걸음을 재촉하는 모양새로 보아 각 부처와 중앙 관청의 직원인 듯한 이들을 알아보았다. 그들의 걸음걸이는 동일한 일정표에 따라 움직이는 사람들에게서 공통적으로 나타나는 그런 것이었다.

셰이크 알 이슬람 궁 앞에 이르렀다. 전날보다 경비병들이 더욱 늘어나 있었다. 밤이슬에 젖은 그들의 군모 위로 희미한 빛이 반사됐다. 은행 앞 사거리에는 군인들이 배치돼 있었다. 겉으로 보기엔 별다른 일이 일어난 것 같지 않았다. 아니다. 그 모든 것이 한낱 꿈은 아닌 것이다. 쿠르트 외삼촌이 투옥되지 않았는가. 더 안 좋은 상황일 수도 있다. 하인들이 말던 피 묻은 양탄자 생각이 머리에서 떠나지 않았다. 아무렇지도 않은 듯 다시 그 양탄자를 밟을 수 있을까? 목구멍에서 다시 욕지기가 치밀어올랐다.

그래, 꿈의 궁전은 열려 있군. 그는 멀리서 꿈의 궁전의 입구를 바라보았다. 직원들이 무리를 지어 입구로 들어가고 있었다. 대부분 서로 모르는 처지라 인사도 나누지 않고 달리 말을 건네지도 않았다. 해석부가 있는 복도에서도 그는 아는 얼굴들을 만나지 못했다. 다행히 옆자리의 동료는 이미 와 있었다.

"그래, 뭐 소식 들은 거라도 있어?"

마르크 알렘이 자리에 앉자마자 그가 물었다.

"아뇨, 전혀요. 이제 막 왔거든요. 무슨 일이 있어요?"

마르크 알렘은 거짓말을 했다.

"나도 자세한 건 잘 모르지만, 뭔가 심각한 일이 일어난 것만은 분명해. 거리에서 군인들 봤지?"

"예, 오늘도 그렇고 어제 저녁에도 봤어요."

그는 자신의 문서를 검토하는 척하면서 마르크 알렘에게 가까이 다가와 속삭였다.

"자세한 내막은 모르겠는데, 쿠프릴리 가에 무슨 일이 일어났나봐."

마르크 알렘의 심장 박동이 느려지는 듯했다. 바보 아냐. 그는 속으로 생각했다. 다 알면서 새삼 다른 사람의 말에 충격을 받는 척하긴. 그럼에도 그것에 대해 질문하지 않을 수 없었다.

"어떤 일인데요?"

마르크 알렘은 마치 어제의 일이 다시 일어나기라도 한 것처럼 기어들어가는 목소리로 물었다.

"자세한 건 나도 몰라. 소문으로만 들은 거야. 유언비어일 수도 있어."

"그럴지도 모르겠네요."

마르크 알렘은 문서를 들여다보며 말했다. 그러나 속으로는 '바보 천치, 일이 그렇게 간단히 풀린다면 얼마나 좋겠냐?' 라며 자신을 탓했다.

그는 문서에 적힌 내용을 읽어내려갈 수 없었다. 지금 그의 눈앞에는 앞뒤가 맞지 않는 꿈 한 편이 놓여 있었다. 그런데 그것을 해석해야 하는 그는 그 꿈보다 열 배나 더 제정신이 아니었다. 다른 직원들은 자신에게 배당된 문서를 열심히 읽고 있었다. 이따금 서류를 넘기는 소리가 들렸다.

"오늘도 뭔가 불안한 기운이 감돌고 있어. 분명히 무슨 일이 일어날 거야."

옆자리 동료가 중얼거렸다.

그것 말고 또 무슨 일이 일어난다는 말인가? 마르크 알렘은 생각했다. 머리가 납덩이를 매단 듯 무거웠다. 그는 펼쳐놓은 문서에 엎드려 자면서 암탉이 신선한 알을 낳듯 온전한 꿈 하나를 그자리에서 만들어버릴까도 생각했다. 제정신이 아니군. 그는 손바닥으로 이마를 문지르면서 생각했다. 이 정도에서 멈춘 게 다행이다. 오늘은 결근하고 그냥 집에 있는 게 나았을지도 몰라.

그 짧은 휴식시간이 그처럼 기다려지긴 처음이었다. 그는 자신의 문서에 씌어진 다른 사람이 잠잔 내용에 눈이 반쯤 감겼다. 그러나 얼마 지나지 않아 그의 졸음이 문서 속 다른 사람의 잠과 하나가 되어버렸다. 두 사람의 운명이 맹목적으로 하나가 되어버리는 경우와 흡사했다.

휴식시간을 알리는 종이 울리자 그는 화들짝 깨어났다. 그는 느린 걸음으로 지하로 내려가는 직원들의 뒤를 쫓았다. 지하 휴게실에는 아무 일도 없었다는 듯 일상의 북적거림이 존재했다. 사실 다른 사람들에겐 아무 일도 일어나지 않은 것이었다. 그는 주변에서 사람들이 나누는 대화에 조금이라도 끼고 싶었다. 하지만 그들은 자신이 겪은 일과 무관한 사람들이었다. 내가 그것에 대해 무슨 이야기를 할 수 있을까? 그는 생각했다. 어제 일어난 일에 대해 그만큼 아는 이는 없었다. 그리고 별 도움도 안 될 그들의 반응에서 그가 얻을 것도 없었다.

그는 커피를 마시고 나서 느릿느릿 계단 쪽으로 걸어갔다. 주변에서는 사람들이 여러 가지 얘기들을 하고 있었다. 누군가 '계엄령'이라는 말을 두세 번 하는 듯하더니 "너 어제 저녁에 경계근무 하는 군인들 봤어?"라고 묻고 있었다. 하지만 그는 "내가 관심을 둘 만한 게 있을까?"라고 중얼거리며 멈춰 서지 않고 계속 걸어갔다. 무슨 얘기인지 눈곱만큼도 알고 싶지 않았으며 단순한 호기심마저 일지 않았다. 하지만 사무실로 돌아온 그는 옆자리 동료가 어서 돌아오기만을 기다리는 처지가 되었다.

드디어 동료가 나타났다. 걷는 폼으로 보아 새로운 소식을 입수했다는 것을 알 수 있었다.

"이 모든 일의 원인이 한 편의 꿈에 있었던 것 같아."

그는 다가오면서 중얼거렸다.

"어떤 일의 원인이요?"

"뭐라고, 어떤 일이냐고? 그거야 쿠프릴리 가를 휩쓸고 간 불행한 사태지."

"아, 그렇다면 그게 사실이었나요?"

"음, 확실해! 그들은 심각한 타격을 입었어. 세상에나, 그럴 줄 알았다니까. 어제 저녁부터 뭔가 낌새가 이상하더라니."

"꿈 얘기는 또 뭐예요?"

"청과물 파는 상인이 꾼 이상한 꿈 이야기 말야. 얼핏 보기에 그 꿈은 야채니 초원이니 하는 전혀 문제될 것이 없는 것에 관한 꿈 같았어. 그런데 알고 보니 그것이 엄청난 불행을 암시하고 있다는 게 밝혀졌어. 그 꿈은 쿠프릴리 가와도 관련이 있었다지 뭐야. 그 꿈에 다리와 플루트인지 바이올린인지, 아무튼 웬 악기가 등장했거든."

"다리와 악기라고요?"

마르크 알렘은 한숨을 쉬듯 말했다.

"그리고 뭐 다른 것은 없었어요?"

"제자리에서 맴돌고 있는 동물도 등장해. 그런데 중요한 것은 바이올린과 다리라는 거야. 무슨 말인지 알겠어?"

마르크 알렘은 코끼리 발에 가슴이 짓밟히는 듯했다. 그 저주스러운 꿈은 그의 손을 두 번이나 거친 바로 그 꿈이었다.

"그런데 넌 왜 그래? 안색이 안 좋아 보이는데."

"뭐 별거 아니에요. 어제 저녁부터 속이 안 좋더니 밤새 토했거든요.”

“그랬군. 그런데 내가 무슨 얘기 하고 있었더라?”

“꿈 얘기요.”

“아, 그래. 그러니까 그 꿈이 경보 역할을 한 거야. 그 꿈의 의미를 해독하자 모든 것이 명료하게 드러난 거지. 다리는 바로 쿠프릴리 가를 가리키는 것이었어. ‘퀴프리’라는 말이 다리라는 뜻이거든. 그래서 그 둘을 연관시키게 되었고. 일단 그렇게 연결하자 모든 것이 실타래처럼 저절로 풀렸어.”

결국 그렇게 된 것이었다. 그는 입술이 바짝 타들어갔다. 자신이 다리와 파괴의 힘을 상징하는 성난 황소를 연관시키려고 노력하다가 결국 포기하고 그것을 ‘해석 불가’ 꿈 문서철에 집어넣었던 것이 기억났다.

그런데 지금 보니 다른 누군가가 그것을 해독해냈다. 정말 놀라운 일이 아닐 수 없었다. 혹시 누가 그것을 해석해내지 못했다고 나를 추궁하지는 않을까? 그 꿈이 사람들의 눈에 띄지 않도록 하기 위해 고의로 해석 불가로 분류한 것은 아닌가 하는 의심을 받을 수도 있었다. 그 자신이 쿠프릴리 가 사람인 터에 그보다 더 자연스러운 결론도 없지 않겠는가? 하지만 자신이 선별부에 있을 때 그 꿈을 다뤘기 때문에 제아무리 그 꿈을 없애고 싶었다 하더라도 결국 해석부에 넘겨야 하는 처지이므로 고의로 그것을 폐기하려 했다는 것은 있을 수 없는 일이라고 변명할 수도 있을 것 같왔다. 하지만 그가 아무리 그렇게 우긴다 해도 쇠귀에 경 읽기가 되지 않을까 싶었다.

"그리고 바이올린인지 뭔지 아무튼 무슨 악기도 있었는데 말야. 그것이 발칸 지역에서 회자되는 쿠프릴리 가의 무훈시와 관련이 있다고 하더라고. 그런데 그건 그렇고, 넌 왜 그래? 어디 아파?"

뭐라 한마디도 할 수 없었던 그는 대신 그렇다고 고개를 끄덕였다. 정말이지 더이상 듣고 싶은 마음이 없었지만 괜히 의심을 살까봐 계속하라고 손짓했다. 옆자리의 동료가 무훈시에 대한 이야기를 하기 시작하자 그 무훈시가 그저 자유분방한 상상력의 소산이기를 바라 마지않던 마르크 알렘의 소망은 산산이 부서졌다. 쿠르트의 체포와 음유시인들의 처형 등을 포함하여 그 무훈시에 뭔가 중요한 의미가 내포돼 있으며 이 모든 일의 원인이 꿈에서 비롯되었다고 볼 근거는 너무도 많았다. 이제 그 꿈의 의미가 명확해졌다. 그 내용인즉 쿠프릴리 가문(다리)이 무훈시(악기)를 통해 국가(성난 황소)에 대한 반역행위를 도모한다는 것이었다. 왜 진작 이것을 눈치채지 못했을까! 자신의 손으로 이 불행을 막을 수도 있었는데 그냥 수수방관한 꼴이 되고 말았다. 와지르와 저녁 식사를 할 때, 마르크 알렘은 눈을 크게 뜨고 정신 바짝 차리라고 조심스럽게 돌려 말한 와지르의 충고를 대수롭지 않게 흘려들었다. 하지만 그렇다고 거기에 담긴 경고의 메시지를 파악할 수 있었던 것은 아니었다. 결국 그가 자신의 일을 제대로 처리하지 못해 가족들이 불행한 일을 겪게 된 것이다.

"어때, 지금은 좀 괜찮아?"

동료가 물었다.

"네, 조금요."

"다행이군. 너무 신경쓰지 마. 곧 괜찮아질 거야. 그럼, 하던 이야기로 돌아가서…… 그 무훈시는 아주 오래 전에 쿠프릴리 가와 술탄 사이의 불화의 원인이 되기도 했다는 거야. 쿠프릴리 가를 지지하는 이들은 오래 전부터 쿠프릴리 가 사람들에게 그들의 무훈시를 포기하라고 권했지만, 쿠프릴리 가 사람들은 그러기를 거부했어. 그것 때문에 수도 없이 곤욕을 치렀는데도 말이야. 그뿐이 아니야. 슬라브어로 된 서사시로는 성에 안 찼던지 이젠 알바니아 음유시인들을 불러들인 거야. 무슨 말인지 알겠어? 스스로 제 무덤을 판 거지. 그래서 술탄께서 격분하시게 됐지. 술탄께서는 이번에야말로 그 빌어먹을 무훈시를 완전히 없애버리고 다시는 그런 일이 일어나지 않도록 단호한 조치를 취하기로 하셨어. 그래서 발칸 지역에 들어가 그 불행의 씨앗이 될 알바니아의 서사시를 제거할 임무를 띤 일단의 요원들을 선발하신 것 같아."

"음, 그렇군요."

마르크 알렘은 그렇게 장단을 맞춰주었다. 그러나 속으로는 '이자가 이 모든 것을 어떻게 알았지?' 라는 생각이 들었다.

"이제 좀 괜찮아진 것 같군." 동료가 말했다. "내가 뭐랬어? 그럴 거라고 했지. 근데 내가 어디까지 했더라. 아, 그래서 말이야. 그런 일을 벌여서 사람들은 오스트리아와의 관계가 악화되고 러시아와 가까워지기를 기대했어. 아니나 다를까, 어제 저녁 접대를 받는 자리에서 러시아 대사가 만족스러움을 감추지 못했다고 하더군."

마르크 알렘은 어제 만찬 연회에서 오스트리아 영사 아들이 지은 공포의 표정이 생각났다. 세상에, 모든 것이 아귀가 맞았다. 그는 동료에게 나지막이 물어봤다.

"그런데 러시아는 그 불길한 서사시와 무슨 관계가 있는 거죠?"

"러시아? 음, 나도 처음엔 그게 궁금하더라고. 그런데 문제가 보기와 달리 복잡하게 얽혀 있었어. 그 문제는 단순히 시나 노래하고만 관련된 것이 아니었던 거야. 만약 단순히 그것하고만 관련된 문제였다면, 우리의 위대한 술탄께서 그렇게까지 신경을 쓰지 않으셨을 테지. 그 문제는 매우 복잡한 것으로서 발칸 지역에 사람들이 정착하고 이동하는 문제, 즉 알바니아인뿐만 아니라 슬라브 민족과 비슬라브 민족 간의 문제와 관련이 있어. 한마디로, 그것은 발칸의 지도와 직접적인 관련이 있었던 거야. 내가 아까도 얘기했듯이 그 무훈시는 알바니아어와 슬라브어, 이렇게 두 개의 언어로 불리고 있었는데, 그렇게 되면 그 무훈시 때문에 세국 내에 인종적 국경이 야기된다는 거야. 나 역시 처음엔 '오스트리아와 러시아가 이 일에 무슨 관련이 있는 거지?'라고 생각했어. 그런데 거기에 그 둘의 이해관계가 걸려 있었던 거야. 오스트리아는 비슬라브 민족을 지지하고 있는 반면, 슬라브 민족들이 차르라고 부르는 러시아 술탄은 우리의 술탄을 대신하여 비슬라브 민족들에게 제약을 가하는 일을 했어. 차르가 곳곳에 정보원을 두고 있기에 가능했던 일이야. 그리고 이 무훈시는 발칸 지역 민족들간의 문제와 구체적인 관련이 있어. 알바니아의 음유시인들은 쿠프릴리 가의 저택에서 처형된 것 같아. 그리고 그들의 악기도 주인과 같은 꼴이 되고 말았지. 아직도 속이 안 좋은가보군."

마르크 알렘은 눈을 껌뻑거렸다.

"너무 신경쓰지 말래두. 곧 나아질 거야. 나도 그런 통증을 이따금 겪어. 그래, 아무튼 세상 모든 일은 보기와 달리 복잡한 법이야. 여기 있는 우리도 많은 것을 알고 있다고 생각하지만, 실제 우리가 알고 있는 것이라곤 고작 꿈 한줌 정도라고."

그는 한동안 그렇게 거드름을 피우며 말하다가 점점 목소리가 잦아들더니 급기야 혼잣말을 하듯 구시렁대기에 이르렀다. 마르크 알렘은 방금 들은 이야기들 때문에 머리가 깨지는 것 같았다. 아, 선별부에서 그 꿈이 내 손아귀에 들어왔을 때, 독사가 더 자라기 전에 머리를 으깨버리듯 그것을 없애버렸어야 했다. 그러나 그는 그것을 다른 문서에 끼워넣어버렸고, 그렇게 넘긴 문서는 다른 부서로 넘어가면서 점점 독을 품게 되고 마침내 핵심몽으로 탈바꿈해버린 것이다. 회한이 그의 가슴을 쥐어짰다. 그러면서도 그는 어쩔 수 없었다는 듯 자신을 위로했다. 어쨌거나 꿈은 권력층의 손을 거쳐 국가 전체가 그것에 관심을 갖는 지경에 이르기까지 스스로 알아서 움직였다. 누군가 그것을 중간에서 제거하려고 해도 사실상 제거가 불가능했다. 왜냐하면 그런 것은 또 만들어질 것이기 때문이다. 와지르는 마르크 알렘에게 온갖 종류의 꿈을 만들 수 있으며, 심지어 핵심몽도 만들 수 있다는 것을 이해시키려 했던 것은 아닐까? 그랬다. 그가 말하고자 한 것은 바로 그것이었다. 그런 일에는 끼어들지 않는 것이 백번 나았다. 나중에 감사를 받다가 그가 증거를 인멸한 것이 발각되면 그뿐 아니라 그의 가족까지 무거운 처벌(그때까지도 그는 그 꿈을 해석하지 못했다는 것 때문에 마음이 몹시 켕기는 상태였다)을 받을 수도 있기 때문이다. 바로 이런 이유 때문에 와지르가 그가 하는 일에 구체적인 지시를 내리지 않은 것인지도 모를 일이었다. 겉으로는 와지르가 어쩔 줄 몰라하는 것 같았지만, 결국 그래서 마르크 알렘이 확실하게 처신할 수 없었던 것이다. 아, 내가 왜 이 저주받을 곳에 들어와 일하게 된 것일까? 마르크 알렘은 속으로 탄식했다.

"오늘 포상식이 있겠지."

옆자리 동료가 말했다.

"포상식이라고요? 왜요?"

“왜긴 왜야? 이 모든 일의 실마리가 된 그 꿈 때문이지. 도대체 정신이 없구먼. 지금까지 우리가 무슨 얘기를 했는데.”

“아, 그렇군요. 제가 정신을 딴 데 파느라.”

“뭐, 그럴 수 있지. 컨디션이 안 좋은 상태니까. 아무튼 오늘 아침에 선별부가 치하를 받았고 선별부를 필두로 다른 부서들도 다 그렇게 치하를 받았을 거야. 청과물 상인에게도 포상금과 함께 표창을 발송했대. 그런데 한 가지 이상한 건, 아직 우리 해석부를 치하하는 공문이 내려오지 않았다는 거야.”

“아, 그래요?”

“오늘 아침부터 우리 부서에 이상한 긴장감이 감돌고 있다는 얘기를 내가 하지 않았나? 내가 보기에 우리 부서에 대한 치하 공문은 애당초 작성되지 않은 것 같아.”

“그건 또 왜일까요?”

“내가 아나? 부장의 표정을 보니 초조한 눈치더라고. 자넨 그걸 못 느꼈나?”

“아, 예. 그래요.”

“그럴 만도 해. 그런 치하는 단연 해석부가 먼저 받아야 하는데 말이야. 그런데 혹시……”

“혹시 뭐요?”

“혹시 해석이 잘못되었던 건지도 몰라.”

“어느 누가 해석부에서 내린 해석이 잘못되었다고 판단해서 다시 수정할 수 있단 말이에요? 꿈 해석에서는 해석부가 맨 마지막 단계의 부서인데요. 그리고 핵심몽 담당관들이야 꿈을 선별하는 작업만 하는 사람들 아닌가요?"

"자네 말이 맞아." 갑자기 생기를 보이는 마르크 알렘에게 놀라면서 그가 말했다. "이런 일은 영 종잡을 수가 없다니까. 치하 공문이 늦어지는 이유도 오리무중이고 말이야."

두 사람은 다시 책상 위의 문서로 주의를 돌렸다. 어느 누구도 눈앞의 글을 읽어나가지 못하고 있었다. 이 사람이 나와 쿠프릴리 가의 관계를 알면 어떻게 될까? 마르크 알렘은 생각했다. 그가 알게 되는 것은 시간 문제였다. 그리고 아직까지는 부장이 쿠프릴리 가의 실총에 대해 아무런 말도 하고 있지 않지만, 부장은 그가 쿠프릴리 가 사람이라는 것을 분명히 알고 있었다. 그러나 그에게 그저 개인적인 걱정거리가 있는 것뿐인지도 모를 일이었다. 마르크 알렘은 앞으로 계속 여기서 일을 하게 되면 사람들이 자신을 흘끔거릴 것이라는 생각이 들었다.

"부장님을 호출하러 온 사람이 있네. 저 창백한 얼굴 좀 봐. 보이지?"

옆자리의 동료가 말했다.

"아, 예."

"내가 그랬지? 치하 공문이 내려오지 않는다는 것은 불길한 징조라고. 게디기 지금까지 공문이 내려오지 않았으면 공문이 애초부터 없다는 얘기야. 별일 없어야 할 텐데.”

“별일이라뇨?”

마르크 알렘이 목멘 소리로 물었다.

“징계 말이야.”

“징계요? 무슨 잘못을 했다고?”

그는 마음 저 한구석에서 살아나고 있는 미세한 희망을 느꼈다. 안색이 창백해진 그는 금방이라도 쓰러질 것 같았다.

“그걸 어찌 알겠어? 나도 이해할 수 없는 것 천지야.”

갈수록 옆자리의 동료는 노골적으로 신경질을 내고 있었다. 이유를 알 수 없는 일들이 일어나는 것을 그도 참을 수 없는 것이다. 그는 초조한 모습으로 안쪽 문을 쳐다보다가 부장이 나간 문을 쳐다보았고 그러다가 복도로 통하는 문을 쳐다보았다.

“무슨 일이 있어. 틀림없어. 아주 끔찍한 일이.”

그는 중얼거렸다. 어찌나 노골적으로 격한 감정을 드러내는지, 끔찍한 일이 지금 일어나고 있다는 사실에 격분하는 것인지, 아니면 자신이 그 이유를 모른다는 사실에 격분하는 것인지 종잡을 수 없었다.

그때처럼 마르크 알렘이 동료의 말이 사실로 드러나기를 간절히 바랐던 적은 없었다. 그때까지만 해도 무슨 일이 일어났다는 말에 두려워하던 그가 이제는 무슨 일이 일어나기를 간절히 바라고 있었다. 만약 그 저주스러운 꿈과 관련된 치하 공문이 계속 내려오지 않고 반대로 징계를 기다리는 처지가 된다면, 막판에 역전승하는 것이나 마찬가지일 것이다. 그는 혹시 부정이라도 타서 그것이 사실이 아닌 것으로 드러날까봐 자신의 바람을 머릿속에서 밀어냈다. 만약 그가 생각한 대로 된다면 그것은 기적이리라.

"너무 분명해. 그걸 보지 못한다면 눈뜬장님이지."

옆자리 동료는 마르크 알렘이 그의 가설이 옳다는 것을 인정하지 않는다는 듯이 화난 사람처럼 씩씩거리며 말했다.

여기저기서 직원들이 수군댔다. 창가 쪽에 앉아 있던 직원은 목을 빼고 밖을 내다보고 있었다. 옆자리 동료가 지금 일어나고 있다고 말한 일이 거기까지 번진 것 같았다.

마르크 알렘은 한밤중에 미친 듯이 달리던 Q자가 새겨진 마차를 떠올렸다. 그는 어제 이후 처음으로 무슨 일이 정말로 일어났음을 인정했다. 와지르는 수수방관한 것이 아니었다. 화를 삭인 채 사악한 범죄행위가 일어난 연회장을 빠져나와 몽유병 환자처럼 계단을 오르던 그의 모습은, 그가 이에 상응하는 조치를 취할 것임을 보여주고 있었던 것이다. 그리고 밤중에 와지르 관저를 출발한 마차와 마르크 알렘과 그의 어머니가 어두운 길에서 목격했던, 어디서 오고 어디로 가는지 알 수 없던 그 마차들. 신이시여, 제발 이 모든 것이 사실이기를!

"더이상 못 참겠어." 옆자리 동료가 말했다. "어떻게 돌아가고 있는 건지 내가 직접 알아봐야겠어. 누가 날 찾거든 문헌보관소에 내려갔다고 말해줘."

다른 사람의 주의를 끌지 않기 위해 동료는 그림자처럼 조용히 나갔다. 그를 바라보던 마르크 알렘은 순간 다행이라고 생각했다. 그가 적어도 어떤 일이 벌어지고 있는지 알아내서 올 것이기 때문이었다.

한동안 그는 자신의 문서를 바라보았다. 그러나 무슨 내용인지 알 수 없었다. 동료가 바로 돌아오지 않는 것은 그가 더 중요한 정보를 얻어오느라 그런 것이라고 생각하면서, 그는 지금 일이 어떻게 돌아가고 있는지 알고 싶은 조바심을 달래고 있었다. 괜한 희망을 품지 않기 위해 초인적인 노력을 기울이지 않을 수 없었다. 다시 한번 희망이 깨질 경우, 그는 도저히 재기할 수 없을 것 같았기 때문이다.

이제는 창가에 있는 사람들도 점점 더 자주 밖을 내다보기 위해 고개를 돌릴 뿐 아니라 다른 책상에서 근무하고 있는 직원들도 똑같이 밖을 내다보기 위해 십자형 창틀을 끼운 창문 가까이 다가갔다. 지금까지 이 방에서 그와 같은 모습을 본 적이 없었다. 뭔가 이상한 분위기가 감돌고 있음을 부정할 수 없었다. 마르크 알렘은 창문 쪽을 바라본 뒤에 동료가 오지 않을까 하여 문 쪽으로 시선을 돌렸다. 초야에 처녀가 아님이 드러나 이튿날 소박맞아 친정으로 돌려보내지는 새색시처럼 술탄이 핵심몽을 반려한 것은 아닐까?

그는 어떤 방식으로든 설익은 희망을 품고 싶지 않았으나, 현재 일어나고 있는 일에 대해 어떤 상상도 할 수 없었다. 이제는 사무실 중앙에서 근무하는 직원들도 자리에서 일어났을 뿐만 아니라, 안쪽에 근무하는 직원들도 일어나 있었다. 마치 책상과 한몸인 것처럼 결코 자리에서 꿈쩍할 것 같지 않았던 사람과 호기심 어린 눈초리로 바깥을 내다볼 생각은커녕 자신들이 일하는 공간에 창이 나 있다는 사실조차 모르는 것처럼 보이던 사람들도 자리에서 일어나 있었다.

마르크 알렘은 초조해서 미칠 지경이었다. 기다리고 또 기다리던 그는 마침내 한 시간 전만 해도 우스운 짓거리라고 여기던 행동을 직접 하게 됐다. 그도 방을 가로질러 높다란 유리창을 향해 나아간 것이다.

나락 가장자리에 서 있기라도 한 것처럼 그의 심장은 멈춘 듯했다. 창문 너머에는 음산하기만 하던 하루해의 여운이 남아 있었다. 여기저기서 직원들이 창문턱에 기대어 밖을 내다보고 있었다.

"도대체 무슨 일이 일어났기에?"

그는 혼잣말처럼 중얼거렸다. 한 직원이 고개를 돌리더니 잠시 놀란 표정을 하고 그를 뚫어져라 쳐다보고선 툭 내뱉었다.

"눈 뒀다 뭐 해요? 저 아래 안마당을 봐요."

마르크 알렘은 그 사람의 시선이 향하는 쪽을 바라보았다. 그는 처음으로 사무실의 창이 꿈의 궁전 안쪽 마당을 향하고 있다는 것을 알았다. 안마당은 군인들로 가득했다. 위에서 보니 그들은 땅딸막해 보였다. 하지만 그들의 군모는 이상하리만치 반짝였다.

"군인들 아닌가요."

그가 말했다. 그 직원은 대꾸하지 않았다.

"군인들이 왜 있는 거죠?"

잠시 뜸을 들인 뒤 마르크 알렘이 물었다. 그런데 고개를 돌리고 보니 그 직원은 어디론가 사라지고 없었다.

그는 장난감 병정 같은 무장 군인들을 바라보았다. 뭐가 뭔지 알 수 없었던 그는 다시 한번 문에 Q자가 새겨진 마차를 떠올렸다. 그는 마차를 생각할 때마다 왠지 모르게 밤새인 올빼미가 떠올랐다. 이렇게 혼란한 상태에서는 그의 마음속에서 마차가 실제 마차로도 보였다가 어둠을 나는 올빼미로도 보였다가 하는 것이 지극히 자연스럽다는 생각이 들었다.

"무슨 일이지요?"

옆에서 숨가쁜 천식성 기침을 하던 이가 기침이 나지 않는 짬을 이용해 물었다.

"저 아래 마당을 봐요."

마르크 알렘이 대꾸했다. 그 사람의 입김 때문에 차가운 유리창이 온통 뿌옇게 변했다. 마르크 알렘은 잠시 이 세상에 없는 존재가 된 듯했다. 다시 유리창이 차가워지면서 뿌연 것이 사라지니 정신이 들었다. 그는 큰 보폭의 느린 걸음으로 자신의 자리로 돌아왔다. 옆자리의 동료가 와 있었다.

"어디 가 있었어?" 동료가 물었다. "한참 기다렸잖아."

마르크 알렘은 머리로 창 쪽을 가리켰다.

"쓸데없는 짓을 했군. 창문에서 내려다본다고 뭘 알 수 있겠어? 그보다 내 말 좀 들어봐. 충격적인 소식이야. 핵심몽 담당관들 가운데 반이 투옥될 것 같아."

"뭐라구요?"

"그뿐이 아니야. 해석부 직원들 가운데서도 곧 체포될 사람이 있다는 얘기가 돌고 있어. 부장을 포함해서 말야."

마르크 알렘은 가까스로 침을 삼켰다.

"그럼 안마당에 군인들이 득실댔던 이유가……"

그는 나직이 말했다.

"그래, 그것 때문이야. 그리고 또다른 이유도 있어. 타비르의 수뇌 가운데 몇몇도 체포될 것 같아."

"세상에, 대체 이유가 뭐죠?"

"쿠프릴리 가가 역공을 했어. 예상된 수순이야."

"역공?" 마르크 알렘은 다급히 물었다. "누가? 어떻게? 누구한테?"

"진정해. 왜 그렇게 흥분해? 자세히 얘기해줄게. 잠깐, 이리 가까이 와봐. 여차하면 우리도 그들처럼 끝장날 수 있어. 타비르 사라일 전체가 온통 시끄러운 상태야. 어젯밤, 아니 오늘 이른 새벽 무렵 아주 이상한 일이 일어났어."

올빼미를 연상시키는 마차들 이야기를 하는 건가? 마르크 알렘은 속으로 생각했다. 그리고 한편으론 그것이 수리 올빼미일 것이라는 생각이 들었다.

"그러니까, 치명타를 입은 쿠프릴리 가는 더이상 팔짱만 끼고 수수방관할 수 없었던 거야. 밤사이 그들은 적어도 현재로선 자네나 나 혹은 그 어떤 사람도 상상할 수 없는 방법으로 즉각적으로 행동을 취한 거야. 새벽녘에 역공을 가하는 데 성공한 것으로 보여. 하지만 앞에서도 얘기했듯이 이 모든 일은 베일에 싸여 있어. 이 나라의 기반을 이루는 저 깊은 심연 속에선 은밀하면서도 무시무시한 대결이 펼쳐지고 있고, 서로 일격을 주고받은 것 같아. 우리가 느낄 수 있는 것이라곤 그 표면의 울림 정도일 뿐이지. 그건 진원을 저 깊숙한 땅속에 두고 일어나는 지진과 같은 거야. 그러니까 밤사이 앙숙인 두 집단 사이에, 국가의 핵심적 위치에서 서로 견제하고 있던 두 세력 사이라고 해도 좋겠군, 끔찍한 충돌이 일어난 거야. 수도 전체가 술렁이는데도 그 구체적 진상을 아는 이가 아무도 없어. 더구나 정작 베일에 싸인 그 사건이 일어난 진원지에 있는 우리도 모르는 것은 마찬가지야."

마르크 알렘은 자신이 두 번이나 그 빌어먹을 꿈을 처리했다고 말하고 싶었다. 하지만 순간 그건 바보짓이라는 생각이 들어 입을 다물었다.

"동트기 직전까지만 해도," 옆자리 동료는 예의 단조로운 어조로 계속 말을 이어나갔다. "대사관들과 외무부 사이를 바쁘게 오가는 마차들이 목격되었대. 제국의 주요 은행과 대단위 구리광산들도 이 사건과 연관이 있다고 하더군. 화폐 평가절하 얘기도 나오고 있으니까 말야."

"세상에!"

마르크 알렘이 외쳤다.

"사태의 흐름은 대충 이래. 하지만 겉으로 볼 때 이 각각의 사건들은 매우 혼란스러운 양상을 띠고 있고 서로 따로 노는 듯싶어. 저 바닥 모를 우물 속에 빠진 기분이라고 할까…… 그리고 또 한 번 얘기하지만 꿈이나 잡고 앉았고 안개의 파편이나 쥐고 있는 우리도 처지는 마찬가지라는 거지."

꿈의 궁전은 하루 종일 저 깊은 곳에 피어오르는 불안감에 사로잡혀 있었다. 오후가 되자 해석부 부장을 포함한 일단의 타비르 사라일 간부들이 체포되었다. 오후 내내 사람들은 또 누가 체포될 것인지를 두고 기다리는 신세가 되었다. 하지만 더이상 누가 체포되는 일 없이 저녁이 되었다.

마르크 알렘은 얼른 가서 어머니에게 이 모든 사실을 알려야지 하는 마음으로 귀가했다. 그는 자신이 보고들은 이야기를 세세하게 어머니에게 말했다. 그러나 이야기를 듣는 어머니의 눈에서 기대했던 기쁨의 표정을 볼 수 없어서 그는 좀 놀랐다.

마르크 알렘과 어머니는 쿠르트에게 좋은 소식이 있는지 알아보기 위해 와지르의 저택에 사람을 보냈다. 하지만 다녀온 사람은 아직 그에 대한 소식을 듣지 못하고 있다는 소식을 전했다.

지난밤 잠을 설쳤는데도 마르크 알렘은 눈을 붙일 수 없었다. 어느 순간 그는 비몽사몽간을 오가고 있었는데, 멀리서 들리는 어떤 소리에 다시 정신이 들었다. 그는 자리에서 일어나 창가로 갔다. 하지만 어디서 난 소리인지 알 수 없었다. 저쪽 끝에서 불그스름한 빛이 보였다. 번개 같았다. 꿈의 궁전을 삼켜버리는 불빛일까 하는 생각도 들었다. 그러나 이내 곧 불이 나고 있는 곳은 그와는 정반대 방향이라는 것을 알았다. 다시 침대에 누운 그는 한참을 뒤척이다가 잠이 들었다. 그는 이른 새벽에 깨어났다. 지체 없이 일어난 그는 깔끔하게 면도를 하고 보통 때보다 이른 시각에 타비르 사라일로 향했다.

7장_봄이 오는 소리

그날 밤 무슨 일이 일어났는지 아는 사람은 아무도 없었다. 날이 갈수록 사건의 자초지종뿐 아니라 사건 자체를 둘러싸고 있는 안개는 사라지기는커녕 더욱 짙어지기만 했다.

꿈의 궁전의 체포 선풍은 일 주일 내내 불었다. 가장 큰 타격을 입은 이들은 핵심몽 담당관들이었다. 그들 가운데 투옥을 면한 사람들은 부서에서 쫓겨나 선별부나 수집부 혹은 심지어 필경부로 좌천되기도 했다. 대신 선별부와 해석부 직원들 가운데 일부가 핵심몽 전담부로 차출되었다. 마르크 알렘도 그렇게 차출된 사람들 가운데 포함되었다. 전출된 지 이틀이 지났을 무렵, 아직 새로운 곳에 적응도 안 된 그때, 그는 꿈의 궁전 국장실(이곳도 대대적인 체포 선풍이 분 곳이었다)로 호출을 받았다. 꿈의 궁전 국

장이 직접 그를 맞이하더니 그를 핵심몽 전담부 부장으로 임명한
다고 말했다.

　마르크 알렘은 자신의 귀를 의심했다. 아직 풋내기인 그가 그
렇게 높은 자리에 오른다는 것을 납득할 수 없었다. 쿠프릴리 가
에서 응분의 조치를 취한 것이 틀림없었다.

　그러나 쿠르트 외삼촌으로부터는 소식이 없었다. 와지르는 늘
뭔가로 바빴다. 국가의 기반을 뒤흔들 수 있는 권력을 가진 와지
르가 친동생을 감옥에서 빼내지 못하는 것을 마르크 알렘은 이해
할 수 없었다. 그렇게 서둘러서는 안 될 이유가 있는지도 몰랐다.
지금의 상태가 최선이라고 생각하는 것인가?

　마르크 알렘은 일에 치여 다른 생각을 오래 할 수 없었다. 핵심
몽 전담부의 조직을 대대적으로 개편해야 했으며 문서는 미루지
않고 즉각 처리해야 했다. 술탄에게 핵심몽을 제출하는 날인 금
요일은 금세 돌아왔다.

　그는 점점 딱딱한 표정을 지었고 가까이하기 어려운 사람으로
변해갔다. 예전의 자신을 지키려고 노력하고 있는데도 그는 행동
에서, 말투에서, 심지어 걸음걸이에서조차 자신이 조금씩 달라지
고 있다는 것을 느낄 수 있었다. 마음은 그렇지 않지만 그는 갈수
록 고위 공무원의 모습을 닮아가고 있었다.

　아무튼 시간이 흐르면서 그는 자신이 새로 맡게 된 직책이 꿈의
궁전에서 얼마나 중요한 자리인지를 알게 되었다. 이제 그는 청

사 앞에 늘 대기하고 있는 하늘색 전용 마차를 이용할 수 있게 되었다. 그는 자신의 전용 마차뿐만 아니라 그 자신 역시 사람들에게 존경과 복종과 두려움을 불러일으키는 존재라는 것을 알았다. 얼마 전까지만 해도 이 나라를 짓누르는 수수께끼 같은 일과 질식할 듯한 분위기에 그렇게 불안해했는데, 지금은 그가 그러한 수수께끼와 불안감을 조성하는 일을 하고 있으니 터져나오려는 실소를 참기 어려웠다. 그러나 그는 이 모든 것이 새옹지마, 즉 세상의 이치인 듯싶었다. 아마도 그 동안 그가 수수께끼 같은 느낌과 불안감에 휩싸인 채 세상 돌아가는 일에 너무 민감했던 만큼 이제는 자신이 그것을 적극적으로 퍼뜨리는 것인지도 모를 일이었다.

일에 파묻힌 나머지 그는 겨울이 지나가는 것도 알아차리지 못할 정도였다. 음유시인들이 그렇게 처형되고 난 후 알바니아는 불면증의 먹이가 된 듯했다. 꿈의 궁전의 각 조직은 분주하게 돌아갔다. 이제 핵심 관료가 된 그는 매일 아침 특급 대외비에 해당하는 특별 보고서를 받았다. 사람들의 수면 곡선은 그들이 사는 곳에서 일어난 일에 따라 변화가 심했다. 그리고 알바니아를 휩쓸고 있는 불면증에 대한 특별 보고서를 제출하라는 명령이 떨어졌다. 그 치명적인 꿈을 제출한 청과물 상인은 며칠째 감금 상태였다. 꿈에 관한 내막을 듣기 위해 그를 감금한 것이었는데, 그로부터 받아낸 조서만도 이미 4백 쪽에 달했다. 모두 몽상류 꿈의 비율이 가파르게 상승하는, 번민의 수면이 늘어나는 시기를 기다리고 있었다. 마르크 알렘은 피곤할 때면 문서를 읽느라 눈앞에 베일이라도 쳐져 있는 듯 오랫동안 눈을 비비는 습관이 생겼다.

어느 날 저녁 여느 때처럼 퇴근해서 보니 로케의 얼굴이 리넨처럼 창백했다. 그의 명치끝에서 지난 몇 주 동안 까마득히 잊고 있던, 불안감이 만들어내는 낯설지 않은 공허감이 일었다.

"무슨 일이에요? 쿠르트 외삼촌 일인가요?"

그가 나지막이 물었다. 로케는 고개를 끄덕였다.

"계속 투옥한대요? 몇 년형을 선고받았대요?"

로케는 눈물이 고여 눈동자가 그 안에서 녹은 듯한 눈으로 슬픈 표정만 지을 뿐이었다.

"몇 년형을 받았느냐고 묻잖아요."

마르크 알렘이 거듭 물었으나 로케는 아무 말이 없었다.

로케는 넋 나간 표정으로 그를 바라볼 뿐이었다. 그는 로케의 어깨를 붙잡고 거칠게 흔들었다. 그러나 곧 무슨 일이 일어났는지 알게 된 그는 오열을 터뜨렸다. 쿠르트가 참수형을 선고받고 바로 처형됐다는 소식이 조금 전에 전해진 것이다.

마르크 알렘은 방으로 올라가 문을 걸어 잠갔다. 어머니도 혼자 자신의 방에서 울고 있었다. 어떻게 이런 일이. 그는 이해할 수 없었다. 석방해도 별 문제가 되지 않을 요즘 같은 때에 사형선고를 내려 즉결 처형하다니 있을 수 없는 일이었다. 그는 두 손으로 양 관자놀이를 눌렀다. 이것은 쿠프릴리 가가 권력을 되찾기 위해 취했다는 그 역공이라는 것과 현기증 나는 그의 지위는 한낱 환상에 지나지 않으며, 적이 새로운 공세를 취할 것이라는 전조가 아닐까? 그러나 이제 그로선 어찌 되든 상관이 없었다. 그들은 그렇게 할 것이다. 그렇다면 다시는 이런 비극적인 일이 일어나지 않도록 이번에는 가능한 한 일찍, 그리고 가능한 한 잔혹하게 공세를 취해주길 바랄 뿐이었다.

이튿날 아침, 그는 창백한 모습으로 타비르 사라일에 출근했다. 그는 현재의 직위에서 해임되어 다시 해석부나 선별부로 좌천되리라는 각오를 했다. 그러나 부하 직원들은 그가 최근에 승진한 이후 보여준 대로 예를 다해 그를 맞이했다. 그의 안색이 좋지 않은 것을 보고는 더욱 조심스럽게 그를 대했다. 부하 직원들이 결재 문서를 올릴 때 그는 그들의 시선이나 말에 그를 조롱하는 기색이 없는지 살폈다. 일절 그런 기색을 발견하지 못한 그는 마음이 누그러졌다. 하지만 그런 상태는 그리 오래가지 않았다. 그에 대한 해임 결정이 이미 났다 하더라도 부하 직원들이 그렇게 빨리 그 소식을 접할 수는 없을 거라고 생각하자 다시 불안해졌다. 그는 구실을 만들어 꿈의 궁전 국장실로 올라갔다. 그곳에 근무하는 직원이 오늘 국장이 몸이 아파 사무실에 출근하지 않았다는 말을 전해주었다. 그는 이 모든 것이 잘 짜인 한 편의 연극 같다고 생각했다.

그의 불안감은 며칠 동안 이어졌다. 그러던 어느 날 아침 일찍

(그는 일은 전혀 예상하지 못하고 있을 때 벌어진다는 것을 알았다) 꿈의 궁전 국장이 그를 호출했다. 너무 빠르지도 너무 늦지도 않군. 그는 책상에서 일어서면서 생각했다. 이상하게도 아무런 느낌이 없었다. 마치 귀머거리라도 된 듯 아무 소리도 들리지 않고 복도를 걸어가는 자신의 발걸음이 내는 울림만 느낄 수 있을 뿐이었다. 그가 국장 앞에 서자, 국장은 심각하게 굳은 표정을 지었다. 그럴 만도 하지. 쿠프릴리 가 사람을 해임하려는데 저 정도 심각한 것은 당연한 것 아니겠어. 마르크 알렘은 속으로 생각했다. 쿠프릴리 가 사람들에게는 진급이든 해임이든 모두 형식적인 것에 불과했다. 국장이 뭔가 말을 하고 있었으나 마르크 알렘은 그가 하는 말이 귀에 들어오지 않았다. 그가 하는 이야기는 별로 중요하지 않았기 때문이다. 그는 어서 그 사무실에서 나가 선별부로든 필경부로든 좌천되어 수많은 낯선 사람들 틈에서 눈에 띄지 않는 채 지내고 싶었다. 그는 국장의 말을 자르고 싶었다. 왜 말을 짧게 하지 않고 그렇게 빙빙 돌려 말씀하십니까? 쓸데없이 서론이 너무 길었다. 국장은 마르크 알렘과 고양이와 쥐 놀이를 하고 싶어하는 것 같았다. 그는 이 성가신 쿠프릴리 가의 자제를 좌천시키는 데 만족스러워하는 것인지도 모를 일이었다. 마르크 알렘이 자신의 자리까지 차지할지도 모른다고 생각하고 있는 것은 아닐까? 아닌 게 아니라 언젠가 그가 그런 암시를 한 적이 있었다. 마르크 알렘은 미간을 찌푸렸다. 그렇게 야비하게 빈정대면

서 그의 진을 빼놓다니 너무하다는 생각이 들었다. 모든 것이 도가 지나쳤다. 그러다가 갑자기 마르크 알렘은 자신의 귀를 의심했다. 국장이 그에게 축하한다는 말을 하지 않는가. 그는 생각했다. 당신이 아무리 나를 조롱하려고 해도 소용없을걸. 잠시 침묵이 흐르는 동안 그는 미칠 것만 같았다.

"마르크 알렘 군, 어디 불편한 데라도 있나?"

국장이 부드럽게 물었다.

"계속하십시오, 국장님."

그는 냉랭하게 말했다. 이젠 국장이 놀란 표정으로 그를 바라보았다. 그는 마르크 알렘에게 살짝 미소를 지어 보였다.

"솔직히 자네가 내 말에 그렇게 반응하리라곤 생각 못 했네."

"제가 어떻게 반응했는데요?"

마르크 알렘은 여전히 무뚝뚝한 목소리로 물었다.

국장은 팔을 벌리며 말했다.

"물론, 자격이 충분한 사람이라면 이런 통보를 당연하게 여길 것이라는 건 알고 있네. 더구나 자네처럼 재상들을 배출한 명문가 출신이라면 더욱 그렇겠지."

"본론만 간단히 말씀해주실 수 없나요."

마르크 알렘은 이마에서 식은땀이 흐르는 것을 느끼며 말했다.

국장은 놀란 눈으로 그를 쳐다봤다.

"난 그저 명확히 하고 싶었을 뿐이라네." 국장은 나지막이 말했다. "솔직히 말해서 아직도 난 누군가를 내 사무실로 불러 이런 애기를 전할 때 어떻게 해야 할지 잘 모르네."

마르크 알렘은 귓속이 웅웅거리는 듯했다. 방금 들은 말을 믿을 수가 없었다. 국장이 한 말은 겨우 그가 이해할 수 있는 말이 되어 조금씩 그의 머릿속으로 들어왔다. 임명이니, 해임이니, 국장의 교체니, 국장의 직위니 하는 말들을 분명히 듣긴 했지만, 그가 처음에 생각하던 것과는 전혀 다른 맥락에서 사용되었다. 타비르 사라일을 총괄하고 있는 이 국장이 상부의 지시에 따라 마르크 알렘이 현 핵심몽 전담부 부장직을 유지하면서 꿈의 궁전 제1부국장을 겸임하도록 결정되었으며, 자세한 내막은 모르지만 건강상의 이유로 자리를 자주 비우게 될 국장을 옆에서 보좌하게 될 것이라는 말을 전하는 데는 족히 십오 분이 걸렸다.

이미 한 애기를 천천히 반복하면서 국장은 어째서 이런 통보가 마르크 알렘에게 냉담한 반응을 끌어냈는지 알고 싶다는 표정을 지으며 그를 뚫어져라 쳐다봤다. 그런데 지금 마르크 알렘의 표정은 자신의 귀를 의심하는 사람의 그것이었다.

마르크 알렘은 눈을 비비고 손을 밑으로 내리더니 낮은 목소리로 말했다.

"죄송합니다. 용서하십시오. 제가 오늘 제정신이 아니어서 말이죠. 다시 한번 용서를 구합니다."

"아, 아닐세. 전혀 미안할 일이 아니네. 너무 자책하지 말게. 자네가 처음 방에 들어올 때 눈치챘다네. 앞으론 몸 좀 챙기도록 하게. 더구나 이제 자네는 더 많은 일을 맡지 않았나. 나를 보게, 나도 그것을 소홀히 했다가 지금 이렇게 톡톡히 대가를 치르고 있어. 어쨌든 다시 한번 축하하네. 진심이야! 행운을 비네!"

그날 이후 그는 국장과 일대일로 만날 때마다 새삼 몸이 불편하다고 느끼곤 했다. 더구나 그는 이제 일에 완전히 파묻혀 있었다. 아니나 다를까 국장은 건강상의 이유로 자주 자리를 비웠다. 어떤 때는 그가 며칠을 연달아 국장의 일을 대신하기도 했다. 일이 과중해짐에 따라 그는 점점 더 무뚝뚝한 사람이 되어갔다. 그가 실제로 총지휘하는 이 거대한 조직은 밤낮을 가리지 않고 돌아갔다. 이제야 비로소 그는 타비르 사라일의 실제 규모를 알 수 있었다. 정부의 고위 관료들도 그의 사무실을 출입할 때는 조심스럽게 행동했다. 자주 방문하는 내무부 차관도 그가 말을 할 때는 중간에 끼어들지 않았다. 고위 관료들은 정중한 미소를 띠고 있긴 했지만, 그들의 눈빛에는 혹시나 자신들이 연루된 꿈이 있지는 않을까 하는 호기심이 역력했다. 그들은 세도가에다 신분도 높고 고위직을 꿰찬 채 그에 따른 권력도 누리고 있었지만, 그것으론 역부족이었다. 중요한 것은 그들이 현재 삶에서 누리고 있는 것만이 아니었다. 다른 사람의 꿈속에 그들이 어떤 모습으로 나타나느냐 하는 것과 그들이 어떤 베일에 싸인 마차를 타고 다니느냐 하는 것, 그리고 그 마차를 장식하고 있는 문장이나 상징이 얼마나 신비한 것인가 하는 것도 그에 못지않게 중요했다.

매일 아침 그날의 보고를 받으면서 마르크 알렘은 수많은 사람들의 지난밤이 자신의 두 손 안에 들어와 있다는 느낌을 받았다. 그랬다, 인간의 은밀한 영역을 지배하는 자는 무소불위의 권력을 누릴 수 있었다. 그 생각은 날이 갈수록 더욱 확고해져만 갔다.

어느 날 그는 갑작스러운 충동에 이끌려 자리에서 일어나 느린 걸음으로 문헌보관소로 내려갔다. 예전처럼 매캐한 석탄 냄새가 진동했다. 직원들이 조심스러운 태도로 그림자처럼 그의 앞에 대령했다. 그는 지난 몇 개월간의 핵심몽 문서를 요구했다. 직원이 문서를 가져왔다. 그는 혼자서 볼 테니 방해하지 말라고 직원에게 이른 뒤에 하나씩 읽기 시작했다. 한 장 한 장 넘길수록 그의 손이 떨렸다. 맥박도 바닥까지 내려갔다. 각 문서의 오른쪽 상단에는 날짜와 관련 사항이 명시돼 있었다. 12월 마지막 금요일. 1월 첫번째 금요일. 1월 두번째 금요일. 그는 마침내 찾고 있던 꿈을 발견했다. 그것은 자신의 외삼촌을 죽음으로 몰아넣고 자신을 타비르의 최고 자리로 올려놓은 그 비극의 꿈이었다. 그는 눈이 하얀 붕대로 감긴 것처럼, 붕대 틈으로 새어나오는 빛의 기운만 느낄 뿐 아무것도 볼 수 없었다. 그것은 수도에 사는 청과물 상인이 꾼 바로 그 꿈이었다. 이미 마르크 알렘의 손을 두 번이나 거친. 문서에는 그가 이미 내용을 알고 있는 다음과 같은 대략적인 해석이 첨부돼 있었다. 다리를 의미하는 퀴프리: 쿠프릴리 가, 악기:

알바니아 무훈시, 악기 소리에 성이 난 황소가 제국을 향해 돌진하려고 함. 세상에, 그는 탄식했다. 이 모든 것은 이미 그의 머릿속에 있었던 것이었다. 그러나 하얀 종이 위에 까만 글씨로 적힌 그 내용을 보자 머리끝에서 발끝까지 전율이 일었다. 그는 문서를 덮고 느린 걸음으로 거기서 나왔다.

타비르 사라일의 책임자가 된 이후 많은 무시무시한 비밀들을 알게 됐지만, 공격 세력이 쿠프릴리 가를 급습하고 뒤이어 역공을 받은 그날 밤의 수수께끼만큼은 아직까지 풀지 못했다.

청과물 상인에 대한 심문은 취조실에서 계속되고 있었다. 그가 진술한 조서만도 벌써 8백 쪽을 넘어서고 있었지만 취조는 끝날 기미가 보이지 않았다. 어느 날, 마르크 알렘은 그 조서를 가져오도록 시킨 뒤 몇 시간에 걸쳐 그것을 살펴보았다. 그런 종류의 문서를 보는 것은 처음이었다. 그 가운데 백여 쪽 이상이 상인의 자질구레한 일상에 대한 기록이었다. 거의 모든 것이 그 안에 들어 있었다. 양배추, 꽃양배추, 파, 상추와 같이 그가 판 야채며 과일의 종류, 물건을 배달한 시간, 물건을 부린 시간, 물건의 신선도, 공급자와의 가격 홍정, 가격의 인상, 고객, 고객들이 한 말, 고객들이 지나가는 말로 한 집안 문제, 살림살이 걱정, 숨겨진 병, 고비, 협력, 자질구레한 소문, 해질녘 술꾼의 주정, 청소부가 한 말, 구경꾼, 그가 기억하지 못하는 낯선 사람의 말, 그리고 다시 야채 수확의 시기, 젓불과 늍불의 맛, 신선하게 보이기 위한 물 뿌리기,

물건을 가져온 시골 농사꾼의 요령부득, 쩨쩨한 가격 흥정, 쓰레기, 무게를 더 나가게 만드는 상추에 맺힌 이슬, 식모의 까탈, 시비꾼, 험담 등등. 이런 내용을 다시 쓰고 곱씹는 일은 영원히 끝나지 않을 것만 같았다.

두툼한 조서를 덮자, 마르크 알렘은 마치 이슬이 덮인 드넓은 초원을 빠져나온 듯한 기분이 들었다. 그 어딘가에 독사가 똬리를 틀고 있으리라는 생각은 전혀 들지 않았다. 조서를 읽느라 지칠 대로 지쳤지만, 뭔가 신선한 느낌을 받았다. 그리고 이상하게도 그 상인에게 동정이 갔다. 상인은 자신의 꿈이 그런 결과를 빚으리라고는 전혀 상상도 못 했던 것 같다. 그러나 그는 조서의 또 다른 수백 쪽을 채우고 있는 꿈 해석과 관련된 내용으로 넘어가기 전에 과연 그 남자가 그 꿈을 정말로 꾸긴 꾼 것일까 하는 의문이 들었다. 하지만 이제 와서 그게 뭐 그리 중요할까. 이미 물은 엎질러진 후고 어떤 식으로든 다시 주워담을 수는 없었다.

이후 마르크 알렘은 청과물 상인에 대한 생각은 더이상 하지 않았다. 새로운 계절이 다가오고 있었다. 새로운 계절이 오면 꿈의 궁전이 긴박하게 돌아갈 것이기 때문에 사소한 것에 신경쓸 틈이 없었다. 그에게 올라오는 보고서들은 모두 해결할 문제투성이였다. 알바니아의 불면증 징후는 전례 없이 심각했다. 물론 꿈의 궁전에 그 징후를 해결할 책임이 있는 것은 아니었지만, 이런 상황이 계속되면 줄어드는 수면과 관련된 문서를 준비해야 할 수도 있었다. 게다가 며칠 전 제국은행장이 그와 긴 대화를 나누면서 심각한 경제 위기로 인해 통화가 평가절하될 가능성이 있다는 말을 전했다. 이런 국가적 사태를 충분히 인지한 뒤에 이와 관련된 꿈들을 더욱 주의 깊게 살피는 것은 꿈의 궁전에서 할 일이었다. 마르크 알렘은 비록 짧은 기간에 선별부와 해석부를 거쳤지만 이와 관련된 내용의 꿈들이 문서철에 많이 있으리라는 것을 알 수 있었다. 제국 내 다른 중요 기관에서는 유대계와 아르메니아계 지식인들 사이에 퍼져 있는 불안(세상에, 그들은 또다른 학살을 요구할 것인가?)뿐만 아니라 수도와 대(大) 파샤령들 사이의 느슨해진 고리에 대해서도 간접적으로나마 예의 주시하고 있었다. 관계 기관에서는 젊은 세대들의 느슨한 종교 관념을 수백 번 이상 경고한 바 있었다. 이런 경고는 셰이크 알 이슬람으로부터 나온 것이었다.

　이런 문제에 매달려 있던 마르크 알렘은 봄이 오는 줄도 몰랐다. 날씨는 따뜻해졌고 황새가 다시 날아왔다. 하지만 그의 눈에는 그런 것이 전혀 들어오지 않았다.

　어느 날 오후, 그는 지난번과 똑같은 시간과 장소에서 독방구역으로부터 관을 운구하고 나오는 일행과 마주쳤다. 청과물 상인 이로군. 그는 생각했다. 그는 재차 확인하기 위해 고개를 돌리지 않았다. 그런 모습은 더이상 보고 싶지도 않았다. 잠시 후, 그는 울퉁불퉁한 길 때문에 심하게 흔들리는 마차 속에 있었다. 아까 그 광경이 머릿속에 떠올랐다. 그는 그 생각을 애써 밀어냈다. 차창 너머로 진홍빛 저녁햇살이 비치는 가운데, 아직 앙상한 나무들이 서 있는 공원에 첫순이 돋아나고 있는 모습이 보였다.

집에 돌아와보니 총독인 큰외삼촌과 외숙모 그리고 외사촌들이 와 있었다. 총독은 쿠르트가 처형된 이후 수도에 발길을 끊었었다. 그들은 마르크 알렘의 약혼식에 대한 이야기를 나누고 있었다. 어머니의 눈이 촉촉해졌다. 봄이 어머니 마음속 깊은 곳까지 스며든 듯했다. 그는 아무 생각도 없이 묵묵히 그들의 얘기를 들었다. 갑자기 그는 무슨 계시라도 받은 사람처럼 새삼 자신이 스물여덟 살이라는 것을 깨달았다. 시간은 꿈의 궁전 안에서 마치 다른 법칙에 따라 움직이는 것 같았다. 그곳에서 일하게 된 이후로 그는 자신의 나이에 대해 한 번도 생각해본 적이 없었다.

그가 싫은 내색을 하지 않자, 그들은 거리낌 없이 그의 배필이 될 처녀에 대한 얘기를 했다. 열아홉 살의 금발 처녀이니 얼마나 좋으냐는 말들이 오갔다. 그들은 손에 크리스털 잔을 쥔 사람들처럼 아주 조심스럽게 그녀 얘기를 했다. 마르크 알렘은 좋다 싫다 말을 하지 않았다. 그날 이후 사람들은 다 됐다고 생각한 밥에 재를 뿌리는 우를 범하지 않기 위해 그 주제에 관해 그에게 더이상 말을 꺼내지 않았다.

어머니가 오라버니를 위해 연 두 번의 만찬을 제외하고 일 주일 동안 집안에는 별다른 일이 없었다. 집안 묘지를 꾸미는 일을 맡은 조각가가 쿠르트의 묘를 꾸밀 묘비의 글씨와 청동 장식을 미리 보여주려고 찾아온 적이 있긴 했다.

그 다음주에는 마르크 알렘의 퇴근이 늦어졌다. 일이 많았던 것이다. 술탄이 수면과 꿈에 관한 전국적 보고서를 요구했기 때문이다. 타비르 사라일의 전 부서가 연장근무에 돌입했다. 꿈의 궁전 국장은 여전히 병가중이었기 때문에 마르크 알렘이 보고서에 대한 최종 결론을 직접 써야 했다.

사무실에 앉아서 보고서 결론을 쓰던 그는 이따금 머리가 묵직해지는 느낌을 받았다. 그는 자기 앞에 놓인, 이미 빽빽하게 채워진 문서를 마치 자기가 쓰지 않은 양 놀란 눈으로 쳐다보기도 했다. 세상에서 가장 넓은 제국 중 하나인 이곳에서 수집한 수면들이 종이 위에 음울한 모습으로 적혀 있었다. 이 제국은 온갖 종교와 온갖 민족 그리고 사십여 개의 서로 다른 국가에서 온 사람들이 섞여 있는 곳이다. 이 보고서가 세상 전체를 포괄해야 한다 하더라도, 거기에 추가되는 나머지 인류의 수면 내용은 얼마 되지 않을 터였다. 어쩌면 이 보고서 안에는 두렵고 그 끝을 알 수 없는 지상의 모든 어둠의 수면이 존재하고 있는지도 몰랐다. 그리고 마르크 알렘은 그 바닥 모를 심연에서 진실의 편린들을 퍼올리려고 그렇게 애쓰는 것이다. 그리스의 잠의 신 히프노스도 꿈과 관련해서는 마르크 알렘보다 더 많은 것을 알지 못할 것이다.

어느 오후, 그는 서가에서 집안 연대기를 꺼내 들었다. 그것을 마지막으로 본 것은, 지금은 그가 실질적인 책임자가 된 타비르에 처음 출근하던 어느 추운 날 아침이었다. 손가락으로 책장을 넘기고는 있었지만, 무엇을 찾기 위해 연대기를 펼쳤는지 기억이 나지 않았다. 이내 그는 자신이 특별히 서둘러 찾는 것이 없음을 깨달았다. 맨 마지막 부분에 이르니 빈 페이지들이 나왔다. 처음으로 그는 백 년 주기로 갱신되는 그 연대기에 뭔가 덧붙이고 싶다는 생각이 들었다. 그는 연대기에 눈을 고정시킨 채 잠시 가만히 앉아 있었다. 그 사이 중요한 사건들이 벌어지지 않았던가. 러시아와의 전쟁도 지금은 끝이 났다. 그리스는 제국으로부터 독립해 나갔고 나머지 발칸 국가들도 독립의 요구로 들끓고 있었다. 한편, 알바니아는…… 멀리 떨어져 있는 차가운 별처럼 알바니아는 그에게서 점점 더 멀어지고 아련해지고 있다. 자신이 알바니아가 품고 있는 것을 제대로 알고는 있는지 의문이었다. 그는 잠시 회의에 빠졌다. 그 사이 손에 든 펜이 무거워짐을 느낀 그는 손을 종이 위에 내린 채 알바니아라는 말 대신 '그곳'이라고 적었다. 조국의 이름을 대신해 적어넣은 그 단어를 쳐다보고 있는데, 갑자기 그 표현에서 어떤 무게감이 느껴졌다. 그의 의식 속에서 그 표현은 '쿠프릴리 가의 슬픔'을 의미했다. '쿠프릴리 가의 슬픔'. 이 표현은 세상 어떤 언어에서도 만날 수 없는 표현이겠지만 세상의 모든 언어로 옮겨져야 마땅한 표현이기도 했다.

"그곳엔 지금쯤 눈이 내렸을 것이다……" 그는 거기서 멈췄다. 펜이 마법에 걸려 종이에서 떨어지지 않을까봐 황급히 펜을 들어올렸기 때문이다. 연대기의 문체에 맞춰 쿠르트 쿠프릴리의 처형과 꿈의 궁전 수장이 된 자신에 대한 이야기를 아주 간단하게 적어넣으려 하는데도 혼란한 마음을 애써 진정시켜야 했다. 펜이 다시 손의 움직임을 따라가주지 않았다. 그는 지욘이라고 불리던 조상을 머릿속에 떠올렸다. 그 조상은 몇 세기 전 어느 겨울에 다리를 건축하는 일을 했는데 결국 다리도 세우고 집안의 이름도 짓게 되었다. 그 성(姓)에는 쿠프릴리 가 사람들이 자손 대대로 이어갈 운명이 무슨 비밀 전언처럼 기록돼 있었다.사람들은 다리가 무너지지 않도록 교각 아래에 산 사람을 제물로 바쳤다. 그로부터 많은 세월이 흘렀지만, 그렇게 흘린 피의 자국이 여태 그들에게 이어져 내려오고 있었다. 쿠프릴리 가문의 번창을 위해서였다.

바로 그러한 이유 때문에 쿠프릴리 가문은 귀신처럼 그들을 따라다니는 다리의 이미지를 떨쳐내기 위해 케프륄뤼로 성을 바꿔야 했을지도 모른다. 옛 그리스인들이 갑작스런 노여움에 사로잡힌 죽은 혼이 그들의 과거를 들추어 잘못을 추궁하지 못하도록 머리카락을 자르고 장례 행렬에 참석한 것처럼.

마르크 알렘은 그러한 사실을 무시하지 않았다. 비록 그 비극적인 만찬 연회에서 그랬던 것처럼 자신을 보호해주고 있는 이슬람의 가면을 벗어던지고 자신을 위험에 빠뜨릴 수 있는 비극적 운명의 상징인 집안의 옛 이름들 가운데 하나를 쓰고 싶은 강렬한 충동을 느낄 때가 있긴 했지만.

그는 여전히 펜을 손에 쥐고 있었지만 마르크 지에르지, 마르크 지요르그 우라와 같은 이름들을 되뇌면서 낡은 연대기의 하단에 자신의 이름을 적어넣기를 주저하고 있었다⋯⋯

3월의 어느 늦은 오후, 그는 보고서의 결론을 쓰는 일을 끝냈다. 그는 그것을 다시 옮겨쓰도록 필경부로 보냈다. 그는 다소 홀가분한 마음으로 귀가하기 위해 마차에 올라탔다. 그는 마차를 타면 거리에 가득한 호기심 많은 사람들의 시선을 피하기 위해 의자에 몸을 푹 파묻고 앉는 버릇이 생겼다. 그날도 그는 그렇게 앉았다. 그러나 길모퉁이에 이르자 왠지 창가 쪽으로 몸을 기울이고 싶어졌다. 창문 너머에서 뭔가가 계속 그를 끌어당기고 있었다. 결국 그는 늘 취하던 자세를 풀고 고개를 앞으로 내밀었다. 입김으로 뿌예진 얇은 차창을 통해 지금 자신이 탄 마차가 중앙공원을 따라가고 있음을 알게 되었다. 편도나무에 꽃이 피었구나. 그는 가슴이 뭉클했다. 밖에서 그를 끌어당기는 뭔가가 있을 때마다 늘 하던 대로 그것을 슬쩍 본 다음 다시 의자 뒤로 몸을 웅크렸다. 그러나 지금은 그렇게 할 수 없었다. 그는 알고 있었다. 두 걸음만 디디면 저 밖에 새로운 생명들이 살아 움직이고, 포근한 구름이 피어오르고, 황새가 날고, 사랑이 넘쳐흐른다는 것을. 그 모

든 것은 그가 꿈의 궁전의 영향권에서 벗어나기가 두려워 애써 외
면하는 것들이었다. 그는 자신이 의자 뒤쪽에 몸을 웅크리고 있
는 것은 단순히 자신을 보호하기 위해서라는 것을 느꼈다. 그리
고 자신이 생명의 끌어당김에 굴복하는 순간 이 은신처를 포기하
게 될 것이고, 그렇게 거기서 등을 돌리는 순간 주문은 풀리리라
는 것을, 더 구체적으로 말해서 그렇게 되면 지금같이 느지막한
오후, 쿠르트에게 그랬듯이 쿠프릴리 가 사람들을 향해 부는 바
람이 더 은밀하게, 돌아올 수 없는 그 어디로 그를 데려가리라는
것을 느끼고 있었다.

머릿속에 떠오르는 이런 상념에도 불구하고 그는 창에서 얼굴
을 돌리지 않았다. 그렇다, 나는 내 무덤을 장식할 조각가에게 꽃
이 활짝 핀 편도나무 가지를 새겨달라고 주문하리라. 그는 손바
닥으로 뿌예진 창을 닦았다. 그렇다고 해서 좀더 선명한 풍경을
볼 수 있는 것은 아니었지만, 그 창을 통해 세상은 다른 각도로 보
이기도 하고 영롱한 무지갯빛을 발하기도 했다. 순간 그는 자신
의 눈에 눈물이 고여 있음을 깨달았다.

티라너에서, 1981년

옮긴이의 말

나는 편도나무에게 말했노라.
"편도나무야, 나에게 신에 관해 이야기해다오.
편도나무야, 나에게 신에 관해 이야기해다오."
그러자 편도나무가 꽃을 활짝 피웠다.
— 니코스 카잔차키스, 『영혼의 자서전』에서

  우리는 하룻밤 사이에 네댓 번 꿈을 꾼다고 한다. 인간이 평균 수명을 영위한다고 할 때 잠자는 시간이 인생의 3분의 1을 차지한다니, 거기서 꿈꾸는 시간을 따로 계산해보면 우리가 꿈을 꾸면서 보내는 시간은 오 년 정도일 것이다.

  전제적 폭압정치를 하는 곳에서는 깨어 있는 모든 시간을 통제하는 것도 모자라 이 개별적이고 은밀한 오 년마저 통제하고자 한다. 이것이 『꿈의 궁전』이라는 알레고리 소설이 대전제로 깔고 있는 내용이다. 알레고리라는 장치에도 불구하고 사실보다 더 사실적으로 보이고 인간 역사에서 진정 그런 일이 자행된 곳이 한 군데쯤 있을 것 같은 느낌이 드는 이 소설을 대하면, 잠과 꿈이라는 매우 사적이며 은밀한 공간마저 자신의 통제하에 두고자 하는 압제자의 바람이 허무맹랑하게만 보이지는 않는다.

그러나 제국의 질서를 위협하는 모든 싹을 사전에 제거하기 위해 설립된 '꿈의 궁전'이 통제하지 못하는 것이 있었다. 좀더 근원적으로 통제한답시고 어두운 곳과 후미진 곳과 은밀한 곳을 찾아다니지만, 진정 불순한 '꿈'은 바로 이 세상을 꿈틀거리며 움직이게 하는 자연의 모든 생명 속에 내재돼 있는 것이다. 그곳은 가공할 '꿈의 궁전'으로서도 속수무책인 영역이다.

백번 꿈을 통제한다 한들, 제국 안의 모든 이의 꿈을 한데 끌어모은다 한들, 봄날 약동하는 생명을 한 번 접한 인간은 압제자들이 보기에 꿈속에서보다 더 무서운 반역의 희망을 품게 되고 마는데 어쩔 것인가.

이 책은 카다레의 꿈이다. 게다가 '핵심몽'이다. 자신의 무덤을 활짝 핀 편도나무 가지로 장식해달라는 마르크 알렘의 유언 같은 의지는 카다레가 꾼 핵심몽의 요지다. 그런데 놀랍게도 카잔차키스도 카뮈도 같은 꿈을 꾸고 있었다. 카뮈의 『결혼, 여름』의 한 대목을 번역하여 옮겨보면, 그대로 카다레가 꾼 핵심몽의 꿈풀이가 될 것이다.

알제리에서 지낼 때, 나는 겨울을 잘 견뎠다. 하룻밤이면, 냉랭하면서도 맑은 2월의 단 하룻밤이면 레콩쉴 계곡의 편도나무에 하얀 꽃이 만발하리라는 것을 알고 있었기 때문이다. 제

아무리 비가 내리쳐도, 바닷바람이 몰아쳐도 묵묵히 버티는 이 연약한 눈송이 같은 꽃을 보면서 나는 경탄을 금치 못했다. 그런데 해마다 편도나무는 딱 열매를 맺을 수 있을 만큼만 버텼다. 거기에 무슨 상징이 있는 것은 아니었다. 우리는 상징만으로 행복을 얻을 순 없다. 행복을 얻기 위해서는 상징보다 더 확실한 그 무엇이 필요하다.

번역 텍스트로 사용한 책은 유수프 브리오니(Jusuf Vrioni)가 알바니아어에서 불역한 *Le Palais des Rêves*(Fayard, 1990)이다. 카다레가 직접 쓴 알바니아어 텍스트를 번역 원본으로 삼지 못한 것은 유감스러운 일이다. 앞서 우리 나라에 소개된 그의 세 작품도 모두 중역의 과정을 거쳤다. 알바니아어가 우리나라에서 쉽게 접할 수 있는 언어가 아니라는 점이 중역의 첫째 이유가 될 것이다. 그럼에도 편집부에서 중역의 부담을 안고 과감히 불역 텍스트를 가지고 번역을 의뢰하기에 이른 것은, 카다레와 동향 사람인 유수프 브리오니의 불역본이 알바니아어본 못지않은 권위를 가진 텍스트라는 평가에 힘입은 바가 컸다. 하물며 브리오니의 불역 텍스트에 대한 권위를 프랑스어를 알고 있는 저자가 직접 인정하고 있음에랴. 결국 편집부는 불역본을 번역 텍스트로 삼기로 했으며, 그에 따라 알바니아어에 문외한인 본 역자가 카다레의 책을 번역할 귀한 기회를 갖게 되었다.

번역과정을 돌이켜보건대 불역 텍스트로 중역한다는 생각 때문에 번역이 조심스러울 수밖에 없었지만, 그렇다고 원문의 리듬이 흐트러진다는 생각은 들지 않았다. 불역 텍스트를 통해 가늠컨대 프랑스어와 알바니아어는 호환에 그리 큰 문제가 있는 언어들이 아니라는 생각이 들었다. 카다레의 문체적 특성도 큰 몫을 했으리라 본다. 아무튼 주제적 측면에서 중역의 문제로 오역될 소지는 극히 적었으며, 문체적 측면에서도 알바니아어 원본이 자아내는 분위기에서 그리 크게 벗어나지 않았다고 생각한다. 다만 19세기 중후반 오스만 제국의 수도였던 이스탄불의 사회적·문화적·역사적 분위기와 대화체의 고유한 특성을 얼마나 잘 살리느냐 하는 것이 관건이었다. 그것은 알바니아어본으로 번역하든 불역본으로 번역하든 역자로서는 피할 수 없는 동일한 어려움이었을 것이다.

좀더 일찍 국내에 소개할 수 있었던 이 책을 지금에야 소개할 수 있게 된 것이 안타깝다. 귀한 책 한 권을 만들어준 문학동네 편집부에 감사의 마음을 전한다.

2004년 가을
장석훈

지은이 **이스마일 카다레**

1936년 알바니아 남부 지로카스트라에서 태어났다. 티라나 대학교에서 언어학과 문학을 공부했고, 모스크바의 고리키 문학연구소에서 수학했다. 1963년 발표한 첫 장편소설 『죽은 군대의 장군』으로 세계적인 명성을 얻었고, 이후 『돌의 연대기』『부서진 사월』『H서류』『아가멤논의 딸』『누가 후계자를 죽였는가』『광기의 풍토』 등 많은 작품을 통해 암울한 조국의 현실을 우화적으로 그려내는 자신만의 독특한 문학 세계를 구축했다.

옮긴이 **장석훈**

출판기획자이자 전문번역가. 서강대학교 철학과와 불문학과를 졸업했다. 리옹 2대학 심리학 연구소 2기 과정을 수료했으며, 서울대 대학원에서 비교문학을 전공했다. 영어와 불어 도서 100여 권을 우리말로 옮겼다.

문학동네 세계문학

꿈의 궁전

1판 1쇄 2004년 10월 5일 | 1판 4쇄 2016년 10월 19일

지은이 이스마일 카다레 | 옮긴이 장석훈 | 펴낸이 염현숙
책임편집 최정수 김지연 | 디자인 박진범 | 저작권 한문숙 김지영
마케팅 정민호 이미진 정진아 김혜연 | 홍보 김희숙 김상만 이천희
제작 강신은 김동욱 임현식 | 제작처 한영문화사(인쇄) 경일제책사(제본)

펴낸곳 (주)문학동네
출판등록 1993년 10월 22일 제406-2003-000045호
주소 10881 경기도 파주시 회동길 210
전자우편 editor@munhak.com | 대표전화 031) 955-8888 | 팩스 031) 955-8855
문의전화 031) 955-1927(마케팅) 031) 955-7972(편집)
문학동네카페 http://cafe.naver.com/mhdn | 트위터 @munhakdongne

ISBN 89-8281-892-8 03890

www.munhak.com

이스마일 카다레
Ismaïl Kadaré

'유머러스한 비극과 기괴한 웃음'을 담은 작품세계로 독특한 문학적 영토를 일궈온 세계문학의 거장. 한 시대의 사건을 이야기하면서 그 속에 전(全) 시대를 아우르는 우리 시대의 위대한 작가이며, 잊힌 땅 알바니아를 역사의 망각에서 끌어낸 '문학 대사'이기도 하다. 해마다 유력한 노벨문학상 후보로 거론되고 있다.

죽은 군대의 장군 이창실 옮김

발칸반도의 '문학 대사' 이스마일 카다레, 그의 문학의 서막을 연 첫 장편소설. 제2차세계대전이 끝나고 20여 년 후, 알바니아에 묻힌 자국 군인들의 유해를 찾아 나선 어느 외국인 장군의 시선을 통해 전쟁의 추악함과 부조리성을 폭로하는 이 소설은 알바니아에서 발표된 직후 불가리아, 프랑스, 이탈리아 등 여러 나라에서 번역 출간되며 카다레에게 세계적 명성을 안겨주었다.
르몽드 선정 20세기 100대 소설

부서진 사월 유정희 옮김

복수가 복수를 부르는 죽음과 전설의 땅 알바니아, 그 신화의 세계에서 펼쳐지는 비극적이고 환상적인 이야기. 피의 복수를 정당화하는 관습법 '카눈'에 의해 두 가문 사이에서 벌어지는 끝없는 죽음의 대서사시를 그렸다. 영화 〈태양의 저편〉의 원작 소설.

사고 양영란 옮김

위태로운 사랑과 그 불안을 추적하는 어느 조사원의 치밀한 조서. 단순해 보이면서도 한없이 복잡하고 미묘한 현대의 사랑, 그리고 그 안에 잠재된 불안에 대한 깊은 성찰을 통해, 사망 사고를 둘러싼 미스터리와 두 연인의 에로티시즘을 녹여낸 작품.

광기의 풍토 이창실 옮김

「광기의 풍토」(2004) 「거만한 여자」(1984) 「술의 나날」(1962) 세 편의 단편을 모은 소설집. 1960년대에서 2000년대에 이르는 폭넓은 작품 발표 시점만큼 이스마일 카다레의 다양한 문학적 면모를 담고 있다. 시대의 권력과 이데올로기에 휩쓸리는 인간 군상이 펼치는 광기의 변주곡!